U0726379

江西诗派经典选本丛书

江西派诗选注

陈永正

选注

江西教育出版社
JIANGXI EDUCATION PUBLISHING HOUSE
·南昌·

赣版权登字-02-2024-090

图书在版编目（CIP）数据

江西派诗选注 / 陈永正选注. -- 南昌 : 江西教育出版社，2024.3
（江西诗派经典选本丛书）
ISBN 978-7-5705-4085-3

Ⅰ. ①江… Ⅱ. ①陈… Ⅲ. ①古典诗歌－诗集－注释－中国 Ⅳ. ①I222

中国国家版本馆CIP数据核字（2024）第046962号

江西派诗选注
JIANGXIPAI SHI XUANZHU
陈永正 选注

江西教育出版社出版
（南昌市学府大道299号 邮编：330038）

各地新华书店经销
江西赣版印务有限公司印刷
880毫米×1230毫米 32开 12.875印张 280千字
2024年3月第1版 2024年3月第1次印刷

ISBN 978-7-5705-4085-3
定价：86.00元

赣教版图书如有印装质量问题，请向我社调换 电话：0791-86710427
总编室电话：0791-86705643 编辑部电话：0791-86705903
投稿邮箱：JXJYCBS@163.com 网址：http://www.jxeph.com

前　言

一

江西诗派是宋代文坛上的一个文学流派。

北宋后期，以黄庭坚为领袖的江西诗派诗人，提出了比较明确的诗歌理论，总结出一套可以衣钵相传的创作方法，形成大体相近而又各具特色的艺术风格，因而演变成一个能左右较长时期诗风的宗派。

自北宋末叶以及整个南宋时期，不少有成就的诗人，在诗论和创作实践上，都受过江西诗派的影响。直至清代，其流风余韵依然未绝，同光体诗人所提倡的“宋诗运动”，也就是对江西诗派的发掘、继承和总结。

首先提出“江西诗派”这个名称的，是北、南宋之交的诗人吕本中。他仿效佛教禅宗各立门户宗派之法，作了《江西诗社宗派图》，把黄庭坚作为诗派的创始人，自黄庭坚以下，“列陈师道、潘大临、谢逸、洪刍、饶节、僧祖可、徐俯、洪朋、林敏修、洪炎、汪革、李錞、韩驹、李彭、晁冲之、江端本、杨符、谢薖、夏倪、林敏功、潘大观、何觊、王直方、僧善权、高荷，合二十五人，以为法嗣”（胡仔《苕溪渔隐丛话前集》）。他在图序中说：“唐自李、杜之出，焜耀一世，后之言诗者，皆莫能及。……惟豫章（指黄庭坚）始大出而力振之，抑扬反覆，尽兼众体，而后学者同作并和，虽体制或异，要皆所传者一，予故录其名字，以遗来者。”他把江西诗派作为宋诗的代表，并认为是李、杜（主要是杜甫）的直接继承者。虽然吕本中没有把自己列名图中，后人自然也把他补了进去。后杨万里又以曾纮、曾思二家补为“江西续派”。宋末元初的诗评家方回，撰《瀛奎律髓》，崇奉江西诗，提出一祖三宗之说，以杜甫为一祖，黄庭坚、陈师道、陈与义为三宗。另外，南宋初年的著名诗人曾幾，在当时也被认为是江西诗派诗人。南宋后期的诗人赵蕃、韩淲以及方回，后世都把他们看成是江西诗派的继承者。在北宋还有一些诗人，如张扩、僧惠洪、吴则礼、范温、芮烨等，都受到江西诗派诗人（特别是黄庭坚）较深的影响，他们的诗论和诗风也确实与诗派中人相似。

可以这样说，江西诗派是个纯粹的文学流派，它是一些有志于研讨“诗法”，并积极付诸实践的诗人形成的流派。诗人们对诗歌艺术的态度，是严肃认真的，尽管诗派中没有严密的组织形式，内部成员也很复杂，诗人各自的诗论与诗派的共同主张或有矛盾，彼此的创作风格也有不同，我们仍可以把它看成是一个比较稳定的诗家派别。这个问题杨万里说得很清楚：“江西宗派诗者，诗江西也，人非皆江西也。人非皆江西而诗曰江西者何？系之也。系之者何？以味不以形也。……江西之诗，世俗之作，知味者当能别之矣。”这个“味”，就是江西派诗歌的风味，诗人们的共性。

我们看到，江西诗派的诗人们大都是聚集在黄庭坚的大纛下，受到他的诗论和诗法的影响。在这些“法嗣”中，洪朋、洪刍、洪炎和徐俯都是黄的外甥，陈师道、高荷亦自言以黄为师，潘大临、李彭等更刻意学习黄诗，几于亦步亦趋。吕本中诗被认为“似老杜、山谷”，而曾幾“诗学山谷，往往逼真”。可见黄庭坚是当时被公认的江西诗派的领袖。

江西诗派之所以能产生并形成较稳定的文学流派，还有下面几个原因：首先是宋代崇尚理学。黄山谷深通儒家学说，他认为“文章者，道之器也；言者，行之枝叶也”，把儒学作为“文章之根”。这种文道观受到当时道学家们的赞许，山谷和江西诗派诗人及其谨遵诗教的作品，因而也备受推崇。其次是佛教禅宗学说的影响。用禅宗的观点来看，佛教的本质是对佛的“悟”。佛的教义、禅宗的经验能够从老师传给弟子，大师们用直接点化真理的方法，使弟子们获得领悟。这种觉悟本身表现在日常事务之中，因而一切活动都是通向觉悟之道。这些活动（包括作诗）都需要技艺上的完善，通过长期的刻苦训练，从而使自己彻底改换，达到真正的精通。山谷诗成就颇高，“晚年诗皆是悟门”，由“法”而“悟”，以抵“意在无弦”的最高境界。正由于有法可循，有门可入，加上山谷好扶持后进，弟子们景然风从。再次是北宋后期政治混乱，党争纷起，文网广罗。江西诗派诗人虽属旧党中人，但多是中小官吏以及布衣隐者，他们没有积极参加政治活动，但也不免受到牵连。共同的遭遇使他们走到一起，相濡以沫，彼此作诗唱酬。最后，我们还看到，北宋时期经济发展，文化发达，印刷术的广泛应用，使书籍得以大量流布，士大夫都偏重书本知识，山谷更是强调要“精读千卷书”，才能写得好诗。江西诗好用典使事，也是与此有关的。

江西派的诗歌，其审美价值要高于它的思想内容。早期的江西派诗歌，主要是描写个人的生活经历、亲友间的交谊，也有一些反映时事政治的作品；靖康事变后，诗人们经历了巨大的劫难，他们的创作也发生很大的变化，如洪炎、吕本中、曾幾、陈与义等，都写了不少同情民生疾苦，抒发爱国情怀的好诗。近人有把江西诗派说成是“反现实主义”“形式主义”的诗歌流派，显然是不符合实际和不公允的。

二

我们先要弄清江西诗派诗歌的源流。江西派诗人是在全面地学习优秀的文化遗产的基础上，创作出自己有着独特风格的诗歌。丰富多彩的传统文化，特别是唐代诗歌，为江西派诗人的艺术创作提供了很好的借鉴。

黄山谷的诗，“自以为出于《诗》与《楚辞》”，其实，山谷主要还是规模汉、魏以下的诗人，其中第一位就是陶渊明。陶诗简放自然，“妙在和光同尘”，超乎成法之外，以臻“意在无弦”之境，这是山谷努力追求而未能完全实现的。山谷还对六朝诸家如谢灵运、徐陵、庾信等下过实在工夫，然而，他一生所师法的诗人还是杜甫。他称赞老杜作诗，“无一字无来处”“句法简易”，说“杜子美诗妙处，乃在无意于文”。从这些议论中，可以看到山谷学杜的宗旨。通过学习杜甫的诗法，以达到“理得而辞顺”的“出群拔萃”的高境。此外，山谷还吸取李商隐和西昆体诗在布局句律上的工夫；宋初的梅尧臣以及稍后一些的王安石、苏轼，都给山谷以有益的影响。就这样，山谷在中国古典诗歌深厚的传统基础上，博采众长，努力创新，以自己大量的创作实践，总结出较完整的诗歌创作技术和指导人们作诗的规矩方法，以至后来形成一个笼罩两宋百年的诗派——江西诗派。宋诗到了山谷，可以说已完成自梅尧臣、欧阳修开始的诗风转变，宋诗始有别于唐诗而在中国诗坛上自树一帜。自此,也开始了历时八百年之久的唐、宋门户之争。

山谷的诗，前人每许其“格高”，所谓“格”，主要有两方面内容：一是指诗人的精神格调；一是指诗歌的艺术形式、语言风格。山谷的作品中所表现的诗人自我形象，往往洁身自好，卓立独行，蔑视功名富贵，关怀家国命运，这是山谷及其作品千百年来一直被人们钦仰的主要原因。山谷和江西诗派的作家，非常重视诗法技巧，讲究篇章结构的安排，精研句法、句眼；用事运典，力求工切；音节韵脚，皆别出心裁。下面我们简单介绍山谷及江西派诗歌的艺术特色和诗法：

一、严密的谋篇结构的法度。诗人把写古文的法度用于作诗，要求一篇上下，都有线索可寻；每句每段，都要安排得法，使之曲折变化。诗歌无论长篇短章，往往采取多层次的结构形式，每一两句，即成一段，随即换意。还须特别注意层次与层次、句与句之间的承接转折关系，如方东树所云："转折如龙虎，扫弃一切，独提精要之语。每每承接处，中亘万里，不相联属，非寻常意计所及。"有时作者的思路好像突然断了，上下接不上榫，可是其中还是有内在联系的，读者要用自己的想象去补足它。这样，文字更简练，诗意也更含蓄。诗人还非常注意诗歌的起和结。"起无端，结无端"，凡起一句，不知其从何来。在结处，也要别运机杼，摆脱上文的拘系，在意境、句法、用笔上皆作急剧的转换，迥出常人意表。

二、讲究句法。这是江西派诗的一大特色。所谓句法，山谷为之定下了最高准则："……句法简易，而大巧出焉。平淡而山高水深，似欲不可企及，文章成就，更无斧凿痕。乃为佳作耳。"（《与王观复书》之二）这种"大巧"的"简易"，是不易做到的，江西派诗歌的主要倾向，还是"句法奇创"。使用一些特殊的手法，摆脱一切凡近的语词、意境，给读者以深刻的印象。简单归纳，可有以下几点：1. 锻炼句意，力求生新。在句子结构上，不按正常的语法规律，把主语、谓语、宾语的次序颠倒，或删去一些句子成分，或把两个意思紧缩在一句中，以使句意曲折、文气跌宕。2. 重视炼字，讲究句眼。句眼，是黄诗句法特征之一，是指诗句中锤炼得特别精彩的字眼。尤其是五言诗句中的第三字、七言诗句中的第五字，更要“置字有力”。3. 重视律诗中对偶句的锤炼。对偶，唐人已下过很多工夫，宋人只得另立新法，别出新意。黄诗的对偶句，自然生动，乍看来像是散文的句子，毫不似对句，但认真揣摩，则觉字字工切，别有风味。4. 诗句散文化的倾向，即所谓“以文为诗”。好用铺叙，好发议论，句式采用“散体”，既有诗的优美，又有散文的流畅。

三、特殊的格律声韵。诗歌的音律与感情是一致的，特殊的风格需用特殊的音律来表现，山谷就采用拗律和拗句来表现自己诗歌奇峭的风格。在山谷的三百一十余首七律中，拗体就占了一百五十余首，作者不按照诗律的平仄来撰句，当下平字处往往以仄字易之。平仄不调，音节反常，在不和谐中自有其特殊的音乐美。在造句上，每每打破常规，采用特殊的结构形式，有人称之为“拗句”。造五言句，作上一下四或上三下二句型，如“吞五湖三江”(《子瞻诗句妙一世……》)、“石吾甚爱之”(《题竹石牧牛》)。造七言句，作上三下四或上五下二句型，如“吾二人如左右手”(《还家呈伯氏》)。方东树《昭昧詹言》说黄诗之音节，“尤别创一种兀傲奇崛之响，其神气即随此以见”，可为定论。

三

黄庭坚及江西派诗人在创作时，都恪守一条原则，那就是要“自出己意”以为诗。诗人们继承了杜甫、韩愈的传统，“陈言之务去”“词必己出”，脱去陈腐，前人诗中常见的熟境、熟意、熟词、熟字、熟调、熟貌，皆一概摒弃不用。为了摆脱前人束缚，学古人而力求与古人远，山谷特提出“以俗为雅，以故为新”八字诀，作为写诗的不二法门。所谓“以俗为雅”，是说运用民间俗语、成语以及野史传说入诗。如郭绍虞所指出的：“运用俗语，使诗体散文化，也使诗体通俗化，却不使诗意庸俗化，诗句滥熟化。”（《中国文学批评史》）俗语运用得当，便觉朴拙古雅，如黄诗中的“西施逐人眼，称心最为得”“千里鹅毛意不轻”，陈诗中的“昔日剜疮今补肉”“拆东补西裳作带”“经事长一智”等，都是很好的例子。“以故为新”，是山谷作诗大法，金针度人，对后世诗家影响甚巨，亦最为时人所诟病。惠洪《冷斋夜话》引山谷语云：“诗意无穷而人之才有限，以有限之才追无穷之意，虽渊明、少陵不得工也。然不易其意而造其语，谓之换骨法；窥入其意而形容之，谓之夺胎法。”而山谷自己也说：“自作语最难。老杜作诗，退之作文，无一字无来处。盖后人读书少，故谓韩、杜自作此语耳。古之能为文章者，真能陶冶万物，虽取古人之陈言入于翰墨，如灵丹一粒，点铁成金也。”这就是山谷提出的关于写诗的艺术技巧的两种方法——“夺胎换骨”和“点铁成金”，把用典使事的方法，运用于点化前人诗句上。宋诗是在唐诗丰厚的基础上发展起来的，因此，在修辞手段、词汇使用方面，不可避免地、也是必然地要取法乎唐诗；同时，唐诗的意境、形象以至句式结构，也给宋代诗人以启发。所谓“点铁成金”，着重在“取古人之陈言”，也就是说，摹拟、改易古人诗中的实体性的东西——词汇、语句，并赋予新的意义，甚至可把陋句点化为佳句。而“夺胎换骨”，目的是“追无穷之意”，也就是说，摹拟、改易古人诗中的意境、情调、韵味，用自己的方式更准确、生动地表达出来。“以故为新”的目的只有一个，就是在继承传统的基础上创新。宋诗之所以能形成独特的风貌，也是与黄庭坚及江西诗派诸子推陈出新的创作思想不无关系的。

四

除黄庭坚外，江西诗派重要的代表作家还有陈师道、晁冲之、韩驹、吕本中、曾幾、陈与义等人。他们的诗论、诗法也是在不断发展的。

陈师道是江西诗派“三宗”之一,他与山谷齐名,合称“黄陈”。他从小学诗，年届三十，始识山谷，遂“尽焚其稿而学焉”。后山学山谷，自有其深谋远虑，他的目标是学杜，但他认为学杜不能躐等，必须以黄为阶梯。他说：“黄诗、韩文有意故有工，老杜则无工矣。然学者先黄后韩，不由黄、韩而为老杜，则失之拙易矣。”因为黄诗有规矩法度，而这规矩法度又是总结了杜诗后提出来的,学黄有得,便可“时至骨自换”。实践证明，后山的道路是走对了的。他学黄而不模仿黄，才是真正的善学。他曾说：“今人爱杜甫诗，一句之内，至窃取数字以仿像之，非善学者；学诗之要，在乎立格、命意、用字而已。”“学者体其格，高其意，炼其字，则自然有合矣，何必规规然仿像之乎？”这些见解，无疑是发展了山谷的诗论的，试读后山的一些名作，便可知他的确是理论与实践相符：“巴蜀通归使，妻孥且旧居。深知报消息，不敢问何如。身健何妨远，情亲未肯疏。功名欺老病，泪尽数行书”(《寄外舅郭大夫》)，学杜而得其神，断非明七子所能梦到，这就是诗人所主张的“立格”。又如“去远即相忘，归近不可忍。儿女已在眼，眉目略不省。喜极不得语，泪尽方一哂。了知不是梦，忽忽心未稳”(《示三子》)，诗歌感情极朴挚，语短而意长。他的《谢赵生惠芍药》诗“九十风光次第分，天怜独得殿残春。一枝剩欲簪双髻，未有人间第一人”，极写牡丹花的美艳，又惋惜找不到配戴此花的第一美人，暗寓怀才不遇之意，诗人的“立意”便高。至于用字，则更是后山的看家本领了。与山谷相比，后山下字似乎比山谷更准更稳，求深而不求奇，尤其重在诗眼的锻炼，如“潜鱼聚沙窟，坠鸟滑霜林”(《宿齐河》)、“云日明松雪，溪山进晚风”(《雪后黄楼寄负山居士》)、“九日清樽欺白发，十年为客负黄花”(《九日寄秦觏》) 等句中的“聚”“滑”“明”“进”“欺”“负”，都是非常精警的字眼。世传《后山诗话》中的“宁拙毋巧,宁朴毋华,宁粗毋弱,宁僻毋俗”,更是江西派的重要诗论。谈到“换骨”,要有两个先决条件：一是“学”，一是“悟”。后山指出：“规矩可得其法，不可得其巧，舍规矩则无所求其巧矣。法在人，故必学，巧在己，故必悟。”通过长时期的学习，一朝豁然贯通,悟得真理,便可“换骨”,艺术也就产生一次飞跃。由“学”而“悟”，是学诗的过程。这个观点，与山谷的由学古人到自成一家的主张并无二致。

韩驹认为，作诗的基本方法是“禅悟”。他的名作《赠赵伯鱼》诗说：“学诗当如初学禅，未悟且遍参诸方。一朝悟罢正法眼，信手拈出皆成章。”他还说：“诗道如佛法，当分大乘小乘、邪魔外道，惟知者可以语此。”韩氏把“遍参诸方”作为学诗的第一步骤，通过广泛的学习，才能“一朝悟罢”，达到“信手拈出”都能成章的化境。

韩驹以禅喻诗，开了严羽《沧浪诗话》中“禅悟”之说的先河。他把江西诗派的“法”跟禅宗的“悟”结合起来，如谈到写诗“下字”的方法时，为什么“有二字同意，而用此字则稳，用彼字则不稳”？韩氏云：“至此，唯可默晓，未易言传耳。”这就是说，经过长期的学习和创作实践，才能悟出下字微妙之处。在这种理论的指导下，韩驹的诗，有些写得比较自然超迈。如他的名作《夜泊宁陵》，“汴水日驰三百里，扁舟东下更开帆。旦辞杞国风微北，夜泊宁陵月正南。老树挟霜鸣窣窣，寒花垂露落毶毶。茫然不悟身何处，水色天光共蔚蓝”，自能在东坡、山谷之外，自成一家了。

吕本中提出的“活法”与“悟入”，是江西诗派诗法的最精彩之处。他强调说:“学诗当识活法,所谓活法者,规矩备具，而能出于规矩之外，变化不测，而亦不背于规矩也。是道也，盖有定法而无定法，无定法而有定法，知是者则可以与语活法矣。谢玄晖有言：‘好诗流转圆美如弹丸。’此真活法也。”这是对山谷诗法的重要发展。潘大临曾指出下字要“响”，而吕本中却认为“字字当活,活则字字皆响”。怎样才能做到“活”呢？那就要“悟入”：“作文必要悟入处，悟入必自工夫中来，非侥幸可得也。如老苏之于文,鲁直之于诗,盖尽此理也。”“楚辞、杜、黄，固法度所在，然不若遍考精取，悉为吾用，则姿态横出,不窘一律矣。”他主张先在杜甫、苏、黄中学习“体式”，然后遍考各家的诗，工夫才能度越前人。这可以作为江西诗派诗论的总结，从有法而到无法，从学而到悟，以达到“无意于文”的最高之境，这才是江西诗派的诗论和诗法的精华所在。

曾幾之学，出于韩驹和吕本中，“句法相传共一家”，而南宋诗人杨万里、陆游、萧德藻等又出于曾幾。他们作诗，先有了江西诸子所总结的诗法作指导，然后又摆脱成法的拘束，有所自得，各成风格而自立门庭。“入室操戈，正是苏轼一派诗论的主张，其实也是江西诗人的主张。”（郭绍虞《中国文学批评史》）对于一切真正的诗人来说，法，只不过是诗歌的外在形式，而不是诗歌的本体；法，只能为诗人所用，而不应成为诗人的束缚。优秀的诗人，总是能熟练地掌握诗法，游刃有余的。当他达到高度的完善时，手和心，诗法和诗的内容、感情都彼此融合在一起，法的本身也不复存在了。

后世论者，特别是近代学者，对山谷及江西诗派诸子颇多非议。他们不满宋人对诗歌艺术形式的精巧和凝练的刻意追求，把那些最具宋诗特色的东西——“奇正相生”的谋篇法度、特殊的句法字法、古拗的音律——统统斥之为“形式主义”，其实，没有形式，也就没有诗歌。诗人们对形式的探索和追求，是永无止境的。

五

本书选入的诗歌，当是江西诗派诗人中具有代表性的作品。希望能通过这个选本，体现江西派诗歌的主要风貌。

书中作者按出生先后排列，有些生年不详的则按其交游行第约略编排。入选的作品，排列次序是先五七言律、五七言绝，后五七言古诗，以便读者对同一诗体的作品进行比较。

每位作者名下都有详略不等的小传，着重介绍其诗歌创作的成就或特色。每首诗都有注释，对不常见的诗词、典故及人物、事实，均作简明扼要的训释考核，较艰深的诗句则加以白话串解。注释前边的说明，指出诗的时代背景、创作意图和艺术特色，重要的作品则适当摘引有关的参考材料或前人评语。

目　录

黄庭坚

黄庭坚（1045—1105年），字鲁直，自号山谷道人，又号涪翁。洪州分宁（今江西修水）人。少时随舅李常游学淮南，后从岳父孙觉学诗。治平四年（1067年）进士。任叶县尉。熙宁五年（1072年）考中学官，任北京（今河北大名）国子监教授。元丰三年（1080年），改官吉州太和县（今江西泰和），七年（1084年），调德州德平镇（今属山东德川）任监税。元祐元年（1086年），被召为秘书省校书郎，修《神宗实录》。绍圣元年（1094年），哲宗亲政，新党得势，山谷被贬为涪州别驾，黔州（今属重庆市）安置，后移戎州（今四川宜宾）。宋徽宗初年，几经转徙，最后死在宜州（今广西宜山）。

黄庭坚与秦观、晁补之、张耒同为苏轼门下，号“苏门四学士”。但黄与苏齐名，世称“苏黄”。黄还被奉为“江西诗派”的宗师。山谷诗，风格“老健超迈”“清新奇峭”，人们称之为“黄庭坚体”或“山谷体”，并把它作为宋诗的代表。

山谷诗的内容，多描述个人的生活经历、亲友间的交谊，也有一些反映北宋中后期的历史情况和社会现状的好作品。

黄庭坚对中国诗歌的主要贡献是以其大量的创作实践，扫除唐末、五代以来萎靡的诗风，完成了宋诗从唐风的转变。他还总结出一套较完整的诗论，给当时及后世的诗人以巨大的影响。

黄庭坚的作品，今存《山谷内集》二十卷，有南宋初任渊注，颇为精审；《山谷外集》十七卷，有史容注；《山谷别集》二卷，有史季温注。

和答钱穆父咏猩猩毛笔〔一〕

爱酒醉魂在，　能言机事疏。〔二〕
平生几两屐，　身后五车书。〔三〕
物色看王会，　勋劳在石渠。〔四〕
拔毛能济世，　端为谢杨朱。〔五〕

【说明】

一支毛笔，光从物象上去描摹，也许是没有什么可写的。可是，黄山谷却发挥想象，从侧面去赋咏，把物象与自己的身世、感情熔铸在一起，既不粘，又不脱，句句都留有可供读者思索的余地。裁熔典故，义兼比兴，在议论中展示事物的形象，这正是宋人咏物诗独到之处。山谷此作，体现了江西诗派诗歌的一些重要的特点，“其秘旨以比为赋，自能避俗生新”（张佩纶《涧于日记》）。“点化甚妙，笔有化工，可为咏物用事之法”（纪昀《瀛奎律髓刊误》）。把旧有的故实剪裁到诗中，以表现崭新的内容，即所谓“取古人之陈言入于翰墨”者。此诗虽是字字有来历，但又使人不觉，即使读者不知道典实的来源，仍可理解诗歌的意义。于此可见山谷用事精微浑成之处。数百年来，论者对此诗毁誉不一，宋陈櫄云："猩猩毫笔，惟山谷诗冠绝，名士无不讽咏。"(《负暄野录》)至谓其"精妙隐密，不可加矣"(《历代诗话》引《类苑》)。"超脱而精切，一字不可移易"(王士禛《分甘余话》)。批评者则说它"粘皮带骨""逗漏之极""冗碎疏浊，衬贴不稳，剪裁脱漏，值其乖谬，便似不解捉笔者""用事至此，真是文章一大厄"(冯舒、冯班评《瀛奎律髓》)。从这首五律的评议中可以看到八百年来诗坛上"唐宋之争"的缩影。

【注释】

〔一〕钱穆父：名勰。吴越钱氏之后。时奉使高丽，得猩猩毛笔，赋诗，时人多有和作。

〔二〕两句说，猩猩喜欢饮酒，喝醉了就走不动；它会人言，事情也就不够机密了。纪昀云："先从'猩猩'引入，然后转入'笔'字。题径甚窄，不得不如此展步。"

〔三〕几两屐：典出《晋书·阮孚传》。阮孚很爱屐，并自己动手制作。曾叹息说："未知一生能着几两屐？"几两，犹几双。五车书：《庄子·天下》有"惠施多方，其书五车"。两句说，它平生能穿得多少双屐呢？死后却留下了许多的著作。

〔四〕物色：本指动物的毛色，引申有形貌、访求之意。王会：《逸周书》中篇名。周公以王城既成，大会诸侯及四夷，史因作《王会》以纪之。石渠：汉代皇家图书馆。

〔五〕拔毛：典出《孟子·尽心》，"杨子取为我，拔一毛而利天下，不为也"。两句说，拔出猩猩的毛，制成笔就能有利于世上，真要把这道理好好告诉杨朱了。

次韵刘景文登邺王台见思五首〔一〕（选一）

公诗如美色，　未嫁已倾城。〔二〕
嫁作荡子妇，　寒机泣到明。〔三〕
绿琴蛛网遍，　弦绝不成声。〔四〕
想见鸥夷子，　江湖万里情。〔五〕

【说明】

组诗五首，作于元丰七年（1084 年）。时山谷在德州德平镇任上，刘景文居相州邺县，登邺王台作诗以寄，山谷因而和之。组诗表现了对友人深切思念之情，中如“平原秋树色，沙麓暮钟声”“积潦干斗极，山河皆夜明”等，都是情景交融的好句。本诗则纯用比体，赞美刘景文的文学才华，并为他怀才不遇而深表惋惜。程千帆先生《古诗今选》说：“前四句一层，五、六二句又是一层，但均为正比。结二句则为反比。”

【注释】

〔一〕刘景文：名季孙。河南祥符人。好学能诗文，曾为王安石赏识提拔。东坡和山谷都很爱重他，经常诗酒唱酬。并称之为“慷慨奇士”。邺王台：建安十八年（213 年），曹操为魏王，都于邺城（今河北临漳县西），建铜雀台、金虎台、冰井台等。或将铜雀台称为邺王台。

〔二〕倾城：形容极美的女子。《汉书 · 李夫人传》载李延年歌：“北方有佳人，绝世而独立。一顾倾人城，再顾倾人国。”两句喻刘景文年轻时的诗很动人。

〔三〕荡子：游浪不归的男子。《古诗十九首》："昔为倡家女，今为荡子妇。"句喻刘中年时的诗多感怀身世，情调忧伤。机：指织机。

〔四〕绿琴：绿绮琴，汉辞赋家司马相如的琴名，代指名贵的琴。弦绝：《列子·汤问》载，伯牙善鼓琴，钟子期善听，能从乐音中了解弹奏者的心思。子期卒，伯牙将琴弦断绝，终身不复弹奏。两句写不遇知音的岑寂之情。

〔五〕鸱（chī）夷子：《史记·越王勾践世家》载，春秋时越范蠡佐越王勾践灭吴，知勾践为人不可以共安乐，因浮海出齐，变姓名，自号"鸱夷子皮"。杜牧《杜秋娘》诗有"西子下姑苏，一舸逐鸱夷"之语，后人遂传吴亡后西施随范蠡归隐江湖，过着美满富足的生活。两句以西施与荡子妇作对比，既是感叹刘之未遇，亦是诗人的自况。

次韵裴仲谋同年〔一〕

交盖春风汝水边，　客床相对卧僧毡。〔二〕
舞阳去叶才百里，　贱子与公俱少年。〔三〕
白发齐生如有种，　青山好去坐无钱。〔四〕
烟沙篁竹江南岸，　输与鸬鹚取次眠。〔五〕

【说明】

这是山谷很具特色的诗作。在诗句的组织结构上，摆脱了唐诗中习见的那种工整的对偶形式，力求生新，对句的意思跳跃变化，从中我们可体会到诗人创作时复杂的思想过程。山谷这清新奇拗的艺术风格，给后世的诗人很大的影响。

【注释】

〔一〕裴仲谋：裴纶，字仲谋。当时任舞阳县尉。

〔二〕交盖：两车路遇，乘客下车相见，车上伞盖倾侧相交。汝水：汝河。淮河支流，流经河南省南部。卧僧毡：意谓投宿僧寺。两句写与裴仲谋路遇的情景。

〔三〕舞阳：县名。在河南中部偏南、洪河上游。去：离开，相距。叶：县名。在舞阳西面。贱子：山谷自谦之称。公：指裴仲谋。两句追述平时交游的情事。

〔四〕坐：因为。无钱：谓无买山归隐之钱。温庭筠《春日访李十四处士》诗："自是无钱可买山。"两句写虚度年华的感慨。

〔五〕输与：让给。鸬鹚（lú cí）：水鸟名，亦称"水老鸦""鱼鹰"。取次：任意，随便。两句说，遥想故乡江南，那轻烟笼罩的岸边，水浅沙明，修竹摇曳。可惜啊，只好让那些悠闲地睡着的鸬鹚去享有了。

郭明甫作西斋于颍尾，请予赋诗二首〔一〕（选一）

食贫自以官为业，　闻说西斋意凛然。〔二〕
万卷藏书宜子弟，　十年种木长风烟。〔三〕
未尝终日不思颍，　想见先生多好贤。〔四〕
安得雍容一樽酒，　女郎台下水如天。〔五〕

【说明】

朋友新建了个书斋，请山谷赋诗。全诗都是想象之词。在山谷集中，这算是比较流畅自然的律诗。诗中劝勉友人，好好读书向学，修养成材。诗意含蓄有味，可想见诗人那雍容和蔼的意志。颔联风致尤佳，为世所传诵。本诗结构严谨，起两句扣题，三、四写作斋，五、六还题，收处结合自己，但这种格局比较平板，故方东树“嫌其习气空套”(《昭昧詹言》卷二十)。

【注释】

〔一〕郭明甫：颍州人。时读书作文，与往来文士交游。后任颍州推官，与东坡过从颇密。颍尾：颍水下游入淮处，即颍口。在今安徽颍上县东南。

〔二〕食贫：指过着贫困的生活。《诗·卫风·氓》：“三岁食贫。”凛然：严肃，可敬畏之状。两句说，由于我家境清贫，不得不把做官作为自己的事业，听说您新建起西斋隐居读书，不禁起了钦敬之意。

〔三〕宜子弟：适合于子弟。十年种木，《管子·权修》：“十年之计，莫如树木；终身之计，莫如树人。”

〔四〕上句说经常思念颍州的朋友，下句赞美郭明甫敬礼贤士。

〔五〕安得：怎样能够。雍（yōng）容：形容文雅大方，从容不迫。女郎台：故址在今安徽阜阳西北。相传是春秋时鲁昭侯为迎接他的胡族夫人而筑的，后人名之曰女郎台。

过平舆怀李子先时在并州〔一〕

前日幽人佐吏曹，　我行堤草认青袍。〔二〕
心随汝水春波动，　兴与并门夜月高。〔三〕
世上岂无千里马，　人中难得九方皋。〔四〕
酒船鱼网归来是，　花落故溪深一篙。〔五〕

【说明】

史容注引《潜夫诗话》谓山谷教人作诗，云：“‘世上岂无千里马，人中难得九方皋’，此可为律诗之法。”这个法，大概是指对偶句意，要单行直下，不要断开来。这两句，先设问，再自己作答，贯成一气，这就是所谓的“流水对”。赵翼《瓯北诗话》也盛称此诗“独辟蹊径”，并谓：“诗果意思沉着，气力健举，则虽和谐圆美，何尝不沛然有余；若徒以生僻争奇，究非大方家耳。”也算是平情之论。史容《山谷外集诗注》云：“解叶县尉时作。”按，山谷在熙宁元年（1068年）赴叶县尉，九月到汝州，则终吏之期当在四年秋。此诗所写皆暮春景色，疑为山谷尚在叶县任上作，可能因事经过平舆，想念起远在并州的同乡好友李子先，写诗劝他一起回到故乡。

【注释】

〔一〕平舆：县名。故城在今河南汝南东六十里。李子先：待考。并州：今山西太原地区。

〔二〕幽人：襟怀深远淡泊的人。隐者，指李子先。吏曹：州县的属官。青袍：古时读书人穿的一种衣服。上句说李子先被派作县中的小官，下句写自己在春天时出行。

〔三〕汝水：出河南嵩县天息山，流入颍水。并门：并州的城门。两句说，我的心情，随着汝水的春波而动荡；您的兴致，也许跟并州城门上升起的夜月那样增高了吧？

〔四〕九方皋：春秋时善相马的人。《列子·说符》载，秦穆公令九方皋去找好马，三个月后，九方皋回报找到一匹黄色的母马，使人去牵，却是黑色公马。伯乐知道后叹息说：“皋之所观，天机也。得其精而忘其粗，在其内而忘其外；见其所见不见其所不见，视其所视而遗其所不视。若皋之相马，乃有贵乎马者也。”

〔五〕两句说，家乡还有酒船鱼网，您归来吧！新涨的溪水，漂送着落花，正好一竹篙深呢！

过方城寻七叔祖旧题〔一〕

壮气南山若可排，　今为野马与尘埃。〔二〕
清谈笔落一万字，　白眼举觞三百杯。〔三〕
周鼎不酬康瓠价，　豫章元是栋梁材。〔四〕
眷然挥涕方城路，　冠盖当年向此来。〔五〕

【说明】

山谷重过方城，见到一位逝去长辈的旧题，感怆无限，写成此诗。诗笔力极重，深刻沉着而又奇气横出，是山谷青年时代的佳作。

【注释】

〔一〕方城：今河南省方城县。七叔祖：黄注，字梦升。曾为南阳主簿，才气纵横，一生郁郁不得志。卒后，欧阳修为作墓志铭。

〔二〕南山：终南山。诸葛亮《梁父吟》：“力能排南山。”野马：春日山泽中浮游的云气。《庄子·逍遥游》：“野马也，尘埃也，生物之以息相吹也。”两句说，叔祖当年的壮气豪情，真有力排南山之势，但现在一切都成了飘浮在空中的尘埃！

〔三〕清谈：东汉魏晋文人好为清谈，发表自己的政见，抒发高尚的情怀。《后汉书·郑太传》：“孔公绪清谈高论，嘘枯吹生。”笔落一万字：形容才情洋溢，文思敏捷。曹植《王仲宣诔》：“发言可咏，下笔成篇。”白眼：翻起眼睛，露出眼白，表示蔑视。晋阮籍能为青白眼，遇到不高兴的人和事时，便现白眼。杜甫《饮中八仙歌》：“举觞白眼望青天。”三百杯：《世说新语·文学》注引《郑玄别传》，“袁绍辟玄，及去，饯之城东，欲玄必醉。会者三百余人，皆离席奉觞，自旦及暮，度玄饮三百余杯，而温克之容，终日无怠”。这里以表现黄注的襟怀和度量。

〔四〕周鼎：周代以鼎为传世重器。康瓠：中空的瓦壶。贾谊《吊屈原文》：“斡弃周鼎兮宝康瓠。”豫章：即樟木。《南史·王俭传》载，丹阳尹袁粲闻王俭之名，及见之曰：“宰相之门也，栝柏豫章虽小，已有栋梁气矣，终当任人家国事。”两句说，在当世，贵重的周鼎还不如一把瓦壶的价值。要知道，大樟树本是栋梁之材啊。

〔五〕眷然：顾念，恋慕。冠盖：礼帽和车盖。官吏的服饰和车乘，借指士大夫。

汴岸置酒赠黄十七〔一〕

吾宗端居丛百忧，　长歌劝之肯出游。〔二〕
黄流不解涴明月，　碧树为我生凉秋。〔三〕
初平群羊置莫问，　叔度千顷醉即休。〔四〕
谁倚舵楼吹玉笛，　斗杓寒挂屋山头。〔五〕

【说明】

本诗是山谷得意之作。作者曾问他的外甥洪朋说：你喜欢老舅哪些诗句呢？洪朋举出了“蜂房各自开户牖，蚁穴或梦封侯王”和本诗颔联，认为“绝类工部”。山谷高兴地说：“得之矣。”(《王直方诗话》）这是一首有名的拗律，音节奇特，句字的平仄不依正格。“吾宗端居”“初平群羊”，连用四平声字；“碧树为我”，连用四仄声字。“生凉秋”，三平；“置莫问”，三仄。完全像古诗的音律，吟诵时有一种特殊的音乐美。这就是山谷继承并发展了杜甫的“古律”“拗律”，我们要注意它的内在美。通过字音、语调的奇妙配合，恰当地表现了独特的句法，以达到渲染气氛、描写环境和刻画作者主观世界的目的。

【注释】

〔一〕汴：汴河。黄十七：黄介，字幾复。十七，是黄介的行第。

〔二〕吾宗：我的同宗，同姓。端居：平居，平素。两句说，我的同宗兄弟，平居无事，但百忧交集。我作了长歌劝告他，不知愿意出来同游吗？

〔三〕黄流：汴河水浊，故称。涴（wò）：弄污。两句说，混浊的汴流，绝不能污染天上的明月；凉风吹着绿树，仿佛为我生出秋意来了。两句写景细致，用意深刻。

〔四〕初平：皇初平，一作黄初平。传葛洪《神仙传》载，初平少时牧羊，被道人带到金华山中成了仙。四十年后，他的哥哥找到他，问起羊群的下落。初平指着山中累累的石头，大声吆喝，石头都变成了羊。叔度：黄宪，字叔度。后汉的高士。郭泰称赞他的风度和器量，“汪汪若千顷之陂”。两句说，黄初平为了成仙得道，抛弃了群羊不再过问；黄叔度胸怀广阔，总是畅快地喝醉了才罢休。

〔五〕舵（duò）楼：船上使舵的小楼。斗杓（biāo）：北斗星座第五、六、七颗星的名称，又称斗柄。屋山：屋脊，侧看像山形，故称。两句说，是谁人倚着舵楼吹笛？北斗星座的斗柄，在寒气中已斜挂到屋脊上了。

题落星寺岚漪轩〔一〕

落星开士深结屋，　龙阁老翁来赋诗。〔二〕
小雨藏山客坐久，　长江接天帆到迟。〔三〕
宴寝清香与世隔，　画图妙绝无人知。〔四〕
蜂房各自开户牖，　处处煮茶藤一枝。〔五〕

【说明】

此诗句句挺健，字字烹炼，音节奇拗，是山谷的名篇，也是江西诗派中拗律的代表作，为历来论者所称道。山谷的外甥徐俯就很喜爱这诗。《瀛奎律髓》纪昀评曰："意境奇恣，此种是山谷独辟。"方东树亦云："此摹杜公《终明府水楼》，音节气味逼肖，而别出一段风趣。"(《昭昧詹言》)中间两联，"笔势往复展拓，顿挫起落"(同上)，是山谷独得处。"蜂房"这是山谷经意之笔，描写形象，比喻新奇，因为寺是依山建筑的，从外边望去，房舍排比鳞次，如蜂房各室层叠攒簇。"煮茶"句表现出僧居生活的枯寂。二句过于刻琢，潘伯鹰先生评此诗语曰："大抵诗语若不烹炼深折则不耐吟味；若炼得过了，则不免晦涩槎枒。此事譬如饮茶，有许多老茶客，非喝极苦涩的茶不过瘾，则偏至之极非所论于一般的人也。"(《黄庭坚诗选》)

【注释】

〔一〕落星寺：在江西南康（今属庐山市）。相传有星坠落在鄱阳湖北的彭蠡湾中，化为巨石，因名落星石。落星寺建于唐乾宁年间。岚漪（lán yī）轩：原注云为"寺僧择隆作宴坐小轩，为落星之胜处"。

〔二〕开士：佛家语，菩萨的意译。《一切经音义》："梵语菩萨者也，谓以法开道之士。”此指僧人。结屋：谓建岚漪轩。龙阁老翁：指山谷的母舅李常。李曾为龙图直学士，故称。

〔三〕两句说，蒙蒙的细雨把青山遮住了，客人也得安闲地久坐；遥望浩荡的长江，接连着天际，远处的帆船也好像缓缓地驶来。两句写景曲折有味。

〔四〕宴寝：安居寝息。韦应物《郡斋雨中与诸文士燕集》诗：“宴寝凝清香。”画图：原注云“僧隆画甚富，而寒山、拾得画最妙”。两句说，闲居休息时，清香满室，仿佛与世隔绝；还有许多优美的图画，无人知道。

〔五〕两句说，一间间的僧房好像蜂巢似的，各自开着窗户，到处都用一枝枯藤烧火煮茶。

次元明韵寄子由〔一〕

半世交亲随逝水，　几人图画入凌烟。〔二〕
春风春雨花经眼，　江北江南水拍天。〔三〕
欲解铜章行问道，　定知石友许忘年。〔四〕
脊令各有思归恨，　日月相催雪满颠。〔五〕

【说明】

本诗作于元丰四年（1081 年）春。

此诗笔法变化多端，被认为是“足供揣摩取法”的佳作。方东树评云：“平叙起，次句接得不测，不觉其为对，笔势宏放。三、四即从次句生出，更横阔。五、六始入题叙情，收别有情事亲切，言彼此皆有兄弟之思。”真是波澜起伏，无一平笔。黄庭坚的哥哥黄大临，曾赠诗苏辙，有“钟鼎功名淹管库，朝廷翰墨写风烟”之语。时苏辙在筠州监管盐酒税，大临诗中颇有点代为不平，认为他有高才而只能做事事务务的小吏，太委屈了。山谷和诗却不从这方面写，诗中着力表现朋友之间的深情厚谊，语言形象鲜明，比原作更能感人。写寄人的诗，不光是写对方的事，而把自己的身世和感受融入，以唤起对方（包括读者）的共鸣，在古人名作中常见这种手法。

【注释】

〔一〕元明：黄大临，字元明，黄庭坚之兄。子由：苏辙，字子由。

〔二〕凌烟：阁名，在唐代长安太极宫内。贞观十七年（643年），唐太宗令画家阎立本将开国功臣长孙无忌等二十四人的像画于阁中，以表彰他们的功勋。后以能“图像凌烟”为臣子最高荣誉。两句说，朋友间的情谊，随着逝水般的时光，已快过半世了！可是，有几个人能建立功业，使自己的像画上凌烟阁呢？程千帆云：“首句起得平常，次句却出人意外地写到功名蹭蹬，丰富了如水一般流逝的那个半世的内涵。”

〔三〕两句说，一阵春风，一番春雨，年年开落，春花过眼；我怅望着江北，他怅望着江南，春水生时，波浪拍天。

〔四〕铜章：铜制的印章。汉法规定，县令“铜章墨绶”，“解铜章”，谓辞官。行：将。问道：寻求所谓“至道”。石友：石交。谓友谊坚如金石。潘岳金谷诗：“投分寄石友，白首同所归。”忘年：忘年交。指年岁差别大，行辈不同而交情深厚的朋友。黄庭坚比苏辙小七岁，又是苏轼的门下，所以客气的自认低一辈。苏辙答山谷书云：“观鲁直之书，所以见爱者，与辙之爱鲁直无异也。”可作“石友许忘年”之证。两句说，自己想辞去官职，而归家学道，料想他一定会同情这位忘年之交的。我们要注意诗中这两副对句，一写景，一议论；一密丽，一清疏。轻重虚实，对比分明，这是宋诗特色之一。

〔五〕脊令：即鹡鸰，鸟名。《诗·小雅·常棣》："脊令在原，兄弟急难。"因以比喻兄弟间亲密互助的关系。雪：指白发。颠：头顶。两句说，我们各自怀念着自己的兄弟，但又欲归不得，只好被时光催迫得白发满头了。

再次韵寄子由

想见苏耽携手仙，　青山桑柘冒寒烟。〔一〕
骐骥堕地思千里，　虎豹憎人上九天。〔二〕
风雨极知鸡自晓，　雪霜宁与菌争年。〔三〕
何时确论倾尊酒，　医得儒生自圣颠。〔四〕

【说明】

山谷的次韵诗，几首间的情调、语言风格每有不同。如本书中选取的这两篇，上首较和婉、温雅，下首却雄奇、恣肆。生新多变，山谷所擅。吴汝纶深赏此诗，云："中四句妙绝天下，黄诗所以不朽，全在此等。"

【注释】

〔一〕苏耽：传说中汉代的仙人。《桂阳列仙传》载：耽，郴县人。一日辞母去，云："受性应仙，当违供养。"后见耽乘白马还山中。百姓为立坛祠，因名为马岭山。这里以遗世的仙人苏耽喻苏辙，表现其高洁的品行，并与末句相呼应。桑柘：桑树与柘树。两句说，想到苏耽与我携手相好的仙人，家在青山之中，桑田柘地冒出阵阵寒烟。隐指苏辙在筠州（今江西高安）过着清贫的生活。

〔二〕骐骥：良马名。《商君书·画策》："骐骥騄駬，每一日走千里。"喻才智之士。虎豹：指守卫天门的猛兽。喻在朝廷中的坏人。两句说，骐骥一生下地来，就想着要驱驰千里；可是虎豹却把守着天门，害怕人登到九重天上。两句惋惜苏辙虽有大志而无法实现。

〔三〕上句出《诗·郑风·风雨》："风雨如晦，鸡鸣不已。"《诗序》云："《风雨》，思君子也。乱世则思君子不改其度焉。"下句出《庄子·逍遥游》："朝菌不知晦朔，蟪蛄不知春秋，此小年也。"两句说，尽管风雨凄凄，但我很相信雄鸡还是要守时报晓的；在雪霜之中，何必要跟那短命的朝菌去争年月呢？句与杜牧《题魏文贞》诗"蟪蛄宁与雪霜期，贤哲难教俗士知"意同。

〔四〕确论：精确的评论。自圣颠：把自己当成是圣人的颠狂病。《难经》："狂颠之病，何以别之？自高，贤也；自辩，智也；自贵，倨也；妄笑好歌，乐也。"两句说，几时才能跟您樽酒共倾，认真地研究一下：用什么方法医治我们这些读书人的自大狂呢？

登快阁〔一〕

痴儿了却公家事，　快阁东西倚晚晴。〔二〕
落木千山天远大，　澄江一道月分明。〔三〕
朱弦已为佳人绝，　青眼聊因美酒横。〔四〕
万里归船弄长笛，　此心吾与白鸥盟。〔五〕

【说明】

山谷在太和县任上已经三年了，时常想念着故乡，每当公事办完之后，就到县东的快阁上游览。这首著名的七律就是写登临时的所见所感，后世批评家常举出以代表山谷诗歌的主要风格。一首小诗，好像长篇歌行，长江大河似的奔泻而下，而在中途又曲折盘旋，含不尽之意。如方东树所说的“此所谓寓单行之气于排偶之中者”，吴汝纶亦称赞它“意志兀傲”。诗中颔联，尤为名隽，风格中很接近杜甫高华之作，用字精美，成功地刻画出一幅高远明净的秋景，为世所传诵。

【注释】

〔一〕快阁：在今江西泰和县东赣江边，以江山广远，景物清华得名。

〔二〕两句说，我办妥了公家事，登上快阁，倚栏远眺，迎来雨后的晚晴。《晋书·傅咸传》载，夏侯济写给傅咸的信中说：“生子痴，了官事，官事未易了也。了事正作痴，复为快耳。”方东树云：“起四句且叙且写，一往浩然。”

〔三〕两句说，远望无数秋山，高树上叶子零落，天空更显得辽远阔大；澄澈的赣江在快阁下流过，黄昏，映着一弯初月，更觉分明。何焯评《瀛奎律髓》云：“次联亦自写得‘快’字意出。”

〔四〕“朱弦”句，出《吕氏春秋·本味》：“钟子期死，伯牙破琴绝弦，终身不复鼓琴，以为世无足复为鼓琴者。”佳人：美人。在古诗词中常以指知己朋友，有才智的人。青眼：眼睛正视，眼珠子在中间，对人表示好感。横：横斜着眼睛，目光流动。两句说，因为知音不在，我断了琴弦，不再弹奏；对着清樽美酒，聊以消忧。

〔五〕万里归船：杜甫《绝句》有“窗含西岭千秋雪，门泊东吴万里船”。白鸥盟：谓隐居的人与鸥鸟为伴。《列子·黄帝》：“海上之人有好鸥鸟者，每旦之海上，从鸥鸟游，鸥鸟之至者百住而不止。”两句说，希望能坐上船儿，吹着悠扬的长笛，返回遥远的家乡；我这个心愿，早跟白鸥订盟了。

寄黄幾复〔一〕

我居北海君南海，寄雁传书谢不能。〔二〕
桃李春风一杯酒，江湖夜雨十年灯。〔三〕
持家但有四立壁，治病不蕲三折肱。〔四〕
想得读书头已白，隔溪猿哭瘴溪藤。〔五〕

【说明】

此诗作于元丰八年（1085年），时山谷在德州德平镇任上。全诗八句，一气涌出，流畅自然，没有斧凿的痕迹，其实是经过作者“月锻季炼”才能得到的。这绕指柔的精钢，炼成要付出很大的创造性劳动。特别是三、四两句，用的都是极普通的词语，桃李、春风、江湖、夜雨、一杯、十年、酒、灯，在前人诗中早已习见，可是作者把它们巧妙地配搭起来，却构成全新的意境。强烈的对比，引起读者深刻的感受。这是宋诗中很值得注意的手法，不用僻字，不用拗句，不用不经见的典故，而又避免了陈熟、卑腐，能生能新，戛戛独造。

【注释】

〔一〕两句说，我住在北海，您住在南海，想托雁儿代传书信，也难实现。上句语出《左传·僖公四年》:“君处北海，寡人处南海。”说明两人距离之远。山谷跋云:“幾复在广州四会，予在德州德平镇，皆海滨也。”下句用一“谢”字，句意便显得委婉，表现了无可奈何的感情。吴汝纶评曰:“黄诗起处每飘然而来，亦奇气也。”

〔三〕两句说，当年在和煦的春风中，和朋友一起举杯畅饮，欣赏着盛开的桃李花；十年来流落江湖之上，独对残灯，寂寞地听着淅沥的夜雨。上句写昔日同游之乐，下句写别后相思之苦。二语深隽，诗人张耒读后赞叹说:“真奇语!”(《王直方诗话》)方东树亦评曰:“一起浩然，一气涌出。”

〔四〕四立壁:《史记·司马相如传》云“家居徒四壁立”，意谓除一间空房四堵墙壁之外，一无所有。蕲(qí):希望。三折肱:谓三次折臂之后，才能成为好医生。《左传·定公十三年》:“三折肱，知为良医。”句意说家中空荡荡地立着四堵墙壁；医治民生的疾苦，也不须三折臂才可做良医。

〔五〕瘴溪:发生山岚瘴气的溪水，指四会的溪流。瘴，瘴气。两句说，遥想友人一定在发奋读书，使头发过早地白了；隔着瘴气弥漫的山溪，猿猴在攀着藤萝悲叫。

次韵王定国扬州见寄〔一〕

清洛思君昼夜流， 北归何日片帆收。〔二〕
未生白发犹堪酒， 垂上青云却佐州。〔三〕
飞雪堆盘脍鱼腹， 明珠论斗煮鸡头。〔四〕
平生行乐亦不恶， 岂有竹西歌吹愁。〔五〕

【说明】

山谷集中赠友之作颇多。这些诗歌，表现了封建时代读书人的理想和抱负，抒发他们失意时的感慨。诗人珍惜那金石般坚贞的友谊，把诗歌当成日常往来的书信，诗中有深挚的同情，亲切的劝勉，热情的鼓励，与朋友共同分享生活中的欢乐与悲哀。尽管处处是罗网，每句诗都可能构成文字狱，但诗人们的情谊依然在维系着，即使因此而被贬官，被流放，也是心甘情愿的。

【注释】

〔一〕王定国：王巩，字定国。大名莘县（今属河北）人。宰相王旦之孙，是一位有隽才的贵公子。

〔二〕两句说，昼夜奔流不息的洛水啊，像我对您的思念，什么时候您才能收起征帆北归京邑？

〔三〕青云：比喻高官显爵。佐州：作州中一种副职。王当时为通判，即副守。两句说，您头上白发未生，还能禁得起消愁的美酒；可惜啊，快要青云直上，却被压下来佐理州郡。两句对偶精工，意思深警。每句中均有两意转折，顿挫有味。吴汝纶评曰：“苏（轼）奇处在才气，黄奇处在工力，如‘未生白发’‘麒麟堕地’等联，皆痛撰出奇，前无古人，自辟一家蹊径。”

〔四〕鸡头：植物名，即芡。《方言》：“青、徐、淮、泗之间谓之芡，南楚、江、湘之间谓之鸡头。”两句说，把鱼肚细细切碎，像雪片儿堆满盘中；煮熟了的芡实，像千万颗明珠，数以斗计。前人常用飞雪形容鱼脍的细白，杜甫诗有“脍飞金盘白雪高”“无声细下飞碎雪”。山谷此诗用倒装句，以求得“瘦硬通峭”的效果。

〔五〕平生行乐：杨恽《报孙会宗书》，“人生行乐耳”。竹西：

扬州地名。杜牧《题扬州禅智寺》诗："谁知竹西路，歌吹是扬州？"两句说，人生能行乐也是不坏呀，难道竹西的歌吹会引动愁怀？

次韵柳通叟寄王文通〔一〕

故人昔有凌云赋，　何意陆沉黄绶间。〔二〕
头白眼花行作吏，　儿婚女嫁望还山。〔三〕
心犹未死杯中物，　春不能朱镜里颜。〔四〕
寄语诸公肯湔祓，　割鸡令得近乡关。〔五〕

【说明】

山谷赠人之作，每有怜才之意，并代为抱不平，其实这都是诗人借此酒杯以浇自己胸中的块垒罢了。此诗前人多许其五、六两句，然似嫌过于颓唐，不及三、四两句淡而有味。

【注释】

〔一〕柳通叟：待考。山谷集中尚有《次韵柳通叟求田问舍之诗》。王文通：待考。

〔二〕凌云赋：《史记·司马相如传》，"相如既奏'大人'之颂，天子大悦，飘飘有凌云之气，似游天地之间意"。陆沉：无水而沉，喻隐居，含有埋没之意。黄绶：丞尉之类的低级官员，印绶色黄。

〔三〕行作吏：嵇康《与山巨源绝交书》，"一行作吏，此事便废"。儿婚女嫁：《后汉书·逸民传》，"向长，字子平……男女娶嫁既毕……遂肆意与同好北海禽庆俱游五岳名山"。两句说，王文通年纪已老，仍不得不做个小吏；而家中儿女婚嫁已毕，总希望能归隐山中。

〔四〕杯中物：指酒。陶渊明《责子》诗："天运苟如此，且进杯中物。"任渊注曰："言饮兴未衰也。"又云："乐天诗：'白发逐梳落，朱颜辞镜去。'又云：'独有病眼花，春风吹不落。'此用其意。"两句说，爱酒的心思于今未灭，即使春天也不能把镜中的面色变红。

〔五〕诸公：指在朝者。湔祓（jiān fú）：涤除垢秽。这里有荐拔之意。割鸡：《论语·阳货》，"子之武城，闻弦歌之声，夫子莞尔而笑曰：'割鸡焉用牛刀？'"意谓县邑令宰是小官，不须大才，后以"割鸡"指令宰。两句说，如果朝廷诸公肯提携，那就让他在离家乡近的地方做官吧！

新喻道中寄元明用"觞"字韵

中年畏病不举酒，　孤负东来数百觞。〔一〕
唤客煎茶山店远，　看人获稻午风凉。〔二〕
但知家里俱无恙，　不用书来细作行。〔三〕
一百八盘携手上，　至今犹梦绕羊肠。〔四〕

【说明】

山谷晚年的律诗，写得平淡深厚，很有韵味。诗句中不堆叠词藻，不专用实字，不刻意求工，如本诗五、六句，就很像杜甫后期的"剥落浮华"之作。诗中准确使用一些虚字，以表现诗人感情上的曲折变化。后山"深知报消息，不敢问如何"，正是学杜、黄这一体的。钱锺书先生说："这首是黄庭坚比较朴质轻快的诗，后来曾幾等就每每学黄庭坚这一体。"

【注释】

〔一〕中年：指四五十岁的年龄。山谷是年五十八岁。孤负：同“辜负”，有负。两句说，遇赦东归，本该痛痛快快地喝个够，但我自中年以后，怕生病，不敢喝酒。这里换个写法，更觉有味。

〔二〕两句写景，反映了诗人轻快的心情。“凉”字下得很好。

〔三〕两句说，只要知道家里人平安无事，回书时就不必细写了。杜甫《别常征君》诗：“来书细作行。”范大士《历代诗发》评曰：“直捷快人。”

〔四〕一百八盘：路名。自峡州往黔中，即经此路。山谷于绍圣二年（1095 年）被贬黔州，兄大临相送至贬所，经一百八盘、四十八渡。羊肠：弯曲狭窄的山路。句意一转，通过回忆，更深一步写兄弟间的感情。“至今犹梦”四字，触目惊心，以过去的艰苦经历作反衬，更突出被赦后愉快的心情。

有怀半山老人再次韵二首〔一〕（选一）

短世风惊雨过，　成功梦迷酒酣。〔二〕
草玄不妨准易，　论诗终近周南。〔三〕

【说明】

本诗作于元祐元年（1086 年）秋。宋神宗死后，高太后听政，任司马光为相，全部废弃王安石新法，恢复旧制。山谷在诗中缅怀逝去的王安石，对他在政治和文学上的成就表示敬佩。不以潮流进退作为论人的标准，从这里可以看到山谷的政治品质。

【注释】

〔一〕半山老人：王安石晚年居于江宁（今南京）城郊，于钟山与城市之半，故自号半山。

〔二〕两句说，在短暂的人生中，一切的事情像疾风骤雨般，很快地过去了；往日的成功，如同一场迷离的醉梦。任渊注："追念熙宁间一时建立之事，今已堕渺茫，如醉乡梦境。"

〔三〕草玄：玄，指《太玄经》。《汉书·扬雄传》："时雄方草《太玄》，有以自守，泊如也。"准易：以《易》为准则。《汉书·扬雄传赞》："其意欲求文章成名于后世，以为经莫大于《易》，故作《太玄》。"周南：《诗》十五国风之首。《毛诗注疏》云："《周南》《召南》二十五篇之诗，皆是正其初始之大道，王业风化之基本也。"两句说，像汉朝扬雄草创《太玄经》那样，王安石的文章不妨跟《易经》相比；谈到他的诗歌，在思想风格上是与《诗·周南》相类似的。

题郑防画夹五首（选一）

惠崇烟雨归雁，　坐我潇湘洞庭。〔一〕
欲唤扁舟归去，　故人言是丹青。〔二〕

【说明】

此诗用夸张的手法，赞美惠崇画的逼真。人们常说江山如画，而诗人却说画即江山。金人王若虚对这种手法颇为不满，说："诗人之语，诡谲寄意，固无不可，然至于太过，亦其病也。山谷题惠崇画图云：'欲放扁舟归去，主人云是丹青。'使主人不告，当遂不知？"《滹南遗老集》王氏论诗，多此等迂滞之语。

【注释】

〔一〕惠崇：北宋画僧。建阳人。为宋初九诗僧之一。工画水禽，尤擅绘水乡景色，点缀鹅雁鹭鸶，人称“惠崇小景”。两句说，在僧惠崇的画中，烟雨迷蒙，归雁斜飞，仿佛使我置身于潇湘、洞庭之畔了。

〔二〕两句说，我正想呼唤舟人，载我回家乡去呢！老友在旁插话说，这不过是张画儿啊！两句非常生动。

蚁蝶图

蝴蝶双飞得意，　偶然毕命网罗。〔一〕
群蚁争收坠翼，　策勋归去南柯。〔二〕

【说明】

这是一首辛辣的政治讽刺诗。愤激的山谷，这时大概已忘记“温柔敦厚”的诗教了。诗中把那些小爬虫丑恶而可笑的表演生动地描绘出来，未加评论，读者自能会意。据南宋岳珂《桯史》载，题上了此诗的那幅《蚁蝶图》传到京城，冒充“新党”的蔡京见到，登时大怒，准备加山谷以“怨望”的罪名，重加贬谪。以此可见这首小诗的力量了。一首二十四字的小诗，包含着丰富的思想内容，用词简练，寥寥几笔，就把整个事件刻画出来，憎爱分明，艺术形象也真实生动。这是成功之作。

【注释】

〔一〕这两句说，一双蝴蝶儿正在得意地翩跹飞舞，忽然撞入蜘蛛网中，送掉了性命。《山谷诗钞》引蔡载语曰：“山谷诗，意谓二苏而有说焉。诗虽小，清婉而意足，殆诗之法言也。”谓蝴蝶系指苏轼、苏辙兄弟，可备一说。

〔二〕策勋：把功劳记载在简册上。南柯：唐朝李公佐《南柯太守传》载，淳于棼梦到在槐安国，作了驸马，任南柯太守，荣华富贵已极。后打了败仗，公主又死去，被遣回。醒后见庭中槐树南枝下有蚁穴，即梦中所历。两句说，一群小蚂蚁，争着收取从蛛网坠下的蝴蝶残翼，自以为立下了不世奇功，凯旋归到大树的南枝上。

乞猫

秋来鼠辈欺猫死，窥瓮翻盘搅夜眠。〔一〕
闻道狸奴将数子，买鱼穿柳聘衔蝉。〔二〕

【说明】

山谷曾亲自书写此诗，题为《从随主簿乞猫》。语言明白如话，很有风趣，充满着生活气息。《后山诗话》云：“《乞猫》诗虽滑稽而可喜，千岁之下，读者如新。”山谷主张“以俗为雅”，此诗用当时口语写成，把古来咏猫诗中常用的“氍毹”“乱棋”等典故都摒除干净，更显得亲切有味。

【注释】

〔一〕两句写家中无猫时老鼠的猖獗情况。

〔二〕狸奴：猫的别称。将：带。聘：请。衔蝉：任渊云“衔蝉，用俗语也”，称猫。两句说，听说您家的猫儿养了几只小猫，我便买了鱼，用柳枝穿起，去请小猫回来。陆游《老学庵笔记》云：

“先君读山谷《乞猫》诗，叹其妙。”吴可《藏海诗话》云：“‘聘’字下得好。‘衔蝉’‘穿柳’四字尤好。”

题伯时画严子陵钓滩〔一〕

平生久要刘文叔，　不肯为渠作三公。〔二〕
能令汉家重九鼎，　桐江波上一丝风。〔三〕

【说明】

北宋后期政局混乱，在残酷的党派斗争中，出了不少丧节败行的人，山谷对此深有所感。本诗赞美士大夫的名节，认为这是安邦定国的根本，恐怕也不无道理。

【注释】

〔一〕伯时：李公麟，字伯时。北宋著名的画家。舒州舒城（今属安徽）人。晚年归隐龙眠山，号龙眠居士。擅绘人物鞍马及历史故事，造型准确，神态生动，对后世人物画有很大的影响。严子陵：严光，字子陵。少与汉光武帝刘秀同学。光武即位后，严不仕，隐居富春，被认为是高节之士。

〔二〕平生：平时，平素。久要：旧约，旧交。《论语·宪问》：“久要不忘平生之言，亦可以为成人矣。”刘文叔：刘秀，字文叔。东汉光武帝。渠：他。三公：指高官。东汉时以太尉、司徒、司空合称三公，为共同负责军政的最高长官。

〔三〕九鼎：相传夏禹铸九鼎，象征九州，三代时奉为传国之宝。后以九鼎喻分量之重。桐江：钱塘江自建德梅城至桐庐段的别称。桐庐以下习称富春江。两句说，能使汉朝的天下像九鼎般重不可移的，正是在桐江波浪上被风吹动的那一条钓丝啊！高步瀛评："东汉多名节之士，赖以久存，迹其本原，正在子陵钓竿上来耳。"可谓深得山谷之旨。

六月十七日昼寝

红尘席帽乌靴里，想见沧洲白鸟双。〔一〕
马龁枯萁喧午枕，梦成风雨浪翻江。〔二〕

【说明】

没有丰富的想象力，是当不成诗人的。没有一定的想象力，也当不好诗评家。清代薛雪《一瓢诗话》说："'马龁枯萁喧午梦'，尤觉骇人。"袁枚《随园诗话》也批评其"落笔太狠，便无意致"。这其实是山谷观察事物现象精微之处。人在睡眠状态中，外界的一些轻微的刺激，往往会变成夸诞的梦境。叶梦得《石林诗话》云："一日，憩于逆旅，闻傍舍有澎湃鞺鞳之声，如风浪之历船者。起视之，乃马食于槽，水与草龃龉于槽间而为此声，方悟鲁直之好奇。然此亦非可以意索，适相遇而得之也。"颇能道出此诗的情景。

【注释】

〔一〕席帽：以藤席为骨架编成的帽，取其轻便，相当于后世的笠。乌靴：唐宋时朝官在朝会时须着靴。沧洲：滨水的地方，指隐者的居处。两句说，我终日酬劳于世俗的官场事务中，很羡慕那江湖上逍遥自在、双双游翔的白鸟来了。

〔二〕龁（hé）：咬。萁（qí）：豆茎。两句说，马儿在咀嚼着枯豆秸，扰乱着人的午睡。嚼草声在我梦中化成了漫天风雨，巨浪翻江。

病起荆江亭即事十首（选二）

翰墨场中老伏波，　菩提坊里病维摩。〔一〕
近人积水无鸥鹭，　时有归牛浮鼻过。〔二〕

【说明】

宋徽宗即位后，赦免元祐旧人，诗人也被召放还。建中靖国元年（1101 年）正月，山谷沿江东下。四月，至江陵，因患痈卧病二十余日。病愈后游荆江亭，作组诗十首。组诗中或对当时朝廷政事提出自己的看法，或怀念一些被放逐或已逝的朋友，诗歌格调甚类杜甫的七绝。这里选的是组诗的第一、第八两首。

【注释】

〔一〕翰墨场：指文坛、文场。伏波：东汉名将马援，封伏波将军。年六十二时，还骑马据鞍顾盼，以示可用。菩提坊：传说是佛教创始人释迦牟尼成佛得道的地方。维摩：即维摩诘。其是释迦牟尼同时代人，尝以称病为由，向释迦遣来的使者宣扬大乘教义。山谷中年后颇信佛法，此时又刚生过病，故以维摩自比。两句说，我原是文坛上的伏波将军，年虽老而壮志未衰；我又是菩提坊里的维摩居士，害了病还研究佛法。

〔二〕两句说，接近人家居处，积水成池，也无鸥鹭。只是不时有归牛浮渡，水面露出鼻来。写荆江亭的景物，生动自然。任渊曰：

“此本陋句，一经妙手，神采顿异。”把山谷此诗作为“点铁成金”的好范例。

闭门觅句陈无己，对客挥毫秦少游。〔一〕
正字不知温饱未，西风吹泪古藤州。〔二〕

【注释】

〔一〕陈无己：陈师道，字无己。相传陈师道作诗时怕音声骚扰，把孩子和猫狗都赶出门。故山谷说他“闭门觅句”。又《王直方诗话》载，陈有“闭门十日雨，吟作饥鸢声”之句，大为山谷欣赏。“闭门”句或指此。秦少游：秦观，字少游。高邮人。北宋著名的词人。能诗，善书法。山谷中兴颂诗跋尾云：“惜不得秦少游妙墨劖之崖石。”可知其书名。秦观《望海潮》词：“最好挥毫万字，一饮拼千钟。”“对客挥毫”，当为实事。

〔二〕正字：官名。置于秘书省，掌校正书籍。陈师道时任秘书省正字，官职卑小，家里很贫困，故云“不知温饱”。藤州：今广西藤县。秦观坐党籍被贬，卒于藤州。据宋曾敏行《独醒杂志》载，少游之子湛，自藤州护丧北归，与山谷相遇，山谷执其手大哭，以银二十两为赙。曰：“尔父，吾同门友也。相与之义，几犹骨肉。今死不得预敛，葬不得往送，负尔父多矣。”

雨中登岳阳楼望君山二首〔一〕

投荒万死鬓毛斑，生出瞿塘滟滪关。〔二〕
未到江南先一笑，岳阳楼上对君山。〔三〕

【说明】

崇宁元年（1102年）春，山谷遇赦后，自江陵返回故乡，途经湖南，登岳阳楼，写了这两首千古传诵的名作。上首写放逐归来的欣幸心情。山谷在四川住了六年，无日不思江南，未到先笑，到时的喜悦，就可想而知了。次首写登楼所见的美景，秀丽而有气势。

【注释】

〔一〕岳阳楼：即岳阳城西门楼，下临洞庭湖。是唐以来的名胜。君山：又称洞庭山，在岳阳西南洞庭湖中。

〔二〕投荒：被流放到荒僻的地方。瞿塘：瞿塘峡，长江三峡之一，是自川出鄂必经的水道。滟滪：滟滪堆，瞿塘峡口的巨石。它阻挡江流，形成险滩，是三峡中最险之处。古歌云："滟滪大如马，瞿塘不可下。"因妨碍通航，现已炸掉。两句说，我被放逐到荒远之地，九死一生，两鬓已斑白了。想不到今天还能活着出了瞿塘滟滪的天险，返回故乡。

〔三〕两句说，未到江南的家乡，先已欣然一笑，啊，在岳阳楼上，正对着君山！

满川风雨独凭栏，绾结湘娥十二鬟。〔一〕
可惜不当湖水面，银山堆里看青山。〔二〕

【注释】

〔一〕川：本指河流，水道。岳阳楼外湖面不算宽阔，与长江相通，故称"川"。绾（wǎn）：把长条形东西盘绕起来打结。湘娥：指湘夫人，相传其神灵居于君山。《楚辞·九歌·湘夫人》："帝子降兮北渚，目眇眇兮愁予。"十二鬟：形容君山之状，如女神各式发髻。雍陶《望君山》："应是水仙梳洗罢，一螺青黛镜中心。"又刘禹锡《望洞庭》："遥望洞庭山水翠，白银盘里一青螺。"用意皆似。

〔二〕两句说，可惜的是不能正对着湖面，在银山般的波浪中欣赏那青青的君山。

赣上食莲有感〔一〕

莲实大如指，分甘念母慈。〔二〕
共房头𩞄𩞄，更深兄弟思。〔三〕
实中有幺荷，拳如小儿手。〔四〕
令我念众雏，迎门索梨枣。〔五〕
莲心政自苦，食苦何能甘。〔六〕
甘餐恐腊毒，素食则怀惭。〔七〕
莲生淤泥中，不与泥同调。〔八〕
食莲谁不甘，知味良独少。〔九〕
吾家双井塘，秋风十里香。〔一〇〕
安得同袍子，归制芙蓉裳。〔一一〕

【说明】

元丰四年（1081年）秋，山谷于太和任上，因公事至虔州，想念起家乡和亲人，作成此诗。诗中以食莲兴起，接着用一连串的比喻，寄寓了诗人的情绪和感慨。言近旨远，但诗人的寓意还是不算隐晦的。山谷少时曾用功学习过六朝诗，特别欣赏徐陵、庾信的作品，但却没有模仿六朝诗柔靡的风格和华丽的词藻，如此诗“比兴杂陈，乐府佳致”（黄爵滋《读山谷诗集》），正是六朝精粹之处。曾季貍《艇斋诗话》云：“山谷《赣上食莲》诗，读之知其孝弟人也。东湖（指徐俯）每喜诵此诗。”汪薇《诗伦》评曰：“山谷食莲诗，比体入妙，发端在家庭间，渐引入身世相接处，落落穆穆，甘苦自知，人意难谐，归计遂决。风人之致，偶然远矣。”

【注释】

〔一〕赣上：即虔州（今江西赣州）。

〔二〕分甘：把好吃的东西分与别人。两句点题。从食莲分甘联想到母亲的慈爱。

〔三〕觡觡（jí）：本是牛羊的角儿攒聚的样子，这里形容莲房中的莲实。两句说，莲子同生于莲房中，露出一个一个的角尖儿，更加深了对兄弟的怀想。

〔四〕幺荷：指莲芯儿。幺，小。拳：蜷曲。两句说，莲实中藏着小芽儿，蜷缩着有如小儿的手。

〔五〕雏：本指幼小的鸟类，此指小孩。

〔六〕政：同正。两句说，莲心本是苦的，食苦的东西怎能感到甜呢？莲实的甘和莲心的苦是连在一起的，表面是甘，中心是苦，甘中有苦，意更曲折有味。

〔七〕腊（xī）毒：干肉中含毒。《国语·周语》：“厚味实腊毒。”素食：无功受禄，白吃饭。《诗·魏风·伐檀》：“彼君子兮，不素食兮。”两句说，香甜的东西，吃多了恐怕会遇毒，不干工作而白吃，也应感到羞愧。

〔八〕同调：有共同的作风、情趣。两句赞美莲花出淤泥而不染的品质。

〔九〕两句说，吃莲子，谁不感到甜美呢？可是真正欣赏莲的情味的人，的确是太少了。

〔一〇〕双井：山谷的家乡，在今江西修水县西三十里。

〔一一〕同袍子：同心合意的朋友。《诗·王风·无衣》："岂曰无衣？与子同袍。"芙蓉裳：《楚辞·离骚》，"制芰荷以为衣兮，集芙蓉以为裳"，以美好的衣饰来象征人的高尚品质。两句说，希望能得到同心的好友，一起回到乡中隐居修养。

过家

络纬声转急，田车寒不运。〔一〕
儿时手种柳，上与云雨近。〔二〕
舍旁旧佣保，少换老欲尽。〔三〕
宰木郁苍苍，田园变畦畛。〔四〕
招延屈父党，劳问走婚亲。〔五〕
归来翻作客，顾影良自哂。〔六〕
一生萍托水，万事雪侵鬓。〔七〕
夜阑风陨霜，干叶落成阵。〔八〕
灯花何故喜，大是报书信。〔九〕
亲年当喜惧，儿齿欲毁龀。〔一〇〕
系船三百里，去梦无一寸。〔一一〕

【说明】

元丰六年（1083年）十二月，山谷自江西太和移监山东德州德平镇。途经家乡分宁，作了此诗，表达故乡和亲友的深厚感情。本诗在结构上，真如作者所主张的“命意曲折”，诗中把节物、环境、故乡的变化、亲戚的关系跟自己的感怀结合起来写，叙事、写景、抒情浑然无间。语言上力求生新，用字矜炼，高步瀛《唐宋诗举要》谓其“佳处如食甘榄，味美于回”。

【注释】

〔一〕络纬：纺织娘。两句说，纺织娘的鸣声，入冬后越来越急，田畔的水车，天寒时不再运转。

〔二〕两句说，我小时候亲手种植的柳树，现在已长得耸入云天了。

〔三〕佣（yōng）保：雇工。可信任者称为保。两句说，当年在屋旁的旧仆人，年轻的早已更换，年老的也快死尽了。

〔四〕宰木：坟树。宰，指有祖先坟墓的山冈。畦畛（qí zhěn）：畦，在田上有土埂围着的小区；畛，田间的小路。

〔五〕招延：邀请，招待。屈：委屈。父党：父亲一方的亲属。劳问：慰问。婚亲（qìng）：亲，亲家。指母亲、妻子或出嫁了的姊妹一方的戚属。

〔六〕两句说，回到家中，反而变成了客人；看着身影，真觉得自己好笑。刘长卿《湖上遇郑田》：“旧业今已芜，还乡返为客。”

〔七〕两句说，我这一生，像浮萍附水，到处漂流；万事纷侵，白发满鬓。以上四句感怀。

〔八〕陨（yǔn）：坠落。两句说，夜深了，寒风中繁霜零落；枯干的叶子，一阵阵地掉下来。

〔九〕灯花：灯芯燃烧时结成花状，旧俗以为喜事预兆。

〔一〇〕喜惧：《论语·里仁》，“父母之年，不可不知也，一则以喜，一则以惧”。龀（chèn）：小孩子换牙，约七八岁时候。

〔一一〕两句说，如今系船在三百里之外，但梦中离家人连一寸远也没有。

次韵吴宣义三径怀友〔一〕

佳眠未知晓，　屋角闻晴哢。〔二〕
万事颇忘怀，　犹牵故人梦。〔三〕
采兰秋蓬深，　汲井短绠冻。〔四〕
起看冥飞鸿，　乃见天宇空。〔五〕
甚念故人寒，　谁省机与综。〔六〕
在者天一方，　日月老宾送。〔七〕
往者不可言，　古柏守翁仲。〔八〕

【说明】

诗人珍惜朋友间金石般的情谊，什么都可以忘怀，唯独故人是不能离弃的，甚至连贫贱、死亡都无法把友情阻隔。诗中赞美吴宣义对朋友的深情，笔力甚重，在章法上亦有开有合，结构自佳。黄爵滋《读山谷诗集》评云：“此诗即效渊明体，而得其神理。”

【注释】

〔一〕吴宣义：名籍未详。宣义，宣义郎，北宋时寄禄官名。三径：指隐居所住的田园。《三辅决录》载，西汉末，王莽专权，兖州刺史蒋诩归乡里，“荆棘塞门，舍中有三径，不出，唯求仲、羊仲从之游”。

〔二〕晴哢（lòng）：晴天时的鸟叫声。两句从孟浩然《春晓》“春眠不觉晓，处处闻啼鸟”化出。

〔三〕两句说，世间万事都不关心，但故人依然经常入梦。

〔四〕采兰：《楚辞》中常语。兰，喻贤人。短绠（gěng）：短绳。绠，汲水桶上的绳子。《庄子·至乐》：“褚小者不可以怀大，绠短者不可以汲深。”两句说，香兰被秋蓬所遮蔽，无法采撷；寒冽的井水由于绠短，不能汲引。

〔五〕冥飞鸿：在天上飞的鸿雁。扬雄《法言》：“鸿飞冥冥，弋人何篡焉。”两句以飞鸿喻在野的才士。程千帆《古诗今选》评曰：“五、六叹其仕途牢落，紧承上文，是合。七、八以飞鸿为喻，是开。”四句均得比兴之义。

〔六〕机：织布机。综（zèng）：织布机上带着经线上下分开形成梳口的装置。诗中以机综代衣服，意说吴宣义挂念着故人的生活，天冷了，谁去管他的穿着呢？

〔七〕天一方：传苏武诗有“良友远离别，各在天一方”。宾送：迎送。两句说，活着的朋友各在一方，人在迎送日出月落中逐渐变老了。

〔八〕往者：死者。翁仲：墓前的石人。两句说，至于死者，还有什么话可说呢，看着在墓道古柏旁守护着的翁仲，便把一切都看破了。

子瞻诗句妙一世，乃云效庭坚体，盖退之戏效孟郊、樊宗师之比，以文滑稽耳。恐后生不解，故次韵道之（子瞻《杨送孟容诗》云“我家峨眉阴，与子同一邦”，即此韵）[一]

我诗如曹郐，浅陋不成邦。[二]
公如大国楚，吞五湖三江。[三]
赤壁风月笛，玉堂云雾窗。[四]
句法提一律，坚城受我降。[五]
枯松倒涧壑，波涛所舂撞。
万牛挽不前，公乃独力扛。[六]
诸人方嗤点，渠非晁张双。[七]
但怀相识察，床下拜老庞。[八]
小儿未可知，客或许敦厖。
诚堪婿阿巽，买红缠酒缸。[九]

【说明】

此诗诗题甚有意趣，它表现了两位大诗人的深厚交谊。苏、黄的艺术见解和创作风格是有很大不同的，但这并不妨碍两人互相学习。宋史绳祖《学斋占毕》评此诗云：“其尊坡公可谓至，而自况可谓小矣。而实不然，其深意乃自负而讽坡诗之不入律也。曹郐虽小，尚有四篇之诗入《国风》；楚虽大国，而《三百篇》绝无取焉。”苏、黄一生交契，坚如金石，彼此倾倒，何有相轻之嫌？史氏之言无据。

【注释】

〔一〕子瞻：苏轼的字。退之：韩愈的字。韩愈有《答孟郊》和《酬樊宗师》等诗，分别摹拟孟郊和樊宗师的艺术风格。苏轼《送杨孟容诗》作于元祐二年（1087 年），山谷和作亦当在此年。任渊编此诗于元祐元年（1086 年），疑误。

〔二〕曹郐：西周分封的小诸侯国。曹国故地在今山东定陶，郐国地处溱、洧之间。《左传·襄公二十九年》载季子观乐，“自郐以下无讥焉”。两句是自谦之辞，说自己的诗浅陋得不成邦国。

〔三〕五湖：太湖的别名。三江：说法不一，一般指长江下游地区的水道。王勃《滕王阁序》：“襟三江而带五湖。”

〔四〕赤壁：在黄州长江边的矶名。苏轼贬黄州时，常游赤壁，作《前赤壁赋》《后赤壁赋》。玉堂：指学士院正厅。元祐元年，苏轼被提拔为翰林学士。“赤壁”和“玉堂”，分别代表苏轼失意和得意的两个时期。

〔五〕提一律：任渊注云，“言自提一家之军律也”。两句说，苏诗有着自己独特的句法，自成一家，仿佛筑起坚固的城垒，接受我投降。

〔六〕四句用生动精警的比喻，写苏轼诗的笔力。语本杜甫《古柏行》：“大厦如倾要梁栋，万牛回首丘山重。”韩愈《病中赠张十八》：“龙文百斛鼎，笔力可独扛。”

〔七〕嗤点：议论讥笑。杜甫《戏为六绝句》：“今人嗤点流传赋。”晁张：晁补之和张耒，均“苏门四学士”中人。两句说，旁人在笑着指指画画，他能比得上晁、张两人吗？

〔八〕老庞：指庞德公，东汉末年高士，隐居襄阳。《襄阳记》

载，孔明每至其家，独拜于床下。两句说，我只是怀着彼此相知之心，像诸葛亮独拜在庞德公床下那样。

〔九〕小儿：指山谷的儿子黄相，当时约三、四岁。敦厖（dūn páng）：敦厚，朴质谆厚。阿巽：苏轼子苏迈的女儿。婿阿巽，作阿巽的丈夫。“买红”句，任渊注：“今人定婚者，多以红彩缠酒壶云。”四句说，我的小孩将来怎样虽未可知，但客人们也有称赞他忠厚朴实的。他真的能跟阿巽结亲，那我先买些红彩缠着酒瓶送来吧。

题竹石牧牛

子瞻画丛竹怪石，伯时增前坡牧儿骑牛，〔一〕甚有意态，戏咏。

野次小峥嵘，幽篁相倚绿。〔二〕
阿童三尺棰，御此老觳觫。〔三〕
石吾甚爱之，勿遣牛砺角。
牛砺角尚可，牛斗残我竹。〔四〕

【说明】

这是一首极有意味的小诗，不要粗略地看过。王若虚《滹南诗话》批评此诗：“山谷《牧牛图》诗，自谓平生极至语，是固佳矣，然亦有何意味！”这话说得太不公允了，既然承认“是固佳矣”，究竟佳在何处？为什么没有意味？诗中既有浓厚的农村生活气息，又曲折地表达了诗人政治思想上矛盾的心情，山谷珍爱它，是有理由的。《历代诗话》云：“此诗机致圆美，只将竹、石、牛三件顿挫入神，自成雅调。”

【注释】

〔一〕伯时：李公麟，字伯时，北宋画家。

〔二〕野次：郊野之中。次，中间。峥嵘：形容画中怪石嶙峋特立之貌。幽篁（huáng）：幽深的竹丛。两句说，在郊野中有块怪石，旁边长着翠绿的竹子。

〔三〕棰（chuí）：鞭子。觳觫（hú sù）：牛的恐惧颤抖貌。《孟子·梁惠王》："王曰：'舍之，吾不忍其觳觫，若无罪而就死地。'"两句说，放牛娃拿着三尺长的鞭子，驾驭着这匹老牛。

〔四〕四句说，这怪石，我很喜爱它，不要叫牛在石上磨角。唉，牛磨角还没有什么，牛儿争斗起来就会伤着我的竹子了。四句写爱惜竹石的心情。

跋子瞻和陶诗〔一〕

子瞻谪岭南，时宰欲杀之。〔二〕
饱吃惠州饭，细和渊明诗。〔三〕
彭泽千载人，东坡百世士。〔四〕
出处虽不同，风味乃相似。〔五〕

【说明】

宋哲宗绍圣元年（1094年），苏轼被贬广东惠州，闲居多暇，几乎细和陶渊明全部诗作。山谷此诗，写在苏轼《和陶诗》之后，诗中赞美苏轼象渊明那样品格高尚，襟怀坦荡。这是一首感情深挚的佳作。全诗没有一句景语，也没有一句情语，只是不加修饰地叙述，用平淡的语言表现深挚的感情，把东坡的身世、性情、学养、出处概括出来。这就是前人所谓的“淡中藏美丽，虚处着工夫”“纯以意胜”。

【注释】

〔一〕跋：写在作品后边的短文。本诗旧有石刻，题云：“建中靖国元年四月，在荆州承天寺观此诗卷，叹息弥日，作小诗题其后。”

〔二〕岭南：指五岭以南的地区。时宰：当时的宰相，指章惇。绍圣元年，章惇为相，贬苏轼于惠州。苏在惠州曾作“为报先生春睡美，道人轻打五更钟”诗句，章闻之，大怒，复贬苏至海南儋耳。

〔三〕细和：东坡在扬州时，先已和陶《饮酒》诗二十首，至惠州后，又陆续“细和”，共一百零九首。

〔四〕彭泽：县名，今江西彭泽县。陶渊明曾任彭泽令，后人称之为“陶彭泽”。东坡：白居易有《东坡种花》诗，苏轼敬慕白居易，故在黄州时把黄冈山下州治东边的山坡称为东坡，自号东坡居士。两句说，陶彭泽是千古不朽的人物，苏东坡也是百代传名的贤士。

〔五〕出处（chǔ）：出仕与隐居。风味：情调、风格。两句说，尽管两人出仕和归隐的情况有所不同，但他们的思想风格却是非常相似。

题李亮功戴嵩牛图〔一〕

韩生画肥马，　立仗有辉光。

戴老作瘦牛，　平田千顷荒。〔二〕

觳觫告主人，　实已尽筋力。

乞我一牧童，　林间听横笛。〔三〕

【说明】

这首题画诗，以小见大，言近旨远，含蓄地反映了当时的政治现实，流露出山谷想要离开险恶的政治战场，退居林下的心理活动。诗歌的风格很似孟郊的苍老清苦。

【注释】

〔一〕李亮功：李公寅，字亮功，安徽舒城人。画家李公麟之弟。

〔二〕韩生：韩幹，唐代著名的画家，擅写马。戴老：戴嵩，唐画家。戴嵩画牛多瘦，评者谓得“野性筋骨之妙”，与韩幹画马，并称“韩马戴牛”。

〔三〕觳觫：牛的恐惧颤抖之状。四句说，老牛颤抖抖地告诉主人：我实在已筋疲力竭了，请叫个牧童照料照料我吧，我在树林中休息时，可以听着他吹吹横笛。

戏和答禽语〔一〕

南村北村雨一犁，　新妇饷姑翁哺儿。〔二〕
田中啼鸟自四时，　催人脱裤着新衣。〔三〕
着新替旧亦不恶，　去年租重无裤着。〔四〕

【说明】

此诗作于元丰年间。新法在推行过程中已造成不少流弊，损害了自耕农的利益，各种“租”已成为农民颈上的新锁链，这也是新法终归失败的一个主要原因。诗中写布谷鸟催人“脱裤”时农民的感受，代他们宣泄了在沉重剥削下的怨愤之情。

【注释】

〔一〕禽语：有些鸟儿的鸣声被人们想象成有特殊意义的话，诗人们以此展开联想，写成“禽言诗”。宋诗人梅尧臣、欧阳修、苏舜钦等都有“禽言”之作，苏轼也写过《五禽言》诗。

〔二〕饷（xiǎng）：用食物款待人。哺（bǔ）：喂不会取食的幼儿。两句写出农村耕作生活的情况。

〔三〕自四时：自能明辨四季。袴（kù）：指套裤。有别于有裤裆的“裈”，即下衣。

〔四〕两句说，穿上新衣，替换旧衣，本来也是不赖的啊；可是去年的租税重，人们穷到连袴也没得穿！

送王郎〔一〕

酌君以蒲城桑落之酒，　泛君以湘累秋菊之英。〔二〕
赠君以黟川点漆之墨，　送君以阳关堕泪之声。〔三〕
酒浇胸中之磊隗，　菊制短世之颓龄。〔四〕
墨以传万古文章之印，　歌以写一家兄弟之情。〔五〕
江山千里俱头白，　骨肉十年终眼青。〔六〕
连床夜语鸡戒晓，　书囊无底谈未了。
有功翰墨乃如此，　何恨远别音书少。〔七〕
炒沙作糜终不饱，　镂冰文章费工巧。〔八〕
要须心地收汗马，　孔孟行世日杲杲。〔九〕
有弟有弟力持家，　妇能养姑供珍鲑。
儿大诗书女丝麻，　公但读书煮春茶。〔一〇〕

【说明】

此诗气势甚劲，奇横恣肆，大开大合，曲折变化，体现了山谷七古的特色，而用意却温雅沉厚，蔼然仁者之言，真得老杜心法。前八句连用两组排比，如江河直下，写出亲爱之情；接着赞美王郎的才学，并规戒他要重视个人修养；最后劝其归家读书。结构新颖而不失规矩，真能达到“奇警而出之自然，流吐不费力”（方东树《昭昧詹言》）的高境。

【注释】

〔一〕王郎：王纯亮，字世弼，山谷的妹夫。

〔二〕酌：斟酒，这里作使动用。桑落：蒲城的名酒。庾信《就蒲州使君乞酒》诗：“蒲城桑叶落，灞岸菊花秋。”泛：谓泛菊。把菊花放入酒中，使花瓣泛于酒上，一起喝下。古时重阳节有喝菊酒的习俗，岑参《九日使君席奉饯卫中丞赴长水》诗：“为报使君多泛菊，更将弦管醉东篱。”湘累：指屈原。古称不以其罪而死者曰累，屈原赴湘死，故曰“湘累”。《离骚》有“夕餐秋菊之落英”之句。两句谓送别王郎时劝其饮美酒，泛菊花。

〔三〕黟（yī）川：今安徽黟县，产墨名地。点漆：形容墨好。佳墨落纸，光黑如漆。阳关：在玉门关之南，为汉唐时赴西域的要道。

〔四〕胸次：胸中。磊隗：众石高低不平，比喻郁积在胸中的不平之气。《世说新语·任诞》：“阮籍胸中垒块，故须酒浇之。”颓龄：衰老之年。古人谓服食菊花可防止衰老。

〔五〕印：心印。《六祖坛经·顿渐》：“师曰：‘吾传佛心印，安敢违于佛经。’”传印，谓以心相印证，传授佛法。

〔六〕两句说，长期与亲人远隔山河，不觉彼此都头白了；但兄弟骨肉之情是不变的，相见时依然感到无限欣喜。

〔七〕戒晓：即戒旦，谓鸡声在黎明时警戒睡着的人，使之醒来。书囊：书袋子，谓满腹诗书。四句写与王郎同宿的情景。

〔八〕上句语本《楞严经》："若不断淫修禅定者，如蒸沙石，欲其成饭，经千百劫，只名热沙。何以故？此非饭本，沙石成故。"次句本桓宽《盐铁论》："内无其质，而外学其文，虽有贤师良友，若画脂镂冰，费日损功。"

〔九〕心地：佛家语，心能生万法，如地之能生万物，故称。山谷《答王雩书》曰："想以道义敌纷华之兵，战胜久矣。古人云：'并敌一向，千里杀将。'要须心地收汗马之功，读书乃有味。"杲杲：日出光明貌。两句说，要经过内心的艰苦奋斗，才能明白孔孟之道如同皎日永照人间。

〔一〇〕妇：指王郎之妻，山谷之妹。珍鲑（xié）：指美味。鲑，鱼名。四句写王郎一家的情况。程千帆云："结四句劝其居家读书，更求深造，不必汲汲于功名富贵。"（《古诗今选》）

送范德孺知庆州〔一〕

乃翁知国如知兵，　塞垣草木识威名。〔二〕
敌人开户玩处女，　掩耳不及惊雷霆。〔三〕
平生端有活国计，　百不一试薶九京。〔四〕
阿兄两持庆州节，　十年骐驎地上行。〔五〕
潭潭大度如卧虎，　边人耕桑长儿女。〔六〕

折冲千里虽有余，　论道经邦政要渠。〔七〕
妙年出补父兄处，　公自才力应时须。〔八〕
春风旌旗拥万夫，　幕下诸将思草枯。〔九〕
智名勇功不入眼，　可用折棰笞羌胡。〔一〇〕

【说明】

宋神宗元丰八年（1085年）八月，范纯粹出任庆州知州，次年春，山谷补写此诗送他。诗中歌颂了范的父兄守边御敌、治国爱民的爱国精神和政治品质，以勉励范纯粹继承父兄的大志，为国立功。本诗在艺术手法上也很凝练稳重，结构严谨，层次分明。全诗十八句，父、兄、弟三人，各写六句，都以一个中心意思贯串起来。而中间换韵，又不按照各段均匀分配，先平韵八句，换仄韵二句，再换平韵八句。如翁方纲《七言诗歌行钞》云："三段井然，而换韵之法，前偏后伍，伍承弥缝，节奏章法，天然合笋，非经营可到。"

【注释】

〔一〕范德孺：名纯粹，范仲淹的第四子，本官直龙图阁京东转运使，后知庆州事。庆州：今甘肃庆阳，在宋代是边防要地，与西北边境的强敌西夏为邻。

〔二〕乃翁：你的父亲。指范仲淹。塞垣：泛指边境。两句说，你的父亲精通国事如他精通军事那样，连边境的草木都知道他的威名。

〔二〕两句说，敌人不作戒备，打开门户，像对待年幼无知的女孩那样；可他行动起来，像迅雷不及掩耳般，给敌人以致命的打击。上句出《孙子·九地》："始如处女，敌人开户；后如脱兔，敌不及拒。”下句出《淮南子·兵略训》：“疾雷不及塞耳，疾霆不暇掩目。”

〔四〕端有：正有。活国计：使国家繁荣富强的办法。活，作动词用。九京：即九原，春秋时晋国卿大夫的墓地。泛指地下。两句说，他平生有许多救国救民的办法，但连百分之一都没有得到施行，只好抱志而死。

〔五〕阿兄：指范纯粹的二哥范纯仁，他曾在神宗熙宁七年（1074年）和元丰八年（1085年）两次知庆州。持节：即拥旄，上任做官。骐驎：良马名。《商君书·画策》：“骐驎騄駬，每一日走千里。”杜甫《骢马行》：“肯使骐驎地上行。”因以喻有远志的人。

〔六〕潭潭：宽深，宽大。卧虎：比喻稳重、有威势。两句说，他深沉大度，治州有方，使人民能安居乐业。

〔七〕折冲千里：折冲，折退敌方的战车，制敌取胜。《晏子春秋》：“不出于尊俎之间，而知千里之外，其晏子之谓也，可谓折冲矣。”论道经邦：《书·周官》，“兹惟三公，论道经邦”。渠：他。

〔八〕妙年：少年。出补：外出继任空缺了的官职。父兄处：指庆州。公：指范纯粹。两句说，您在年青的时候，就继承了父兄的事业，出知庆州；您的才能是合乎时势需要的。

〔九〕草枯：谓秋天。马肥草枯，是作战的时机。两句说，春风吹拂着您营前的旌旗，簇拥着成千上万的战士；您属下的将领们，盼望着草枯时节，好出兵杀敌。

〔一〇〕智名勇功：《孙子·形篇》，“善战者之胜也，无智名，无勇功”。笞（chī）：鞭打。羌胡：泛在眼指西北民族，此指西夏。两句说，范纯粹不把以智出名、以勇建功放眼里，西夏若胆敢来犯，那就只需折下一根马鞭子抽一顿好了。

老杜浣花溪图引〔一〕

拾遗流落锦官城，　故人作尹眼为青。
碧鸡坊西结茅屋，　百花潭水濯冠缨。〔二〕
故衣未补新衣绽，　空蟠胸中书万卷。〔三〕
探道欲度羲皇前，　论诗未觉国风远。〔四〕
干戈峥嵘暗宇县，　杜陵韦曲无鸡犬。
老妻稚子具眼前，　弟妹飘零不相见。〔五〕
此公乐易真可人，　园翁溪友肯卜邻。〔六〕
邻家有酒邀皆去，　得意鱼鸟来相亲。〔七〕
浣花酒船散车骑，　野墙无主看桃李。
宗文守家宗武扶，　落日蹇驴驮醉起。〔八〕
愿闻解鞍脱兜鍪，　老儒不用千户侯。〔九〕
中原未得平安报，　醉里眉攒万国愁。〔一〇〕
生绡铺墙粉墨落，　平生忠义今寂寞。〔一一〕
儿呼不苏驴失脚，　犹恐醒来有新作。〔一二〕
常使诗人拜画图，　煎胶续弦千古无。〔一三〕

【说明】

本诗作于元祐三年（1088 年）。时山谷于史局为著作佐郎，与苏轼、晁补之、李公麟等往还唱和，题画之作甚多。此图作者不详。画家抓住杜甫“落日蹇驴驮醉起”“儿呼不苏驴失脚”的生动形象，成功地显示了老杜精神世界。山谷曾经说过：“老杜虽在流落颠沛，未尝一日不在本朝，故善陈时事，句律精深，超古作者，忠义之气，感发而然。”（见《潘子真诗话》）可见山谷的确是老杜千古知己，只有这样，才能写出如此好诗。在本诗中，运用了很多杜诗的语句，可谓“无一字无来处”，对表现杜甫的思想和性格起了一定的作用。王世贞谓此诗“力欲求奇，然是公最合作语”（《弇州山人四部稿》）。

【注释】

〔一〕浣花溪：在今成都市西，杜甫曾在溪畔建草堂居住。

〔二〕拾遗：杜甫在至德二载（757年）拜为左拾遗。锦官城：成都的别名。故人：指严武，是杜甫老朋友严挺之的儿子，时任剑南节度使，并任成都尹。碧鸡坊：在成都西南。百花潭：即浣花溪。濯冠缨：缨，系帽的丝带。濯缨，表示清高自守。《古歌》：“沧浪之水清兮，可以濯我缨。”

〔三〕上句用古诗《艳歌行》：“故衣谁当补，新衣谁当绽。”下句用杜甫《奉赠韦左丞丈二十二韵》：“读书破万卷，下笔如有神。”两句意说，杜甫胸中空藏万卷诗书，但生不逢时，只得过着贫困的生活。

〔四〕羲皇：伏羲氏。两句说，杜甫探求治国之道，要超越羲皇以前，他的诗歌让人觉得《国风》的距离也不会太远。

〔五〕干戈：指安史之乱。峥嵘：本为山高貌，引申有不平常、严重之意。宇县：宇，宇宙；县，赤县。犹言天下。杜陵韦曲：长安城南的两个繁荣之地。四句写战乱时长安遭到严重的破坏，杜甫与妻儿一起入川，其余三弟一妹散居各地。

〔六〕乐易：和蔼平易。可人：合人心意。园翁：灌园种菜的老人。溪友：渔夫。杜甫《解闷》诗："溪友得钱留白鱼。"卜邻：择邻。古人迷信，选择邻居也要卜卦。两句说杜甫性情平易近人，肯跟普通劳动者作邻结友。

〔七〕上句出杜甫《寒食》诗："田父要皆去，邻家问不违。"次句出《世说新语·言语》："简文入华林园，顾谓左右曰：'会心处不必在远，翳然林水，便自有濠濮间想也。觉鸟兽禽鱼，自来亲人。'"

〔八〕车骑：车马。宗文：杜甫长子，即"熊儿"。宗武：杜甫次子，即"骥子"。蹇（jiǎn）驴：驴子。因行动缓慢，故称。四句谓宾客来访，在浣花溪中泛舟饮酒，客散后诗人又独自观赏桃李。

〔九〕兜鍪（móu）：头盔。老儒：指杜甫。杜诗中每以"老儒"自称，如《忆昔》诗："老儒不用尚书郎。"千户侯：食邑千户的侯爵。两句说，希望能让战士们解下马鞍，脱去头盔，我这个老儒生本来就不想当上千户侯的。

〔一〇〕眉攒：皱着眉头。两句说，杜甫流寓蜀地，听不到中原的平安消息，在醉中也皱起眉头，为国家的安危而发愁了。

〔一一〕生绡：生绢，用以作画。粉墨：指画上的颜料。两句说，绘在生绡上的画展挂墙头，粉墨零落；老诗人平生的忠义，今已不复得见了。

〔一二〕新作：指忧生念乱之作。以上十二句写浣花溪图的画意。

〔一三〕煎胶续弦：古代传说，把凤凰的嘴和麒麟的角合煎成胶，可将断了的弦粘合，称续弦胶。两句说，杜甫的思想品德和文学才华已难为乎继了，后世的诗人只有向他的画像下拜，以表敬意。

王充道送水仙花五十枝，欣然会心，为之作咏

凌波仙子生尘袜，水上轻盈步微月。〔一〕
是谁招此断肠魂，种作寒花寄愁绝。〔二〕
含香体素欲倾城，山矾是弟梅是兄。〔三〕
坐对真成被花恼，出门一笑大江横。〔四〕

【说明】

建中靖国元年（1101年）四月，山谷遇赦后到荆南，寄寓沙市，心情颇佳，种菊艺兰，悠闲度日。时与李端叔帖云："数日来骤暖，瑞香、水仙、红梅皆开，明窗静室，花气撩人，似少年都下梦也，但多病之余懒作诗尔。"文字甚美。山谷其实也没有懒作诗，光是咏水仙花之作就多达八首。这里选的一首是山谷集中很有名的诗，在艺术上别具特色，它一扫时流咏物诗的陋习，绝无柔靡纤巧之意。以遒劲老健之笔咏花，是西昆诸人所不能梦到的，从这里便可略知山谷是怎样革新宋诗的了。山谷在荆南，僦屋而居，隔邻有一女子，诗人偶见之，"以谓幽闲姝美，目所未睹"。后其家以嫁里巷贫民，因赋《次韵中玉水仙花二首》见意。程千帆认为，"这篇诗可能与这一情事有关。但诗人却似乎是要从沉溺的感情中求得解脱了。最后两句便体现了这一点"。

【注释】

〔一〕两句说，水仙花像凌波仙子穿着沾了细尘的罗袜，在水面上轻盈地漫步，照着一痕新月。两句本曹植《洛神赋》："凌波微步，罗袜生尘。"

〔二〕断肠魂：指宓妃悲伤的精魂。《洛神赋》记她与曹植欢会

之后，旋即分别。山谷在诗中发挥想象，这凌波仙子的化身，在水中，在月下，悄立盈盈，满怀幽思。

〔三〕体素：谓水仙花形体洁白。倾城：形容极美。李延年歌："北方有佳人，绝世而独立。一顾倾人城，再顾倾人国。"山矾：即七里香。两句谓，水仙花香色极美，可与山矾和梅花相比。

〔四〕被花恼：用杜甫《江畔独步寻花》"江上被花恼不彻，无处告诉只颠狂"意。"出门一笑大江横"，诗境由幽怨、纤美，一变为开朗、壮阔，前后对比，意境便更新更远，使读者有强烈的美的感受，产生一种意外的惊喜。

书磨崖碑后〔一〕

春风吹船着浯溪，　扶藜上读中兴碑。〔二〕
平生半世看墨本，　摩挲石刻鬓成丝。〔三〕
明皇不作包桑计，　颠倒四海由禄儿。〔四〕
九庙不守乘舆西，　万官已作乌择栖。〔五〕
抚军监国太子事，　何乃趣取大物为。〔六〕
事有至难天幸尔，　上皇跼蹐还京师。〔七〕
内间张后色可否，　外间李父颐指挥。〔八〕
南内凄凉几苟活，　高将军去事尤危。〔九〕
臣结春陵二三策，　臣甫杜鹃再拜诗。
安知忠臣痛至骨，　世上但赏琼琚词。〔一〇〕
同来野僧六七辈，　亦有文士相追随。〔一一〕
断崖苍藓对立久，　冻雨为洗前朝悲。〔一二〕

【说明】

这是山谷晚年重要的诗作。崇宁三年（1104年）春，诗人以“幸灾谤国”的罪名，被除名羁管宜州。此诗是山谷途经永州时作。诗中叙述在浯溪读到了《中兴颂》碑，并评论唐代安史之乱前后的政事，流露出对已走向没落的宋王朝的忧心。诗人借古讽今，企图引起统治集团的警惕，不要重蹈唐玄宗的覆辙。本诗风格苍老遒健，在艺术上已臻最成熟的高境，特别是叙事的语言精致干净，剥落浮华，绝似司马迁《史记》的笔法，这是值得我们用心领会的。胡仔《苕溪渔隐丛话》云：“杰句伟论，殆为绝唱，后来难复措词矣。”曾季貍《艇斋诗话》亦云：“山谷浯溪碑诗有史法，古今诗人不至此也。”

【注释】

〔一〕磨崖碑：指《中兴颂》碑，即《大唐中兴颂》，唐朝元结作，颜真卿书写。内容写安史乱后，唐肃宗收拾残局，使唐室“中兴”之事。碑刻于浯溪水边崖石上。

〔二〕浯（wú）溪：在湖南祁阳西南五里，湘江西岸。《祁阳县志》：“浯溪胜景，天地生成，一木一石，别饶雅趣。”元结卸道州刺史，归经此地，遂寓溪畔，命溪名曰浯溪。藜：藜杖。

〔三〕墨本：指从原石上摹拓下来成刻印的本子。两句说，我过了半辈子，只看到碑刻的拓本，现在鬓发已经变白了，才亲手抚摩到石刻。

〔四〕明皇：唐玄宗李隆基。他晚年昏庸腐朽，不接受有远见的大臣劝谏，把军事大权交到野心勃勃的胡人将领安禄山手里，终于导致了安史之乱。包桑：《易·否》，“其亡其亡，系于苞桑”。作包桑计，要经常警惕危亡的可能性，早些作好固守根本的大计。颠倒四海：天下大乱。禄儿：指安禄山。他为取得唐玄宗的信任，认作杨玉环的养儿，故称。

〔五〕九庙：古代帝王立九庙以祀祖先，其中祖庙五、亲庙四。乘舆：皇帝乘坐的车子。两句说，连太庙都失守了，玄宗逃到西蜀，官员们像乌鸦拣树栖止一样，纷纷投靠新的主子。

〔六〕抚军监国：《左传·闵公二年》，里克曰"（太子）君行则守，有守则从。从曰抚军，守曰监国"。趣：同"促"，匆忙。大物：指国家。《庄子·天下》："天下，大物也。"两句说，统率军队，守护国家，乃是太子分内的事，何必急急忙忙称帝呢？

〔七〕事有至难：《中兴颂》，"事有至难，宗庙再安"。事，指讨平安史之乱。跼蹐：形容唐玄宗受儿子肃宗所制、无法舒展的样子。

〔八〕张后：肃宗的皇后。她与李辅国勾结，干预政事，牵制肃宗，后来被废。李父：李辅国，太监头子。至德二载（757 年）被封为郕国公，势力很大，连宰相李揆也要执子弟之礼，称他做"五父"。颐指挥：不说话，而用面部表情来示意指挥。两句说，在宫中，要看张后的面色是否同意；在外边，要听从"李父"的颐指气使。

〔九〕南内：宫城南边。玄宗自蜀返京，初住南内兴庆宫，李辅国怕他复辟，与张后合谋，迁玄宗到西内软禁。高将军：指高力士。玄宗的心腹宦官，曾为骠骑大将军，封渤海郡公。玄宗被幽禁后，高力士被李辅国诬陷，流放到巫州，玄宗处境就更艰难了。

〔一〇〕臣结：指元结。春陵：元结曾作道州刺史，道州为春陵故地，因作《春陵行》，揭露统治阶级的横征暴敛，同情人民的疾苦。春陵，一本作"春秋"。二三策：指救国救民之策。《孟子·尽心》："吾于武成，取二三策而已。"臣甫：指杜甫。其《杜鹃行》云："君不见昔日蜀天子，化为杜鹃似老乌。……虽同君臣有旧礼，骨肉满眼身羁孤。"又《杜鹃》诗："我见常再拜，重是古帝魂。"借以对玄宗失位表示惋伤。琼琚：美玉，比喻元、杜文辞之美。四句说，世人读到元结、杜甫的诗文，徒然欣赏文辞之美，而对忠臣的入骨的悲痛就不了解了。

〔一一〕两句记同游者。据黄罃《山谷先生年谱》载，"先生有真迹石刻，题云：'崇宁三年己卯风雨中来泊浯溪。进士陶豫、李格、僧伯新、道遵同至中兴颂崖下。明日，居士蒋大年、石君豫，太医成权及其侄逸，僧守能、志观、德清、义明、崇广俱来。'"

〔一二〕冻雨：暴雨。《楚辞·九歌》："使冻雨兮洒尘。"两句说，久久地对着断崖，站在青苔上。一阵暴雨打来，仿佛为我们洗掉前朝的悲思。

陈师道

陈师道（1053—1102年），字履常，又字无己，自号后山居士。徐州彭城（今江苏徐州）人。少时刻苦学问，年十六，以文谒曾巩，一见奇之。元祐初，以苏轼、傅尧俞等荐其文行，起为徐州教授。又因梁焘推荐，为太学博士，改教授颍州。罢归，复召为秘书省正字。家境困窘，因预郊祀，寒甚，衣无绵，赵挺之借以衣裘，不屑取服，遂以寒疾而死。

后山与山谷齐名，并称“黄陈”，方回誉之为江西诗派“三宗”之一。他以“宁拙毋巧”“宁朴无华”为诗法要义，在句律上力求简古，省去一切多余的词语，以达到“语简而益工”的境地；他也接受山谷“以俗为雅，以故为新”的主张，把重点放在“以俗为雅”上。他善用俚语、谚语、方言、俗字，使诗歌语言显得平淡质朴，形成了“朴拙”的诗歌风格。后山诗的内容虽较偏狭，但感情极深厚朴挚，使人读之如闻其声，如见其人，时如高天鹤唳，时如寒虫悲吟，诗人那奔走风尘，饥寒交逼的情状如在目前。

陈师道的作品，今存有《后山诗注》十二卷，为宋人任渊注，收诗四百六十二首。还有后人辑录的逸诗二卷，计二百二十首。在南宋蜀本《后山先生文集》中尚有上述两本未收之诗八首。

寄外舅郭大夫〔一〕

巴蜀通归使，　妻孥且旧居。〔二〕
深知报消息，　不敢问何如。〔三〕
身健何妨远，　情亲未肯疏。〔四〕
功名欺老病，　泪尽数行书。〔五〕

【说明】

这是后山诗中脍炙人口的名篇，是典型的宋诗，也是江西诗派的代表作，自宋以来，誉之者不绝。赵蕃云："此陈之全篇似杜者也。"(《〈石屏诗集〉跋》) 陈模云："此宛然工部之气象。"(《怀古录》) 方回云："后山学老杜，此其逼真者，枯淡瘦劲，情味深幽。"纪昀云："情真格老，一气浑成。"即使疾后山如仇的冯舒，也不得不说："如此学老杜，宁敢不敛手拊心？"(《瀛奎律髓》评）可见此诗已有定评。而诸论家指出的"学杜"，又是指什么呢？一是学杜的"诗格"，力求其古朴；一是学杜的"句法"，力求其简易；一是学杜的炼字，特别是炼虚字。这样，就能真挚、朴实地表现诗人的思想感情，也就是学得老杜的精髓。这类诗歌的成就，是要在山谷之上的，更不用说江西余子了。

【注释】

〔一〕郭大夫：郭概。元丰七年（1084 年），郭提点成都府路刑狱，后山的妻女相随入川，后山因母老，不能同行。

〔二〕归使：郭概到蜀后派来传讯的人。旧居：本杜甫《得家书》诗中"今日知消息，他乡且旧居"。且：尚。两句说，从西川捎来了书信，知道妻儿像旧时那样在外家安居。

〔三〕两句说，我深知他是来报消息的，但又不敢问那里的情况怎么样。任渊指出，二语出自杜诗“反畏消息来，寸心亦何有”，但后山诗着“深知”二字，意更沉厚。

〔四〕两句说，本来身犹健在，不妨远别，可是夫妻骨肉情亲，又不忍疏隔。

〔五〕两句说，自己既老且病，功名未立，读到寄来的几行书信，不禁流干了眼泪。

秋怀示黄预〔一〕

窗鸣风历耳，　道坏草侵衣。〔二〕
月到千家静，　林昏一鸟归。〔三〕
冥冥尘外趣，　稍稍眼中稀。〔四〕
送老须公等，　秋棋未解围。〔五〕

【说明】

后山五律，不用艰涩字样，不用僻典，平淡中自见老笔。宋初梅尧臣首创此格，后山则发扬之，越淡则越老，越平则越健，其力在骨，与筋脉怒张而自以为有力者大异。南宋人不解此，明人亦不解此，方回虽知之，心摹手追，亦不能似；晚清同光诸家，于后山领会颇深，然多从七律取法，五律遂无人嗣响。时流讥议后山，每摭拾闭门赶出猫儿狗儿事，谓其堆砌典故，生硬艰涩，后山诗深微之旨，古淡之趣，识者希矣。

【注释】

〔一〕黄预：彭城人，后山的学诗弟子。

〔二〕两句说，纸窗窸窣作响，秋风吹过了耳边；小路失修损坏，野草拂着行人的衣裳。一起即用对句，写景自然。一“历”字炼。

〔三〕两句写入夜的情景。方回评曰：“绝妙。”“千家”与“一鸟”对比。

〔四〕冥冥：高远，深远。两句说，凝望着那高远冥茫的空间，获得超脱于世外的意趣；可是，天色越来越暗，渐渐看不清楚了。

〔五〕须：待。解围：围棋用语。两句对后学之语，惜笔力稍弱，与全篇不称。

雪后黄楼寄负山居士〔一〕

林庐烟不起，　城郭岁将穷。〔二〕
云日明松雪，　溪山进晚风。〔三〕
人行图画里，　鸟度醉吟中。〔四〕
不尽山阴兴，　天留忆戴公。〔五〕

【说明】

故典新用，死典活用，这是江西诗派用典的要旨。山阴访戴的故事，千百年来被诗家滥用，几成俗腐之典。“乘兴而来，兴尽而返”，直用此语，则不成其后山了。诗中只是说，当思念友人时，宁可不去访他，以免兴尽，这样，就能够使相思之情长留于心中了。程千帆评曰：“此诗前六句写雪后黄楼，后两句寄负山居士，雪后明丽之景，诗人冲淡之怀，如在目前。”（《古诗今选》）王士禛素不喜后山诗，然独爱此律，当赏其有余不尽之致。

【注释】

〔一〕黄楼：在徐州城东门。元丰元年（1078年），苏轼在徐州太守任上建。负山：张仲连，彭城人，隐居于负山之下，因以为号。

〔二〕两句写黄昏时登黄楼眺望，林中的茅屋还未升起炊烟，城内外满是积雪，使人感到一年将尽了。

〔三〕两句说，斜日透过薄云，辉映着松梢的残雪，晚来风力渐劲，吹进寂静的溪山。“明”“进”皆为动词，是句中诗眼。下句虽从杜诗“山谷进风凉”化出，但不点出“凉”字而自有凉意。《诗林广记》引谢枋得云：“二句绝妙。余尝独步山巅水涯，积雪初霁，云敛日明，遥望松林，徘徊溪桥，踏月而归，始知此两句如善画。作诗之妙，至此神矣。”

〔四〕二句用李白《清溪行》“人行明镜中，鸟度屏风里”句式。

〔五〕两句是全诗精华所在。纪昀不解后山翻案之意，竟谓“结亦太熟”，未免眼粗了。程千帆云：“谓王之访戴而尽兴，何如己之不访张不尽兴，体现了诗人的人生哲学。”（《古诗今选》）极为透辟。

十五夜月

向老逢清节，　归怀托素辉。〔一〕
飞萤元失照，　重露已沾衣。〔二〕
稍稍孤光动，　沉沉万籁微。〔三〕
不应明白发，　似欲劝人归。〔四〕

【说明】

方回但知其“诗意老硬”，而不解其情致之深远。望月思归，为旧诗中常见之意，而诗人却写得如此精微，察人所未察，发人所未发，因而能动读者心底隐秘之情，可为绝诣。

【注释】

〔一〕向老：临老，将老。时后山年方四十。清节：指中秋节。素辉：月光，月色。两句谓把归乡之心托付给中秋月色，寓欲归不得之意。

〔二〕上句谓飞萤在明月下黯淡无光，反用杜诗“暗飞萤自照”意；下句写在月下久久怀思，以致露水沾湿了衣服。

〔三〕孤光：指孤月之光。万籁：指自然界的一切声响。两句说，不知不觉之间，月亮已在天空中缓缓移动，在一片沉寂之中，只有那不知何处传来的低微的声音。纪昀评曰：“后四句深微之至，可云静诣。六句入神，所谓离形得似。”

〔四〕明：照亮。谓使白发更加清楚地见到。月亮仿佛提醒诗人：你也将要老去了，还是早些儿回家吧。

元日

老境难为节，　寒梢未得春。〔一〕
一官兼利害，　百虑孰疏亲。〔二〕
积雪无归路，　扶行有醉人。〔三〕
望乡仍受岁，　回首望松筠。〔四〕

【说明】

方回云："读后山诗，若以色见，以声音求，是行邪道，不见如来。全是骨，全是味，不可与拈花簇叶者相较量也。"此诗写元日，完全撇开唐人习惯写法，不从正面着笔，无色无声，而自有一种深醇之味。宋诗发展唐诗，就是深曲其意，厚重其味，而造成一种特殊情调的诗境。本诗作于绍圣元年（1094 年）。

【注释】

〔一〕两句说，当面临着老境时，佳节就很难算得上什么了，荒冷的树梢还是光秃秃的，未曾得到春天的信息。

〔二〕两句说，虽然做了个小官，却牵涉着不少利害关系；所以要千思百虑，衡量着谁疏谁亲。

〔三〕无归路：写积雪之深，亦暗叹自己归乡无路。次句始点出"元日"的情景。

〔四〕受岁：长一岁。松筠：松竹，所谓岁寒的树木。望松筠，是以松竹岁寒之节自勉。

送吴先生谒惠州苏副使〔一〕

闻名欣识面，　异好有同功。〔二〕
我亦惭吾子，　人谁恕此公。〔三〕
百年双白鬓，　万里一秋风。〔四〕
为说任安在，　依然一秃翁。〔五〕

【说明】

此诗老朴已极，色相全空，当为后山五律的代表作。宋诗异于唐人之处，可在本诗中寻得。纪昀独以“慷爽”二字概之，未免皮相。语语皆有深味，切不可滑眼看过。

【注释】

〔一〕吴先生：任渊注云，“吴先生当是吴远游。苏公尝有书与之”。吴远游名复古，号子野，潮阳人。绍圣三年（1096 年）十一月，吴自高安至惠州访苏轼，后山此诗，当作于是时。惠州苏副使：苏轼于绍圣元年（1094 年），被贬为宁海军节度副使，惠州安置。

〔二〕两句说，听到您的名声，很高兴能认识您，我们虽爱好各异，但愿望是一样的。任渊注谓：“言吴君欲识东坡也。”按，苏轼《与吴秀才书》云：“与子野先生游，几二十年矣。”可见吴、苏早已相识，故首句当指陈、吴二人事。

〔三〕吾子：指吴子野。此公：指苏轼。上句说，您能亲自到惠州谒见东坡，而我却未能做到，故此深感惭愧。下句说，天下间有谁能谅解这位被远谪的人呢？

〔四〕上句用杜甫《戏题寄上汉中王》诗“百年双白鬓，一别五秋萤”原句，意谓苏轼饱经忧患，双鬓已白。下句任注云：“言神交心契，与风无间也。老杜诗‘瞿塘峡口曲江头，万里风烟接素秋’，盖亦此意。”意说，与东坡虽阻隔山河万里，而秋风依旧是吹遍两地的。

〔五〕任安：西汉人，尝在大将军卫青门下。后来卫青势力日衰，而霍去病日益贵，故人门下多去事去病，辄得官爵，惟独任安不肯去。（见《汉书·霍去病传》）次句语出《汉书·灌夫传》：“与长孺共一秃翁。”任渊注：“言无官位版绶也。”

除夜对酒赠少章〔一〕

岁晚身何托，灯前客未空。〔二〕
半生忧患里，一梦有无中。〔三〕
发短愁催白，颜衰酒借红。〔四〕
我歌君起舞，潦倒各相同。〔五〕

【说明】

后山诗中，有关节令之作多佳，大概是当时情景更易触起诗人的深感吧。此诗一出，即为时人传诵，宋人诗话亦多载其事。清范大士《历代诗发》评云："悲歌慷慨，怆然激楚之声。"纪昀亦云："神力完足，斐然高唱。"

【注释】

〔一〕少章：秦觏，高邮人，秦观之弟。

〔二〕两句说，一年已尽，而此身依然无所依托，幸而还有好友到来，在灯前对酒消忧。

〔三〕两句说，半生都在忧患中度过，一切都如梦境般似有还无。

〔四〕两句为集中名句，当时盛称其工。《王直方诗话》："乐天有诗云'醉貌如霜叶，虽红不是春'，东坡有诗云'儿童误喜朱颜在，一笑那知是酒红'，郑谷有诗云'衰鬓霜供白，愁颜酒借红'，老杜有诗云'发少何劳白，颜衰肯更红'，无己诗云……，皆相类也。"语虽近前人，而自得深意。

〔五〕两句说，两人身世略同，不妨暂共歌舞，度过这一年最好的一夜。

次韵无斁雪后二首〔一〕（选一）

闭阁春云薄，开门夜雪深。〔二〕
江梅犹故意，湖雁起归心。〔三〕
草润留余泽，窗明度积阴。〔四〕
殷勤报春信，屋角有来禽。〔五〕

【说明】

后山诗中亦有此等轻倩流美之作，可见大家手段。如乔亿辈轻诋后山诗“粗硬乏温醇之气”（《剑溪说诗》卷下）者，睹此等诗当作何语？

【注释】

〔一〕无斁：晁补之八弟，巨野人，时为曹州教官。后山于绍圣年间，以岳父郭概知曹州，因寓曹数年，与无斁唱酬甚多。

〔二〕闭阁：关闭阁门。上句写夜间，下句写晨起。春云薄，是寒夜室中氤氲；夜雪深，才是自然界的实景。

〔三〕两句说，江畔的梅花开了，依然是往年的拳拳情意；看到湖上的飞雁，不禁引动了归去之心。故意，旧日之意，亦即下文“殷勤报春信”之意。

〔四〕两句说，新长出的青草显得更柔润了，还留着雨雪的余泽；纸窗被雪光映得通明，远见层云在缓缓飞去。

〔五〕来禽：林檎，即沙果，或称花红、文林郎果，其结果时能招来众禽，故称来禽。两句说，屋角的来禽树已有鸟儿鸣叫，似殷勤地报道春天来了的信息。

宿深明阁二首（选一）

缥缈金华伯，　人间第一人。〔一〕
剧谈连昼夜，　应俗费精神。〔二〕
时要平安报，　反愁消息真。〔三〕
墙根霜下草，　又作一番新。〔四〕

【说明】

绍圣初，山谷因党事被召至汴京问状，寓居陈留净上院，书“寂住阁”“深明阁”二额，并赋诗以记。未几，即谪居黔州。绍圣三年（1096年），后山往省外祖父墓，经陈留，宿深明阁中，因成此诗。其表面上是感伤时序灾疾，实际上是怀念被远谪的友人，用意深厚。

【注释】

〔一〕金华伯：葛洪《神仙传》载，黄初平年十五，家使牧羊，有道士将至金华山，居石室中四十余年。其兄寻得之，问及群羊，初平指山中白石，叱之皆起成羊。两句赞美山谷是“人间第一人”，可与作者《谢赵生惠芍药》诗“未有人间第一人”参看。

〔二〕上句写当年相交，日夜共语无倦之乐；下句写如今应酬俗人花时费神之苦。

〔三〕两句说，时常想得到故人平安之报，但当有消息到来时，反而怕它是真的了。两句极写忧喜得失的心情。纪昀谓其虽于杜句脱出，“而换一‘真’字，便有路远言讹，惊疑万状之意，用意极其沉刻”。

〔四〕两句本韩愈《秋怀》诗：“白露下百草，萧兰共憔悴。青青西墙下，已复生满地。”以墙根新出之草，喻当时得意的小人，寓有讽意。纪昀云：“结句托喻，故不着迹。”

登快哉亭〔一〕

城与清江曲，泉流乱石间。〔二〕
夕阳初隐地，暮霭已依山。〔三〕
度鸟欲何向，奔云亦自闲。〔四〕
登临兴不尽，稚子故须还。〔五〕

【说明】

后山写景诗多精绝，不于字句求工巧形似，而重在“超悟”，领会自然界中独特的美，发掘出别人所未能发掘的东西。诗人是用自己的心灵去感触世界的，在写景中也贯注了个人的思想和情绪。程千帆《古诗今选》评曰：“这篇诗的前六句，共分三层，每联一层，却是由低而高，先写水，次写山，再写天，比较别致，也是值得注意之处。”纪昀云：“刻意陶洗，气格老健。”

【注释】

〔一〕快哉亭：亭址在徐州城东南，本唐人薛能阳春亭故址，宋李邦直构亭城隅上，苏轼名之曰“快哉”。

〔二〕两句说，城墙随着清清的江水曲折宛转，泉水在纵横的乱石间流过。徐州城依汴水、泗水而筑，首句写出其特点。

〔三〕两句说，夕阳刚刚沉入地平线下，傍晚时的雾霭已遮住了青山。写黄昏景色如画。

〔四〕两句名隽。方回云："有无穷之味。"纪昀又云："五、六挺拔，此后山神力大处，晚唐人到此，平平拖下矣。"所谓"味"，就是留给读者体味和联想的余地。掠过的鸟儿，将要归向何方？奔驰的云朵，也自有其悠闲的意趣。诗中因景寓情，表示了诗人的胸襟。程千帆指出："与杜甫《江亭》'水流心不竞，云在意俱迟'同意，但陈却将自己的感情埋藏得更深。"(《古诗今选》)

〔五〕两句说，自己登亭临眺，还没有尽兴便要离开了，因为家里的孩子在等我回去呢。程千帆先生说："稚子，指同游的孩子们。故，故意。这是说自己登高临远，还没尽兴，孩子们却故意闹着要回家（便只好走了）。"可备一解。方回云："全篇劲健清瘦，尾句尤幽邃，此其所以逼老杜也。"

怀远

海外三年谪，　天南万里行。〔一〕
生前只为累，　身后更须名。〔二〕
未有平安报，　空怀故旧情。〔三〕
斯人有如此，　无复涕纵横。〔四〕

【说明】

此诗作于元符二年（1099年），为怀念远谪海南岛的苏轼而作。后山尊崇曾巩，不入苏门弟子之列，但与东坡关系自非一般。元祐二年（1087年），东坡为翰林学士时，就曾上奏推荐后山，谓其"文词高古，度越流辈，安贫守道，若将终身。苟非其人，义不往见"，实是知己之言。本诗语极沉痛，反映了朋友间深切的交谊。

【注释】

〔一〕海外：时苏轼被贬为琼州别驾，安置在昌化军（今海南儋州）。三年：苏轼在绍圣四年（1097 年）自惠州再贬海南，至此诗作时恰三年。

〔二〕两句说，东坡生前已为名声所累，身后还要它干什么呢？诗意说，东坡声名很大，故更为小人所忌，屡遭陷害，因而他就不作什么“身后名”之想了。这里活用《晋书·张翰传》“使我有身后名，不如即时一杯酒”之意。

〔三〕两句写得不到东坡的平安消息，即作诗的缘起，点出“怀”字。

〔四〕两句说，这位杰出的人物已落到这个样儿了，那我还有什么泪可再流呢？

雪中寄魏衍〔一〕

薄薄初经眼，　辉辉已映空。〔二〕
融泥还结冻，　落木复沾丛。〔三〕
意在千山表，　情生一念中。〔四〕
遥知吟榻上，　不道絮因风。〔五〕

【说明】

此诗前四句写雪景，虽“妙于写照”，刻画细致，亦唐人成法，无甚特色，后半则纯是后山独造之语。颈联得雪之神，真如羚羊挂角，无迹可寻，宋人妙悟禅理，须于诗外求诗，始解味外之味。末二语翻用旧典，以故为新，全诗虚实、轻重均配搭得当。

【注释】

〔一〕魏衍：后山的门人。后山索居徐州，常与魏衍往还酬唱。元符元年（1098 年）秋，魏移居沛县。

〔二〕上句写初雪，下句写雪下渐密。用对偶句，流畅自然。

〔三〕融泥：写初雪落泥而融。结冻：写雪久之状。纪昀云："前四句纯用禁体，妙于写照。"

〔四〕两句写雪中怀人之情。意，是雪意，亦人之情意。诗人遥望远山，一片洁白，因而便想念起在千山之外的客子了。任渊注云："用王徽之雪夜忽忆戴逵意，以比魏衍。后山《送衍移沛》诗有曰：'勿云百里远，已作千山愁。'……乐天《与元微之书》曰：'平生故人，去我万里；瞥然尘念，此际暂生。'"

〔五〕吟榻：吟诗时所坐的榻。絮因风：《晋书·谢道韫传》载，谢安家内集，雪骤下，问何所似。兄子朗曰："撒盐空中差可拟。"道韫曰："未若柳絮因风起。"后用为咏雪的典故。

早春

度腊不成雪，　迎年遽得春。〔一〕
冰开还旧绿，　鱼喜跃修鳞。〔二〕
柳及年年发，　愁随日日新。〔三〕
老怀吾自异，　不是故违人。〔四〕

【说明】

此后山诗中意境情韵俱佳之作。方回谓其"极瘦有骨，尽力无痕，细看之句中有眼"，纪昀又谓其"自然闲雅，良由气韵不同”。写早春生机勃勃的景色，以反衬自己日甚一日的愁怀，此亦老杜诗法。

【注释】

〔一〕不成雪：意说腊月时天气不冷。遽得春：意说春天仿佛一下子来到了。两句叙新年前后，着一“遽”字，见“早春”之意。方回所谓“句中有眼”，即此意。

〔二〕两句说，河冰解冻了，又恢复向来的盈盈绿水；鱼儿喜悦地跃出水面，鱼鳞闪着银光。“还”字，亦诗眼，写出东风解冻的情状。“喜”字，从《庄子》“鱼乐”之语化出。

〔三〕纪昀云：“此以柳发引入愁新，十字流水，故单以愁新为结，正是唐人诗法。”

〔四〕两句说，临老情怀自然有所变化，不是有意与别人相反。任注：“《南史》：沈怀文素不饮酒，又不好戏，宋孝武谓故欲异己。谢庄尝戒曰：‘卿每与人异，亦何可久？’怀文曰：‘非欲异物，性之所不能矣。’此诗末句，颇采其意。”其实诗中的“自异”与“违人”，只不过是作者强作分别罢了。

寓目

曲曲河回复，青青草接连。〔一〕
去帆风力满，来雁一声先。〔二〕
野旷低归鸟，江平进晚牵。〔三〕
望乡从此始，留眼未须穿。〔四〕

【说明】

元符三年（1100年）七月，后山被任为棣州（今山东滨州）府教授，赴任途中写了不少摹景抒情的好诗。此诗写自徐州沿南清河北上的情景，颔联二语，尤为高隽。

【注释】

〔一〕两句描写曲折回复的河流和岸上接连不断的青草。

〔二〕两句写景极精，河上的船只鼓满了风帆前行，南来的大雁发出嘹亮的鸣声。上句从视觉写，下句从听觉、亦从视觉写，得“寓目”之意。

〔三〕两句说，原野旷阔，遥望天边，归鸟像飞得很低似的；江水平满，黄昏时纤夫拖着船儿慢慢地行进。

〔四〕两句说，暂不要望眼欲穿吧，因为前途还很遥远，望乡之情将越来越深啊。“留眼未须穿”五字，意作两折。

宿合清口〔一〕

风叶初疑雨，　晴窗误作明。〔二〕
穿林出去鸟，　举棹有来声。〔三〕
深渚鱼犹得，　寒沙雁自惊。〔四〕
卧家还就道，　自计岂苍生。〔五〕

【说明】

此亦后山赴棣州教授任上作。途中写景的佳作，如“去帆风力满，来雁一声先”(《寓目》)、“一夜风澎浪，中霄月脱云”(《寒夜》)、

“青林拥红树，家鹜杂宾鸿”(《山口》) 等，皆清切可诵。此诗在写景中有寓意，与单纯模山范水者有别。

【注释】

〔一〕合清口：清水与汶水会合之口，在今山东梁山附近。

〔二〕上句以雨声喻叶声，下句写临晓时的天色。任注引白居易诗“叶声落如雨”及杜荀鹤《雪》诗“先于晓色报窗明”，谓后山此诗用其意。方回又云：“起句十字，尽客夜之妙。”

〔三〕两句说，听到水面上传来的棹声，林中的鸟儿也离巢而出了。

〔四〕两句说，鱼潜藏于深深的水中，犹为人所获得；寒寂的沙滩上，栖雁也频自惊起。两句是江上的实景，也反映了诗人此际的感情。渚鱼沙雁，都有自况的意味。

〔五〕卧家：意谓隐居不仕。就道：上路，谓出任小官。自计：为自己打算。任注引《晋书》：“阮裕曰：‘吾少无宦情，兼拙于人间，故曲躬二郡，岂以骋能，私计故耳。’”苍生：指百姓。《晋书·谢安传》载，谢安在东山隐居不仕，诸人每相与言：“安石不肯出，将如苍生何！”本诗反用此意，说自己出来当个小小的教官，只不过是生活所迫罢了，绝不是有什么为苍生的大志。方回评云：“末句叹喟出处，无补苍生，远矣。”纪昀云：“后山诗多真语，如此尾句，虚骄者必不肯道。”

宿齐河〔一〕

烛暗人初寂，　寒生夜向深。〔二〕
潜鱼聚沙窟，　坠鸟滑霜林。〔三〕

稍作他方计，　初回万里心。〔四〕
还家只有梦，　更着晓寒侵。〔五〕

【说明】

后山五律至此，神完气足，“句句有眼，字字无瑕”，为江西派诗中最上乘之作，他人亦难乎为继了。此亦赴棣州途中诗。

【注释】

〔一〕齐河：古河道名，流经山东禹城西，今置有齐河县。

〔二〕两句写静夜寒生。后山五律，起处每用对偶。

〔三〕两句说，潜藏在水中的鱼儿，聚集在沙窟之中；夜游的鸟儿，也从经霜的树林中滑翔下来。两句中“潜”“聚”“坠”“滑”等字皆锤炼。

〔四〕两句说，事到如今，只好稍作客宦他乡的打算了；静夜无聊，又勾回了万里漂泊的游子之心。

〔五〕“还家”句，紧承“回心”之意。思欲回心转意而不能，只有梦才能还家，而梦也被晓寒侵扰，思家之情若揭。方回云：“尾句尤深幽。”纪昀云：“尾句沉着，用意颇近义山。”

九日寄秦觏〔一〕

疾风回雨水明霞，　沙步丛祠欲暮鸦。〔二〕
九日清樽欺白发，　十年为客负黄花。〔三〕
登高怀远心如在，　向老逢辰意有加。〔四〕
淮海少年天下士，　可能无地落乌纱。〔五〕

【说明】

元祐二年（1087 年），诗人受苏轼等荐，出任徐州州学教授，本诗当是得官后还乡道中所作。后山七律学山谷，时露生拗，尚未成自己独特的面目，而此诗则力学老杜，以健笔运其浩气，语势流转而用意深远。纪昀云：“诗不必奇，自然老健。”

【注释】

〔一〕秦觏：字少仪，高邮人，秦观之弟。

〔二〕沙步：一作“瓜步”。瓜步渡在今扬州市西南，渡口与镇江相对。丛祠：荒废的祠庙。两句写黄昏时泊船渡口所见的景色：急风吹散了骤雨，江水返照出红霞，水边的丛祠已聚集了不少昏鸦。

〔三〕两句说，遇到重九佳节，本应开怀畅饮，可是白发欺人，不能尽兴；十年来作客他乡，真辜负了故园的黄菊。

〔四〕两句说，九日登高，此心如在远方，记挂着知心的朋友；临老之时遇上佳节，这种感受就更加强烈了。

〔五〕淮海少年：指秦觏。高邮处于淮海与东海之间，故云。天下士：国中特出的人物。乌纱：乌纱帽，古时官吏所用。《世说新语·识鉴》载，晋孟嘉为征西大将军桓温参军。九月九日游龙山，宾僚咸集，皆戎服。有风吹嘉帽落，初不觉。温令孙盛作文以嘲之，嘉即时作答，四座皆服。两句用此典，意说，秦觏是国中之士，才华卓绝，在这时一定登高赋咏了。以秦的青年意兴跟自己的向老情怀作对照，更见相忆之意。可能：岂能。

次韵李节推九日登南山〔一〕

平林广野骑台荒，　山寺鸣钟报夕阳。〔二〕
人事自生今日意，　寒花只作去年香。〔三〕
巾欹更觉霜侵鬓，　语妙何妨石作肠。〔四〕
落木无边江不尽，　此身此日更须忙。〔五〕

【说明】

重九登高吟咏，古来作者甚多，以陶渊明、杜甫、杜牧等数家诗最为世所传诵。宋人佳作不多，唯后山二首可继武前贤。《瀛奎律髓》评此诗云：“诗律瘦劲，一字不轻易下，非深于诗者不知，亦当以亚老杜可也。”

【注释】

〔一〕节推：节度推判官的简称。李节推，或疑为李泌。南山：指云龙山，在徐州城南。

〔二〕骑台：即项羽戏马台。《徐州府志》：“城南云龙山东北支麓为玉带钩，钩北为户部山，上为项羽戏马台。”山寺：当指建于戏马台上的台头寺。

〔三〕两句说，登临感慨的人事，都是由九日而引起的；清寒的菊花，依旧放出像去年那样的芳香。诗意谓节物依旧，而人意全非。

〔四〕巾欹：头巾被风吹侧。暗用孟嘉落帽故事。霜：指白发。语妙：《汉书·贾捐之传》，“君房下笔，言语妙天下”。后山五律亦有“语到君房妙”之句。石作肠：皮日休《桃花赋序》谓宋广平“贞姿劲质，刚态毅状，疑其铁肠与石心，不解吐婉媚辞。然观其文而有《梅花赋》，清便富丽，得南朝庾徐体，殊不类其为人”。上句写自己老去，下句赞美李节推的诗。

〔五〕上句出杜甫《登高》诗：“无边落木萧萧下，不尽长江滚滚来。”下句任渊注云：“言节物可念，政应行乐，尚须汲汲于世故耶?”更须忙：为反诘之语，意说，人生一世，遇到重阳佳节，怎么还要忙个不停啊。

寄侍读苏尚书〔一〕

六月西湖早得秋，　二年归思与迟留。〔二〕
一时宾客余枚叟，　在处儿童说细侯。〔三〕
经国向来须老手，　有怀何必到壶头。〔四〕
遥知丹地开黄卷，　解记清波没白鸥。〔五〕

【说明】

元祐七年（1092年），苏轼以兵部尚书召还，兼翰林学士，十一月，又除端明殿学士兼侍读，守礼部尚书。这是他一生中最为春风得意之时了。敏感的后山，对变化不定的政局早有戒备之心，他怕老朋友进用不已，必有后患，在诗中恳切地规劝东坡，还是早点功成身退吧。纪昀云：“规戒语以婉约出之，故是诗人之笔。”

【注释】

〔一〕侍读：宋置翰林侍读学士，以他官之有文学者兼充。尚书：苏轼时为礼部尚书。

〔二〕西湖：指颍州西湖。苏轼在元祐六年（1091年）八月出任颍州太守。时后山为颍州教授，经常与东坡酬唱往还，有《次韵苏公西湖徙鱼三首》，东坡有和作。二年：东坡于元祐七年（1092年）离颍，首尾二年。归思：此指归朝之意。迟留：时后山尚留滞颍州。两句寄怀苏轼。

〔三〕枚叟：指枚乘，西汉辞赋家。杜甫《戏题寄上汉中王三首》有“空余枚叟在”，诗中以自比。细侯：指郭伋。伋字细侯，为并州牧，素结恩德，行部至西河，“有童儿数百，各骑竹马，于道次迎拜”。(《后汉书·郭伋传》)

〔四〕壶头：山名，在湖南沅陵县东北一百三十里。《后汉书·马援传》载，汉建武二十四年（48年），马援自请击武陵五溪蛮夷，愿死国事。“三月，进营壶头。贼乘高守隘，水疾，船不得上。会暑甚，士卒多疫死，援亦中病”，遂病卒。两句说，治理国事向来是要老手的，但即使要报国也不一定要像马援那样做无谓的牺牲。

〔五〕丹地：宫殿以丹砂和泥涂地，代指朝廷。黄卷：谓书籍，古时以黄蘖染纸以防蠹，故名。两句说，我遥想您在朝廷经筵中开卷读书，也还记得您“清波没白鸥”的诗句。任渊注：“此篇又劝苏公高退。苏公在颍和子由诗，有‘明年兼与士龙去，万顷沧波没两鸥’之句。”

次韵春怀

老形已具臂膝痛，春事无多樱笋来。〔一〕
败絮不温生虮虱，大杯覆酒着尘埃。〔二〕
衰年此日长为客，旧国当时只废台。〔三〕
河岭尚堪供极目，少年为句未须哀。〔四〕

【说明】

此为后山七律中最具特色之作，非杜非黄，自成一格。首二语尤为论者所称道。方回云："后山诗瘦铁屈蟠，海底珊瑚枝，不足以喻其深劲。'老形已具臂膝痛'，身欲老也；'春事无多樱笋来'，春欲尽也。前辈诗中，千百人无后山此二句，以一句情对一句景，轻重彼我，沉着深郁，中有无穷之味，是为变体。"纪昀亦云："起二句殊有别味。"此诗写诗人既老且穷的情状，令人慨然。

【注释】

〔一〕老形已具：借用《史记·彭越传》"反形已具"之语。樱笋：韩偓湖南食樱桃诗注，秦中谓三月为樱笋时。上句写老病，下句写春暮。

〔二〕两句说，残败的棉絮不能保暖，生起了虱子；酒杯也盖着不用，沾满了尘埃。

〔三〕上句本老杜《冬至》诗："年年至日长为客。"又《登高》诗："万里悲秋常作客，百年多病独登台。"旧国：即旧乡，指徐州。废台：指项羽戏马台。按，此诗作于绍圣三年（1096 年），时后山寓居曹州，寄食于岳父郭概家，春初自曹州暂还徐州，故云。

〔四〕两句是安慰春怀诗的原作者说，大好河山，尽可供您极目远眺，您正当少年之时，写诗就不必过于感慨悲苦了。

东山谒外大父墓〔一〕

土山宛转屈苍龙，　下有槃槃盖世翁。〔二〕

万木刺天元自直，　丛篁侵道更须东。〔三〕

百年富贵今谁见，　一代功名托至公。〔四〕
少日拊头期类我，　暮年垂泪向西风。〔五〕

【说明】

纪昀谓此诗“一气浑成，后山最深厚之作”。全诗借对外祖父的怀思，抒发个人失意的悲感。末两句情韵悠长，催人泪下。此等诗作，于杜甫、黄庭坚之外，自成一体，断非流辈所及。

【注释】

〔一〕东山：在今河南杞县。外大父：外祖父。后山为庞籍的外孙。庞籍，字醇之，单州成武（今属山东）人。曾任参知政事，拜中书门下平章事。封颍国公，谥庄敏。

〔二〕苍龙：形容山势。《太平御览·礼仪部》三十九引《图墓书》：“凡相山陵之法，……望如龙状有头尾蝼蛇者葬之，出二千石。”檗檗：大貌。檀道鸾《续晋阳秋》：“大才檗檗谢家安。”盖世：出自《史记·项羽本纪》，“项王乃悲歌慷慨，自为诗曰：‘力拔山兮气盖世。’”两句写宛转如龙的东山之下，葬着一位伟大的老人。

〔三〕两句说，千万株树木耸立着，直刺云天；丛竹却侵占着道路，更向东蔓延。两句既写墓地的实景，也是诗人的感受，兴中有比，真是佳联。

〔四〕两句说，外祖父早已逝去了，一生的荣华富贵，再也无人见到，但他建立的一代功名，都是出于至公的。

〔五〕拊头：抚摩着头顶，表示怜爱和期许。《后汉书·吴祐传》：“（父）恢乃止，抚其首曰：‘吴氏世不乏季子矣。’”类我：似我。两句说，我小时候，外祖父抚着我的头顶，希望我能像他那样做人，可是如今我已近暮年，空自向着西风垂泪。

早起

邻鸡接响作三鸣，残点连声杀五更。〔一〕
寒气挟霜侵败絮，宾鸿将子度微明。〔二〕
有家无食违高枕，百巧千穷只短檠。〔三〕
翰墨日疏身日远，世间安得尚虚名。〔四〕

【说明】

细读此诗，可悟后山造句炼字之妙。颔联素为世所称，多举出“挟”字，以为善下字之例。其实二语，好在写出早起的神理，一位瑟缩于冬晨寒气中的穷诗人形象全出。颈联二语，虚中有实，尤为有味。方回云：“‘有家无食’‘百巧千穷’，各自为对，乃变格。要见字字锻炼，不遗余力。”纪昀云：“通体老健。”

【注释】

〔一〕三鸣：谓鸡叫到第三次。残点：敲到最后的更鼓。杀：收束，煞尾。

〔二〕败絮：破敝的棉被。宾鸿：从远方飞来的鸿雁。将：带。两句情景交融，极写寒寂之状。方回云：“轻重互换，愈见其妙。”

〔三〕违高枕：与高枕之愿相违，言多忧不寐。短檠：短柄的灯。只短檠，谓只有孤灯相伴。两句说，有家而不能养，只得寄食于人，百忧相逼，无法安寝；尽管用尽心机，也摆脱不了窘境，独对残灯，感慨交集。

〔四〕翰墨：笔墨，文辞。曹丕《典论·论文》：“古之作者，寄身于翰墨。”诗人在这几年间，由京师赴徐州，移颍州，复寄食曹州，生活转徙不定。故感叹翰墨日疏，虚名无益。

春怀示邻里

断墙着雨蜗成字，　老屋无僧燕作家。〔一〕
剩欲出门追语笑，　却嫌归鬓逐尘沙。〔二〕
风翻蛛网开三面，　雷动蜂窠趁两衙。〔三〕
屡失南邻春事约，　只今容有未开花。〔四〕

【说明】

此诗千锤百炼而无斧凿痕，语语精美绝伦，故方回评其“淡中藏美丽，虚处着工夫，力能排天斡地”，虽推许太过，自足见后山神力。宋人诗异于唐人，亦在于此。浅尝或嫌味同嚼蜡，深味之则一字一句皆有可会心之处。

【注释】

〔一〕蜗成字：段成式《酉阳杂俎》云“（睿宗）为冀王时，寝斋壁上，蜗迹成‘天’字”。两句写自己居处的荒凉冷落之状：雨过后，蜗牛爬在断墙上，留下弯弯曲曲的黏涎，有如篆字；破敝的老屋，连和尚也不愿居住，只有燕子在梁间筑巢。

〔二〕剩欲：只想，本要。两句说，我本想出门去追随那些说说笑笑的游人，可是，又怕回来时两鬓扑满了道路的尘沙。

〔三〕网开三面：语本《史记·殷本纪》，“汤出，见野张网四面，祝曰：‘自天下四方皆入吾网。’汤曰：‘嘻，尽之矣！’乃去其三面。祝曰：‘欲左，左；欲右，右。不用命，乃入吾网。’”诗中用其字面之意。两衙：众蜂簇拥蜂王，如朝拜屏卫，称蜂衙。宋陆佃《埤雅·释虫》：“蜂有两衙应朝。”比喻蜂群早晚两次聚集的生活习性。下句写蜂群之声如雷。

〔四〕春事：指春天赏花等事。容有：或有。意说，自己屡失看花之约，如今或许还有未开之花吧。

和寇十一晚登白门〔一〕

重门杰观屹相望，　表里山河自一方。〔二〕
小市张灯归意动，　轻衫当户晚风长。〔三〕
孤臣白首逢新政，　游子青春见故乡。〔四〕
富贵本非吾辈事，　江湖安得便相忘。〔五〕

【说明】

元符三年（1100年）正月，哲宗死去，徽宗即位，为了缓和新、旧两派尖锐的矛盾，朝廷采取了一些新的政治措施，其中一项就是召还被放逐的旧党大臣。后山的好友苏轼、黄庭坚也在湔涤之列。初夏的一个傍晚，诗人携学生登城门眺望，想到正在北还途中的友人，从心底里感到欣喜。诗歌上半段写登临的情况，下半段写归来后的感触，结体灵活，用意深婉。高步瀛《唐宋诗举要》评云：“后半沉着，往复有致。”

【注释】

〔一〕寇十一：寇国宝。徐州人，后山的学生。白门：徐州城南门。

〔二〕重门：白门为外城门，设置数重，故称。杰观（guàn）：雄伟的楼观。屹：高耸。表里山河：《左传·僖公二十八年》云“表里山河，必无害也”。谓外有山岭环抱，内有江河围绕，为形势险要之地。

〔三〕小市：小市门，徐州地名。两句说，在城门上看到小市已点了灯，才动了归意；回来后穿着轻衫，站在家门前一任晚风吹拂。两句颇有悠然自得之意，一“长”字甚妙。

〔四〕孤臣：远离君主之臣。新政：徽宗初登位时曾作出“虚心纳谏”的姿态，下诏求直言，罢免章惇、蔡卞等，恢复范纯仁等官。后又诏禁曲学偏见、妄意改作，以害国事者，“欲以大公至正，消释朋党”，故改元为建中靖国。游子：指苏轼等。两句说，失宠之臣在年老时幸逢新政，被流放的人在这美好的日子里又能重见故乡了。

〔五〕两句说，富贵本来不是我们该去追求的，而归隐江湖之志又未能实现。

城南〔一〕

白下官杨小弄黄，　骑台南路绿无央。〔二〕
含红破白连连好，　度水吹香故故长。〔三〕
蹲滑踏青穿马耳，　转危缘险出羊肠。〔四〕
熟知南杜风流在，　预怯排门有断章。〔五〕

【说明】

王士禛《池北偶谈》谓于后山诗中，独爱其“林庐烟不起”及“白下官杨小弄黄”二律。此诗平顺流美，故与王氏口味相合，而于后山集中，实是别体。

【注释】

〔一〕城南：徐州城南。

〔二〕白下：即白下门，又称南白门，徐州外城南门。官杨：官府所种的杨树。弄黄：谓初长出的带有微黄色的枝叶在风中摆动。骑台：指戏马台，后山在徐，常游此地。无央：无尽。

〔三〕含红：谓红荷含苞待放。破白：谓白荷怒放。故故：特地。上句写城南荷花的颜色和状态，下句写花的香气从水面上远远吹来。

〔四〕蹲滑：意说踩在长满莓苔的地面或石上。孙绰《游天台山赋》“践莓苔之滑石”，即此意。踏青：踏践青草，春日郊游，行于草地上。马耳：山名，这里泛指两山之间。羊肠：指曲折的山路。两句写游山的经过。

〔五〕南杜：唐长安城南，为杜姓大族聚居之地，有“城南韦杜，去天尺五”之说，这里指居住在徐州城南的贵人。排门：推门。断章：指不完整的诗句。两句说准备拜访城南的友人，先吟成新的诗句。

绝句四首（选一）

书当快意读易尽，　客有可人期不来。〔一〕
世事相违每如此，　好怀百岁几回开。〔二〕

【说明】

吴曾《能改斋漫录》谓“此无己得意诗也”。读到快意的好书，与知己朋友亲切晤语，这是人生中的乐事，可是，书易读完，人难长聚，事与愿违，这使诗人不由得深深叹息了。

【注释】

〔一〕可人：合心意的人。期：等待。任渊引《抱朴子》注云：“嵇生云：每读二陆之文，未尝不废书而叹，恐其卷之竟也。”次句之意，亦于后山诗中习见。如《寄黄充》云：“俗子推不去，可人费招呼。世事每如此，我生亦何娱。”《养一斋诗话》评云：“得唐人句意。”陈与义《书怀示友》诗“俗子令我病，纷然来座隅。贤士费怀思，不受折简呼”，亦袭用后山诗意。

〔二〕两句说，世上的事情往往是跟自己的意愿相反的，人生百年，有几回开怀欢笑啊！《诗林广记》引谢枋得云：“其化事甚巧。盖是用《庄子》盗跖之言曰：‘人上寿百岁，中寿八十，下寿六十。除病疾、死丧、忧患，其中开口而笑者，一月之中不过四五日而已。’不用其语，而用其意，谓之化。”

放歌行二首〔一〕（选一）

春风永巷闭娉婷，　长使青楼误得名。〔二〕

不惜卷帘通一顾，　怕君着眼未分明。〔三〕

【说明】

山谷谓此诗“顾影徘徊，炫耀太甚”，而潘德舆则云：“无己两诗，亦颜延年《五君咏》之流也，岂自炫哉？愤世疾俗之调耳。第一首恶倖得名位之人，必欲知我者真一着眼。……品甚超，词甚激，正是好高志古，不浪结纳者口吻，何为不高古哉！”诗歌写一位容华绝代的女子，终日闭置在宫中，无人欣赏。作者借以抒发个人因耿介自守而失意沉埋的愤懑，古来的读书人求为人知的迫切心情，在这首小诗中暴露无遗了。吴乔《围炉诗话》谓此诗用比体，“不类宋诗”，然宋诗正有此体，不可不知。

【注释】

〔一〕放歌行：本乐府旧题，古辞常叹惜年命无常，或鼓励人乘时奋发。后山此作为七言绝句，宋人诗话引之则加“小”字。

〔二〕永巷：长巷、深巷，用以禁闭妃嫔和宫女。娉婷（pīng tíng）：姿容美好，亦指美人。青楼：华美的楼房，此指承恩者所居的地方。两句说，美人在宫中虚度良时，失意冷落，眼看着青楼中无容无德的人却备受恩宠，误得荣名。诗意是说，真正的才士被废弃于草野之中，而无能之辈却窃取了名位。

〔三〕通一顾：谓顾盼相通。此“通”字，暗示“目成心许”，亦犹义山“心有灵犀一点通”意。两句说，本不惜轻卷珠帘，聊通情愫，怕的是对方没有眼力，未能识别自己的绝代容华。陈衍《宋诗精华录》评此诗云：“终嫌炫玉。此首为人说法则可，所谓‘教人敷脂粉，不自着罗衣’也。”其实，只要是真玉，炫亦何妨？后山谦谦，不汲汲求名，终身潦倒，唯有顾影徘徊，何尝向人炫耀！洪刍见后山此诗二末句，誉为“奇语”，又谓“‘通’字未尝有人道”，可见其倾赏之至了。

谢赵生惠芍药三绝句〔一〕（选一）

九十风光次第分，天怜独得殿残春。〔二〕
一枝剩欲簪双髻，未有人间第一人。〔三〕

【说明】

咏牡丹诗，唐人佳作甚夥，名句如李正封之“国色朝酣酒，天香夜染衣”、李商隐的“锦帏初卷卫夫人，绣被犹堆越鄂君”等，均摹写形状，极富丽繁华之能事。后山此诗，撇开色相描绘，从虚处着墨，侧面烘托出牡丹的风神，便有无穷的韵味。诗中借物寄慨，表现了诗人怀才不遇的伤惋之情。陆游是个心胸豁达的人，对后山抑郁痛苦的内心未能体会，他读到此诗后，“为之绝倒”，并作诗嘲笑后山：“少年妄想已痴绝，镜里何堪白发生。纵有倾城何预汝，可怜元未解人情。”

【注释】

〔一〕赵生：赵鱵之，字子雍。《耆旧续闻》载，其“少学于陈无己，有句法”。惠：赠。芍药：木芍药，即牡丹。元符三年（1100年）春暮，后山曾与寇、赵二生相约丁塘看牡丹。

〔二〕九十：春季的九十天。次第：进展之辞，犹言接着、转眼，表示迅急。分：分别，离去。殿残春：作残春之殿。殿，殿后。苏轼《雨晴后步至四望亭下鱼池上，遂自乾明寺前东冈上归》诗：“殷勤木芍药，独自殿余春。”两句说，九十日的美好春光已迅速逝去，老天爷却怜爱牡丹，特意让它在春残时最后开放。

〔三〕剩欲：很想。两句说，本想折一枝美艳的牡丹，插在姑娘的双髻上，可惜的是，未能找到与它相称的人间第一美女啊。两句意在言外。

妾薄命二首〔一〕

主家十二楼，　一身当三千。〔二〕
古来妾薄命，　事主不尽年。〔三〕
起舞为主寿，　相送南阳阡。〔四〕
忍着主衣裳，　为人作春妍。〔五〕
有声当彻天，　有泪当彻泉。〔六〕
死者恐无知，　妾身长自怜。〔七〕

【说明】

古诗二首，是后山集中名篇。诗人在题下自注云："为曾南丰作。"曾南丰，即曾巩（1019—1083年），北宋散文家，字子固，南丰（今属江西）人，为"唐宋八大家"之一。他是后山的老师，元丰中曾被命独修五朝史实，欲辟后山为检讨之官。曾巩卒后，后山深感知己之恩，写了这两首情词深挚的诗作，以寄哀思。诗中以一位侍妾的身份悲悼宠爱她的主人，来表现学生对老师逝世的沉痛心情。古典诗歌用男女之情来比喻君臣、师生等关系，这种手法是自《楚辞》以来常见的。后山此诗，表现得尤为婉曲动人，故为历来论者所倾赏。洪迈《容斋三笔》云："薄命拟况，盖不忍师死而遂倍（背）之，忠厚之至也。"郎瑛《七修类稿》又云："二篇曲尽相知不倍之义，形于言外，诚《骚》《雅》意也，故诗话中多以二诗为首唱。"但也有人表示不满的，如陈衍《宋诗精华录》就说："二诗比拟终嫌不伦。"近人程千帆对此有颇精到的论述："陈师道此诗之所以为人推重，还和当时的社会风气有关。王安石作宰相时，向他学习的人很多，但政局一变，都赶忙洗刷自己，矢口否认和老师的关系了。……因此，读者肯定这两篇诗，实质上也就是在批判当时那种存在于士大夫当中的凉薄风气。”(《古诗今选》)

【注释】

〔一〕妾：侧室，妇女谦称。

〔二〕十二楼：鲍照《代陈思王京洛篇》，“凤楼十二重，四户八绮窗”。此泛指贵人住的高楼。次句犹白居易《长恨歌》“后宫佳丽三千人，三千宠爱在一身”意。句极简古，真是缩龙成寸妙手。

〔三〕两句说，自古以来的妾妇多是薄命的，侍奉主人不能到尽头。自汉许皇后发出“妾薄命”(见《汉书·外戚传》)的悲语后，这句话已成为封建时代被压迫妇女的共同叹息了。尽年：尽其天年。

〔四〕为主寿：为主人祝福。南阳阡：汉原涉之父为南阳太守，父死，涉买地起冢舍，署曰南阳阡。阡，指通往墓地的路。任渊曰：“言乐未毕而哀继之也。刘禹锡诗‘向来行哭里门道，昨夜画堂歌舞人’，后山盖用此意。”两句写乐极哀来，感慨交集。

〔五〕两句说，我怎忍心穿着主人给我的衣裳，来为别人强颜欢笑呢？任渊谓此二语：“皆以自表，见其不忍更名他师也。乐天《燕子楼》诗曰：‘钿晕罗衫色似烟，一回看着一潸然。自从不舞霓裳曲，叠在空箱得几年？’后山盖用此意，而语尤高古。”

〔六〕两句形容悲痛之极。任渊引《史通》载温子昇“怨痛之响，上彻青天”事及韩愈诗“上呼无时闻，滴地泪到泉”作注。

〔七〕上句本《孔子家语》：“子贡问于孔子曰：‘死者有知乎？将无知乎？’”下句本李白《去妇词》：“孤妾长自怜。”任渊谓后山诗

“用意直追《骚》《雅》，不求合于世俗”，观此可知。

叶落风不起，山空花自红。〔一〕
捐世不待老，惠妾无其终。〔二〕
一死尚可忍，百岁何当穷。〔三〕
天地岂不宽，妾身自不容。〔四〕
死者如有知，杀身以相从。〔五〕
向来歌舞地，夜雨鸣寒蛩。〔六〕

【注释】

〔一〕两句写墓地的荒冷景象，残叶委地，秋风再不能把它吹起，空旷的山野中，只有斑驳的红花寂寞地开着。陈模《怀古录》评曰：“兴中寓比而不觉，此真得诗人之兴而比者也。”张宗泰《鲁岩所学集》又云：“盖言南丰一死，不可复作，己虽有向往之诚，无所依附。”皆可参看。

〔二〕捐世：离开人世。惠：施以恩惠。两句说，主人还未及年老就去世了，但他施与我的恩惠是无尽的。《诗林广记》引谢枋得云：“此二句无限意味。后山亦自叹南丰荐引虽力而未遂，不期南丰死之速也。”

〔三〕何当：何时。两句说，死亡的痛苦还是可以忍受的，而苟活一生的痛苦什么时候才可以了结啊？

〔四〕两句说，天地并不是不宽阔，只不过我自己不容于世罢了。诗意谓痛苦是自取的，是甘心情愿的。比孟郊“出门即有碍，谁谓天地宽”之语更沉痛深刻。范大士《历代诗发》评云：“琵琶不可别抱，而天地不可容身，虽欲不死何为？”

〔五〕两句进一步补足上首“死者恐无知，妾身长自怜”意，线索分明，浑然一体，任渊注云：“师死而遂背之，读此诗亦少知愧矣。”“杀身”一语，未知有几人道得！

〔六〕两句说，当时歌舞欢娱之地，如今已一片荒凉，只有蟋蟀在雨夜中凄切地鸣叫。两句写主人死后的情景。十二楼中，风流云散，凄感无限。

别三子

夫妇死同穴，　父子贫贱离。
天下宁有此，　昔闻今见之。〔一〕
母前三子后，　熟视不得追。
嗟乎胡不仁，　使我至于斯。〔二〕
有女初束发，　已知生离悲。
枕我不肯起，　畏我从此辞。〔三〕
大儿学语言，　拜揖未胜衣。
唤爷我欲去，　此语那可思。〔四〕
小儿襁褓间，　抱负有母慈。
汝哭犹在耳，　我怀人得知。〔五〕

【说明】

元丰七年（1084 年）五月，后山的岳父郭概提点成都府路刑狱。后山家境困穷，养不活妻儿，郭概便把女儿和外孙全带走了。后山因母老，不能同往。写了《送内》和《别三子》两诗，抒写中年时夫妇、父子相别的痛苦，语言极朴素，感情极深挚，真境真情，尤能动人。潘德舆《养一斋诗话》盛称此诗及《示三子》诗云："此数诗沛然至性中流出，而笔力沉挚又足以副之，虽使老杜复生不能过。"

【注释】

〔一〕首句用《诗·王风·大车》"穀则异室，死则同穴"语，但意思更深一层。"天下"句，见《后汉书·伏后传》，曹操逼汉献帝废伏后，帝对郗虑说："郗公，天下宁有是邪?"这也是夫妇间不相保之事，后山取其语用之，任渊称其"使事而无迹"。

〔二〕四句说，眼睁睁望着妻儿离去，不用追回。老天爷为什么这样残酷，使我落到这个地步!

〔三〕束发：女子年十五，束发加笄。"枕我"二句，与杜甫《羌村》诗"娇儿不离膝，畏我复却去"，皆极写儿女恋亲之状。

〔四〕胜：胜任，承受得起。未胜衣，言其幼弱。《史记·三王世家》："皇子赖天，能胜衣趋拜。"那可思：不能想，言及令人难过。

〔五〕襁褓：背负小儿的背带和布兜。四句说，最小的儿子还需负抱，有着母亲慈爱的照顾。啊，你的哭声还可听到，而我的心情谁能了解呢?以上十二句分别写三子，各自语言、动态不同，足见亲亲之意。

示三子

去远即相忘，　归近不可忍。〔一〕

儿女已在眼，　眉目略不省。〔二〕

喜极不得语，泪尽方一哂。〔三〕
了知不是梦，忽忽心未稳。〔四〕

【说明】

元祐二年（1087 年），后山得任徐州教授，生活稍好了一点，从岳父家接回了妻儿，重过团聚的日子。他这时写的《谢徐州教授启》说：“追还妻孥，收合魂魄；扶老携幼，稍比于人。”能像一般人那样过正常的家庭生活，后山于愿已足了。汪薇《诗伦》评云：“淡而真，是天性中物，不可以雕琢得者。”

【注释】

〔一〕两句说，远离了倒也死了心，当作忘记算了，可是知道你们快到家，想念的心情反而按捺不住。

〔二〕两句说，儿女已站在眼前，见了面有些不认得了。按，后山三子随外祖父郭概入川，到归时已有三年多了。

〔三〕哂（shěn）：笑。两句写久别重逢的悲喜之情，初见时高兴极了，说不出话来，一个劲地流泪，拭干泪水，然后才笑起来。

〔四〕了知：清清楚楚地知道。忽忽：心神不定之状。前人在诗中描写久别重逢的情况，每以梦境相喻。后山“以故为新”，反用其意，先点出“不是梦”，再说“心未稳”，便把当时复杂的心情生动地表现出来了。刘壎谓此等诗“语短而意长”“简洁峻峭，而悠然深味”。（《隐居通议》）

和饶节咏周昉画李白真〔一〕

君不见浣花老翁倒骑驴，　熊儿捉辔骥子扶。〔二〕
金华仙伯哦七字，　好事不复千金摹。〔三〕
青莲居士亦其亚，　斗酒百篇天所借。
英姿秀骨尚可似，　逸气高怀那得画。〔四〕
周郎韵胜笔有神，　解衣槃礴未必真。
一朝写此英妙质，　似悔只识如花人。〔五〕
醉色欲尽玉色起，　分明尚带金井水。
乌纱白纻真天人，　不用更着山岩里。〔六〕
平生潦倒饱丘园，　禁省不识将军尊。
袖手犹怀脱靴气，　岂是从来骨相屯。〔七〕
仰视云空鸿鹄举，　眼前纷纷那得顾。
是非荣辱不到处，　正恐朝来有新句。〔八〕
勿言身后不要名，　尚得吴侯费百金。
江西胜士与长吟，　后来不忧身陆沉。〔九〕

【说明】

后山七古，未成面目，佳篇不多。此诗用意虽深，然格局全仿山谷题画诸作，试检出《老杜浣花溪图引》相较，便见高下之别。虽然，就诗而论，亦不失为可诵之作。其写画中李白的意态风度，尤为真切传神。

【注释】

〔一〕饶节：江西诗派诗人。可参看本书诗人小传。周昉：唐画家，字景玄，京兆（今西安）人。工画肖像，有兼得神情之誉。真：真像。饶节《倚松老人集》有《李太白画歌》。

〔二〕浣花老翁：指杜甫，以其入蜀居于成都浣花溪，故称。熊儿：即杜宗文，杜甫长子。骥子：即杜宗武，杜甫次子。

〔三〕金华仙伯：指黄庭坚。两句说，杜甫的形象经过山谷诗的描写，再不用好事者花钱请画家来摹画了。

〔四〕青莲居士：李白自号。李白《答湖州迦叶司马问白是何人》诗："青莲居士谪仙人，酒肆藏名三十春。"斗酒百篇：杜甫《饮中八仙歌》有"李白一斗诗百篇"。四句谓李白天才，画家也只能写其容姿，而难以表现其气韵情怀。

〔五〕周郎：指周昉。《画断》："周昉穷丹青之妙，画美人女子，为古今冠绝。"解衣槃礴：《庄子·田子方》，"宋元君将画图……有一史后至者，儃儃然不趋，受揖不立。因之舍，公使人视之，则解衣般礴，裸。君曰：'可矣，是真画者也。'"槃礴，同般礴，箕踞之状，表示不拘形迹。如花人：指美女。四句说，周昉下笔有神，度越前修，料想他写了李白英妙的真容后，可能后悔只画美女了。

〔六〕醉色：醉中红润的容色。玉色：洁白如玉的容色。金井：指宫井。乌纱白纻：指李白当时的服饰。着山岩里：《世说新语·巧艺》载，顾恺之画谢鲲在岩石里。人问其所以，顾曰："谢云：'一丘一壑，自谓过之。'此子宜置丘壑中。"上两句写李白带醉写诏的情景。《唐摭言》载，太白在翰林应诏，"草《白莲花开序》及《宫词》十首，时方大醉，中贵人以水沃之，稍醒。白于御前索笔一挥，文不加点”。

〔七〕禁省：指朝廷，宫禁。将军：指高力士。高是唐玄宗最宠爱的宦官，曾封骠骑大将军之衔。脱靴：《新唐书·李白传》，“白常侍帝，醉，使高力士脱靴。力士素贵，耻之，擿其诗以激杨贵妃。帝欲官白，妃辄沮止。白自知不为亲近所容，益骜放不自修”。骨相屯（zhūn）：意说命运不好。屯，艰难。四句说，李白蔑视权贵，一生潦倒。

〔八〕“仰视”句，用嵇康《送秀才入军》诗“目送归鸿，手挥五弦”意，表现诗人高远的胸怀气度。次句说，世上的纷纷诸子是不值得他一顾的。后二句说，李白摆脱了世间的是非荣辱，专意作诗。末句从山谷“儿呼不苏驴失脚，犹恐醒来有新作”化出。

〔九〕吴侯：吴少卿，此图的所有者。饶节原作有“吴侯得之喜不寐”之语。江西胜士：指饶节。胜士，高明的人士。又，佛教称能净持戒的人为胜士。陆沉：陆地无水而沉，比喻隐于市朝中。《庄子·则阳》：“方且与世违，而心不屑与之俱，是陆沉者也。”四句说，吴侯买得此画，饶节又为赋诗，李白就更不忧埋没了。

刘　跂

刘跂（约1048—1117年），字斯立。东光（今河北东光县）人。刘挚之子。元丰二年（1079年）进士。选任州学教授，历任彭泽、管城、蕲水知县。绍圣间，父坐党籍窜新州，跂从之于谪所。徽宗立，归作学易堂，自号学易老人。政和末，以朝奉郎卒。

刘跂亦不列《宗派图》中，其诗“多似陈师道体，虽时露生拗，要自落落无凡语”。五言律诗，朴拙处尤近后山。

刘跂的作品，今存《学易集》八卷。其中四卷为诗集，收诗二百一十九首。另栾贵明补辑诗四首。

送成都漕〔一〕

里巷居偏近，　生平月亦同。〔二〕
开怀一笑语，　转首两西东。〔三〕
共是尘劳内，　全输吏隐中。〔四〕
鱼来勤尺素，　淮汴古来通。〔五〕

【说明】

此诗淡而有味，不类山谷而似后山。“开怀”二语，尤觉情调深永。所惜下半首过于率直，意亦平庸。

【注释】

〔一〕漕：漕司。宋代置诸道转运使，管催征税赋、出纳钱粮、办理上供及漕运等事。

〔二〕两句写与友人居所及年岁皆相近，暗示平素交往的密切。

〔三〕上句写相聚时的欢乐，下句写匆匆一别，各散西东。对比鲜明。

〔四〕尘劳：人世间劳碌之事。吏隐：隐于吏事之中，意谓官职低微，借以为隐遁之所。两句实际是感叹尘务为劳，不能与友人长相欢聚，从“全输”二字见意。

〔五〕鱼：语意相关，古谓鱼能传书。尺素：古代用绢帛书写，通常长一尺，故称写文章的短笺为尺素，亦用此指书信。古乐府《饮马长城窟行》：“客从远方来，遗我双鲤鱼。呼童烹鲤鱼，中有尺素书。”淮汴：淮河和汴河，指自己友人所在之地。两句说，淮河和汴河古来是相通的，希望朋友能多寄来书信。

龙山寺〔一〕

晓色翩翩乌帽轻，　道人瞥去不关情。〔二〕
高山流水为谁说，　翠竹黄花空自生。〔三〕
急雨欲来先暑气，　凉风已过却秋声。〔四〕
后期好取归时月，　照我深岩处处行。〔五〕

【说明】

斯立七律，力学山谷生硬险拗，未有自己的面目。此诗写龙山好景，明快有致，颈联二语，尤疏宕可喜。

【注释】

〔一〕龙山寺：龙山，在今湖北江陵县西北，今名八宝山、八岭山。龙山寺在龙山之南。

〔二〕乌帽：乌纱帽。东晋时宫官着乌纱帽，后为帝王贵臣所袭用，诗中指来游龙山的官吏。《世说新语·识鉴》注载，晋孟嘉为征西将军桓温参军，九月九日随温游龙山，有风吹嘉帽落。因用为龙山的典故。道人：诗人自指。两句说，清晨时，戴着乌纱帽的官僚们也来游山，可是我却冷眼瞥过，漠不关情。

〔三〕高山流水：暗用子期听琴故事。《列子·汤问》载："伯牙善鼓琴，钟子期善听。伯牙鼓琴，志在登高山，钟子期曰：'善哉，峨峨兮若泰山。'志在流水，钟子期曰：'善哉，洋洋兮若江河。'"后因用为知音难遇之典。本诗用此，一谓龙山山水，非乌纱帽辈所能赏；一谓自己是山水知音，但无人同游，亦无人可了解自己。次句补足上句，谓满山花竹，无人爱赏。颔联语浅而意深曲，是江西家法。

〔四〕两句写山中天气，"先"字、"却"字是诗眼。《优古堂诗话》赏此二语，特表出之。

〔五〕两句写重游之愿，谓游赏至月出始归。

潘大临

潘大临（约 1057—1106 年），字邠老。本闽人，其父昌言官黄州（今湖北黄冈），遂占籍黄州。应试不第，随亲官汉阳，辟公舍之东轩著书，名“左史”。晚年贫甚，浪游汴京，客死蕲春。

潘诗受山谷及江西诗派诸人的影响，诗格与山谷为近。吕本中谓其诗“精苦”，陆游亦称其“诗妙绝世”，可见邠老在江西诗派中的地位。

潘大临的作品，旧有《柯山集》二卷，已佚。今存《两宋名贤小集》本《潘邠老小集》一卷，仅收诗十四首。另《宋文鉴》等书中尚有其逸诗十首。

江上晚步（四首选三）

白鸟没飞烟，微风逆上船。〔一〕
江从樊口转，山自武昌连。〔二〕
日月悬终古，乾坤别逝川。〔三〕
罗浮南斗外，黔府若何边。〔四〕

【说明】

姚壎《宋诗略》评此组诗说："大气鼓荡，笔力健举，王直方所云'使老杜复生，须共潘十厮炒'，不得以有空意无实力少之。"组诗深得杜甫诗法，境界雄阔，结构严整，感情深挚，是集中诗的佳作。当作于绍圣四年（1097 年），时潘大临寓居武昌。

【注释】

〔一〕白鸟：指鸥、鹭等白色水鸟。两句写远望的景色，烟中隐没的飞鸟，逆流而上的江船，构成一幅静止的图画。

〔二〕樊口：地名，即樊溪口，在今湖北鄂城西，与黄冈隔江相对。长江在江汉平原上江流弯曲甚多，南流至樊口复折向东。武昌：今湖北鄂城。在鄂城附近有些低矮的小山，以樊山（西山）最为著名，风景甚佳。

〔三〕终古：久远。乾坤：天地。逝川：流逝的江水。《论语·子罕》："子在川上曰：'逝者如斯夫，不舍昼夜！'"两句说，日月万古长悬于天地之间，天地也由这滚滚东去的长江分界。与杜甫"乾坤日夜浮"、王维"江流天地外"用意相似。

〔四〕罗浮：山名，南粤名山之一，在今广东增城、博罗县境。南斗：星名。南斗六星，即斗宿。黔府：指黔州（今彭水县）。若何边：在什么地方呢。两句是怀念两位被远谪的朋友。按，山谷在绍圣二年（1095 年）被贬为涪州别驾，黔州安置。

波浪三江口，　风云八字山。〔一〕
断崖东北际，　虚艇有无间。〔二〕
卧柳堆生岸，　跳鱼水捣湾。〔三〕
悠然小轩冕，　幽兴满乡关。〔四〕

【注释】

〔一〕三江口：在今湖北鄂城西。《读史方舆纪要·武昌县》："三江口镇，县西四十里……三江合流，延袤广阔。"八字山：指鄂城的山。《晋书·戴洋传》载，戴洋言于庾亮曰："武昌土地有山无林，政可图始，不可居终，山作八字，数不及九。"潘大临《江口》诗亦云："八字山头雁，武昌江上鱼。"

〔二〕虚艇：犹言虚船。语本《庄子·山木》，谓无人之船，此指轻便的木船。两句写远望江岸的断崖与波间的小艇。"东北"对"有无"，甚活。

〔三〕两句描写岸柳湾鱼的情状，然"堆生""水捣"二语甚生硬，几不可解。

〔四〕小轩冕：轩冕，卿大夫的轩车冕服。这里指轻视官位爵禄。

西山连虎穴，　赤壁隐龙宫。〔一〕
形胜三分国，　波流万世功。〔二〕
沙明拳宿鹭，　天阔退飞鸿。〔三〕
最羡渔竿客，　归船雨打篷。〔四〕

【注释】

〔一〕西山：即樊山，在鄂城西三里，为古樊楚三名山之一。通虎穴：谓其幽僻。杜甫《题柏大兄弟山居屋壁》诗"静应连虎穴"，意同。赤壁：原名赤鼻，在黄州城西门外。苏轼《赤壁赋》即写此地。

〔二〕三分国：指魏、蜀、吴国三分天下。杜甫《八阵图》诗："功盖三分国。"上句写长江形胜，为南北的天然屏障。下句暗写赤壁之战，孙、刘联军击败曹操之事。赤壁战后，三分国的局面已定。

〔三〕拳：蜷缩，这里形容宿鹭之状。《画继》："或拳鹭于舷间，或栖鸦于篷背。"退飞鸿：《春秋》有"六鹢退飞，过宋都"之语，本诗用此语，谓天空广阔，远望鸿雁，仿佛像倒着飞翔。

〔四〕渔竿客：指隐居江湖之士。两句对隐者闲适的生活致羡慕之意。

题张圣言画〔一〕

荻花索索水津津，日落空山开霁新。〔二〕
松下有人摩诘似，与渠烟火作比邻。〔三〕

【说明】

宋人题画诗，多作山水隐逸之想，这也是与宋画常见的境界相关的。

【注释】

〔一〕张圣言：北宋画家，尝画《柯山图》。

〔二〕索索：风声。津津：洋溢貌。

〔三〕摩诘：唐诗人王维之号。渠：他，指松下的高士。两句说，画中松树下有位象王维那样的高士，我真想跟他做个烟火相闻的邻居啊。

浯溪中兴颂〔一〕

公泛浯溪春水船，系船啼鸟青崖边。〔二〕
次山作颂今几年，当时治乱春风前。〔三〕

明皇聪明真晚谬，乾坤付与哥奴手。〔四〕
骨肉何伤九庙焚，蜀山骑骡不回首。〔五〕
天下宁知再有唐，皇帝紫袍迎上皇。〔六〕
神气仓皇吾敢惜，儿不终孝听五郎。〔七〕
父子几何不豺虎，君臣宁能责胡虏。〔八〕
南内凄凉谁得知，人间称家作端午。〔九〕
平生不识颜真卿，去年不答高将军。〔一〇〕
老来读碑泪沾臆，公诗与碑当并行。〔一一〕
不赏边功宁有计，不杀奏章犹未语。〔一二〕
雨淋日炙字未讹，千秋万岁所鉴多。〔一三〕

【说明】

山谷《书磨崖碑后》一诗，记读浯溪《大唐中兴颂》后的感慨，思深力遒，殆为绝唱。潘大临此诗，不免受到山谷原作的影响，在立意布局以至遣词造句上都有摹拟黄诗的痕迹。但潘毕竟是个“精苦”深刻的诗人，他懂得作诗的法门要诀。本诗先从山谷访摩崖碑落笔，然后展开追述，语势便有波澜，收处又再提黄诗，拍合崇宁年间时事，诗意更为沉厚。在名家名作之后，能有所创造，已是很不容易的了。曾季貍《艇斋诗话》云：“山谷浯溪碑诗有史法，古今诗人不至此也。……潘邠老亦有《浯溪》诗，思致却稍深远。吕东莱甚喜此诗。予以为邠老诗虽不敢望山谷，然当在文潜（指张耒的浯溪诗）之上矣。”吴子良亦谓此诗“可为世主规鉴”（《荆溪林下偶谈》卷二）。

【注释】

〔一〕浯溪：在湖南祁阳县西南五里。中兴颂：即《大唐中兴颂》。唐朝元结撰文，颜真卿书写。可参看山谷《书磨崖碑后》诗及注。

〔二〕公：指黄庭坚。山谷诗云："春风吹船着浯溪，扶藜上读中兴碑。"

〔三〕次山：元结的字。《大唐中兴颂》撰于上元二年（761年）。两句说，从元次山作颂到现在经历了多少岁月，当时治乱的情况镌刻在碑上，至今还被春风吹拂着。

〔四〕明皇：唐玄宗李隆基。晚谬：晚年做事错误。哥奴：李林甫之小字。唐玄宗晚年宠信李林甫，任之为尚书左仆射兼右相，封晋国公，于太清宫刻石为李林甫像。林甫居相位十九年，权势甚盛，政事败坏。他主张用番人为将，使安禄山掌重兵，死后不久便发生安史之乱。

〔五〕骨肉何伤：唐玄宗、肃宗父子不和。《旧唐书·肃宗纪》载："及立上（指肃宗）为太子，林甫惧不利己，乃起韦坚、柳勣之狱，上几危者数四。后又杨国忠依倚妃家，恣为亵秽，惧上英武，潜谋不利，为患久之。"九庙焚：安禄山叛军入京，焚太庙。九庙，指祭祀唐玄宗九位祖宗的太庙九室。蜀山骑骡：唐玄宗为避安禄山之乱，西逃入蜀，骑骡过栈道。

〔六〕两句记述收京后事。肃宗擅自在灵武即皇帝位，奉玄宗为上皇。郭子仪收复两京后，肃宗遣使入蜀迎上皇归。两句是所谓的春秋笔法，微言大义，故饶节读诗至此，叹曰："潘十后来做诗直至此地位耶！"（见吕本中《紫微诗话》）

〔七〕五郎：指宦官头子李辅国。他与张后勾结，干预政事，被称为"五郎"。两句说，上皇返京后，终日心事重重，神气仓皇；作为儿子的肃宗，不能终其孝养，反而受制于宦官。

〔八〕两句说，人间父子有几多不是豺虎般相争的呢，又怎能以君臣大义来责备胡人？两句讽刺辛辣。

〔九〕南内：宫城的南边。玄宗自蜀回京，初住南内兴庆宫，李辅国与张后合谋，迁他到西内软禁。山谷《书磨崖碑后》诗亦云："南内凄凉几苟活。"

〔一〇〕上句事见《旧唐书·颜真卿传》。安禄山发动叛乱时，河北常山太守颜杲卿与平原太守颜真卿起兵讨贼。颜真卿被推为盟主，固守平原，使安禄山不敢急攻潼关。玄宗闻报，曰："朕不识颜真卿形状何如，所为得如此！"高将军：指宦官高力士。开元十三年（725年），力士进言曰："自陛下以权假宰相，法令不行，阴阳失度，天下事庸可复安？臣之钳口，其时也。"帝不答。明年禄山反。(《新唐书·高力士传》) 两句写唐玄宗晚年昏庸，外不识忠臣，内不听忠言，以致酿成大祸。

〔一一〕两句转笔，写自己读碑时的情景和感想，并谓黄山谷诗当与碑并行不朽。

〔一二〕两句既写唐事，亦写宋事，抒发感慨。意说，赏罚不明，则会造成祸患。《旧唐书·张九龄传》载：安禄山初为范阳节度使张守珪麾下裨将，讨奚、契丹战败，执送京师，请行朝典。张九龄上奏曰："……守珪军令必行，禄山不宜免死。"玄宗却特命释放禄山。九龄又奏曰："禄山狼子野心，面有逆相，臣请因罪戮之，冀绝后患。"玄宗不听，曰："卿勿以王夷甫知石勒故事，误害忠良。"遂不杀禄山。

〔一三〕两句说，《中兴颂》石刻，虽经雨淋日晒，字未讹变，文章所写之事，可为千秋万世所鉴戒。

谢　逸

谢逸（约1064—1113年），字无逸，号溪堂先生。临川（今江西抚州市）人。少孤，博学工文词。尝作《咏蝶》诗三百首，一时传诵，人称“谢蝴蝶”。屡举不第，以诗文自娱。卒时年不满五十。

谢逸与其弟谢薖齐名，合称“二谢”。吕本中谓逸诗“富赡”，似谢灵运。在江西诗派中，逸诗风格亦有其特色。

谢逸的作品，今存《溪堂集》十卷。

社日〔一〕

雨柳垂垂叶，　风溪细细纹。〔二〕
清欢惟煮茗，　美味只羹芹。〔三〕
饮不遭田父，　归无遗细君。〔四〕
东皋农事作，　举趾待耕耘。〔五〕

【说明】

这是一幅清新可喜的风俗画。生活是清贫的，但却充满了生趣和欢意，一杯清茶，一碗芹菜，这就是诗人节日的享受了。

【注释】

〔一〕社日：此指春社。立春后第五个戊日，祭祀土地，以祈丰收。

〔二〕两句写春景。“垂垂”“细细”二语，形容细致。

〔三〕羹芹：煮芹为羹。两句于“清欢”“美味”中见安贫乐道之意。

〔四〕上句用杜甫事，杜甫《遭田父泥饮美严中丞》诗云：“步屧随春风，村村自花柳。田翁逼社日，邀我尝春酒。”下句用东方朔事，《汉书·东方朔传》载，伏日，诏赐从官肉，朔独拔剑割肉，归遗细君。细君，朔妻之名，一说即小君，泛指妻子。

〔五〕东皋：陶潜《归去来兮辞》，“登东皋以舒啸”。皋，水畔高地。举趾：举步下田。《诗·豳风·七月》：“四之日举趾。”

舟中不寝奉怀齐安潘大临、蕲春林敏功〔一〕

病夫不寐百忧集，起视斗柄东南倾。〔二〕
山林畏佳万壑笑，天地黯惨孤舟横。〔三〕
此身老矣几寒暑，四海茫然谁弟兄。〔四〕
江西米贵斗三百，好去淮南访友生。〔五〕

【说明】

此诗苍凉悲愤，不类谢逸他作。谢氏是颇有至情的人，惠洪《跋谢无逸诗》载，无逸适过庐山，见惠洪之弟超然，熟视久之，意折曰：“吾此生复能见觉范乎？”语不成声，乃背去。此诗写怀友之情，深厚真挚，音节亦险拗。

【注释】

〔一〕潘大临、林敏功：见本书诗人小传。

〔二〕病夫：诗人自指。斗柄：北斗七星的第五、六、七星。斗柄倾斜，谓夜已深。

〔三〕畏佳：犹崔嵬，言山阜之高大。《庄子·齐物论》："山林之畏佳。"黯惨：阴暗貌。两句写在舟中的感受。万壑笑：谓山壑中发生的各种声音，如风声、草木声等。

〔四〕上句叹老，下句伤独。"四海"句，反用"四海之内皆兄弟"之意。两句颇见老笔。

〔五〕江西：诗人所在之地。淮南：友人所在之地。故乡米贵，居亦不易，故想起到淮南探访朋友了。

寄徐师川〔一〕

司业端能乞酒钱，　谁忧坐客冷无毡。〔二〕
相望建业只千里，　不见徐侯今七年。〔三〕
江水江花同臭味，　海南海北各山川。〔四〕
试问烟波何处好，　老夫欲理钓鱼船。〔五〕

【说明】

此诗得山谷清新奇肆的七律之神，不光是句法字法上的模仿，在诗的体格气势上也很相似。颔联一气流走，颈联情景深远，是《溪堂集》中清快的佳作。

【注释】

〔一〕徐师川：徐俯。参看本书诗人小传。

〔二〕司业：学官名，为国子监内的副长官，协助祭酒，掌儒学训导之政，此指师川。上句本杜甫《戏简郑广文虔兼呈苏司业源明》诗："赖有苏司业，时时与酒钱。"两句说，在您那里，本来是能借到酒钱的，可是如今别后，有谁记挂着我的饥寒呢？

〔三〕建业：即江宁府，今南京。徐侯：称师川。侯，对男子的尊称，犹言"公""君"。两句用山谷《次韵裴仲谋同年》诗"舞阳去叶才百里，贱子与公俱少年"的句式，可参看本书该诗及注。

〔四〕臭味：气味，指品格、情调。两句用山谷《次元明韵寄子由》诗"春风春雨花经眼，江北江南水拍天"句式。写两人的交情。

〔五〕两句表明归隐江湖的夙愿。

闻徐师川自京师归豫章〔一〕

九衢尘里无停轫，　君居陋巷不出游。〔二〕
满城恶少弋凫雁，　对面故人风马牛。〔三〕
别后梦寒灯火夜，　归来眼冷江湖秋。〔四〕
冯驩老大食不饱，　起视八荒提蒯缑。〔五〕

【说明】

这是一首很有特色的好诗，深刻冷峭。诗人对世态人情有着切身的体会，正由于他入世甚深，所以才有出世隐遁的思想，屡举不第的诗人，大概已饱尝世人的冷眼了。诗意愤激，真有"笔力挟雷霆"之势。

【注释】

〔一〕京师：汴京。豫章：指江西。时徐俯自京返故乡洪州分宁。

〔二〕九衢：指京城中四通八达的大路。辀（zhōu）：小车居中的弯曲的车杠。停辀，谓停车。次句用《论语》中赞美颜回“居陋巷”之语。两句说，京城的大路烟尘滚滚，车马不停，而您却安贫乐道，居于陋巷，不肯出游。

〔三〕弋（yì）：用绳系在箭上射。《诗·郑风·女曰鸡鸣》：“将翱将翔，弋凫与雁。”风马牛：《左传·僖公四年》，“君处北海，寡人处南海，唯是风马牛不相及也”。因以喻事物之间毫不相干。

〔四〕上句从己方着笔，写别后魂牵梦萦；下句从友人着笔，写归来萧瑟的意绪。“梦寒”“眼冷”，表现了失意者的孤独和兀傲。

〔五〕冯驩：一作冯谖，战国时齐人。曾为齐孟尝君食客，不受重视，曾弹铗而歌：“长铗归来乎，食无鱼。”诗中作者以自喻。八荒：八方荒远的地方。蒯缑（kuǎi gōu）：以草绳缠绕剑把。《史记·孟尝君传》：“冯先生（驩）甚贫，犹有一剑耳，又蒯缑。”《索隐》：“蒯，草名，……缑，谓把剑之物。言其剑无物可装，但以蒯绳缠之。”两句说，自己虽既老且贫，但仍提剑四顾，胸中充满壮气。纪昀评曰：“结句苍莽。”

寄饶葆光〔一〕

先生骨相不封侯，卜居但得林塘幽。〔二〕
家藏蠹简几千卷，手校韦编三十秋。〔三〕
相知四海孰青眼，高卧一庵今白头。〔四〕
襄阳耆旧节独苦，只有庞公不入州。〔五〕

【说明】

此诗一题《寄隐居士》，为历代论家所赏。《漫叟诗话》《竹庄诗话》《诗林广记》均录之，许为“佳作”。诗中歌颂的这位隐者，其实正是诗人自己的写照，他卜居幽僻之地，读书问学，与世无争，不知老之将至。封建时代失意的读书人，就是这样寻得自我解脱的。

【注释】

〔一〕饶葆光:《漫叟诗话》谓“淮南潘邠老与之甚熟，……老死布衣，士议惜之”。生平事迹不详。

〔二〕先生：一本作“处士”。骨相：古人迷信，谓可从人的骨骼相貌中推论人的命和性。《后汉书·班超传》载，有相士说班超“燕颔虎颈，飞而食肉，此万里侯相也”。卜居：择地而居。

〔三〕蠹简：一作“玉唾”，被虫蛀坏了的简册。泛指旧书。校：校勘。韦编：古代以皮绳编缀简册，故称。《史记·孔子世家》：“读《易》，韦编三绝。”上句写饶家藏书的丰富，下句写饶三十年如一日读书校书。

〔四〕青眼：用眼正对，表示重视。两句说，饶结交四海之士，有谁能真正重视他呢？如今隐居家中，高卧不出，已是年老头白了。

〔五〕襄阳耆旧：襄阳的故老。习凿齿有《襄阳耆旧传》，记载当时的故老遗闻。庞公：庞德公，《襄阳耆旧传》载有其事迹。他隐居在鹿门山中，足不入州县。两句以庞德公相喻，赞美饶葆光的节行。

亡友潘邠老有“满城风雨近重阳”之句，今去重阳四日而风雨大作，遂用邠老之句广为三绝句〔一〕（选一）

满城风雨近重阳，无奈黄花恼意香。〔二〕
雪浪翻天迷赤壁，令人西望忆潘郎。〔三〕

【说明】

潘大临的佳句，千古传诵。谢逸、韩淲用入诗中，亦使全篇生气顿出。此诗句句精绝，语短而情深，读之令人低回不已。

【注释】

〔一〕潘邠老：潘大临。可参看本书诗人小传。吕本中《东莱诗集》有诗题为：“潘邠老尝得诗云：‘满城风雨近重阳。’文章之妙，至此极矣。后托谢无逸缀成。无逸诗云‘病思王子同倾酒，愁忆潘郎共赋诗’，盖为此语也。王子，立之也。作此诗未数年，而立之、邠老墓木已拱，无逸穷困江南，未有定止。感叹之余，辄成二绝。”叙此段诗事之始末，亦令人缅想慨然。

〔二〕恼意：扰乱人的情绪。恼，犹山谷咏水仙诗“坐对真成被花恼”之“恼”。菊花，触起怀人之情。

〔三〕赤壁：即今湖北武昌西赤矶山。东汉建安十三年（208年），孙权与刘备联军败曹操军于此。两句写见长江的波浪而起“逝川”之感，忆潘郎之意遂深遂厚。

怀李希声〔一〕

木落野空旷，天迥江湖深。
登楼眺遐荒，朔风吹壮襟。〔二〕

望望不能去，　动我思贤心。
此心何所思，　思我逍遥子。〔三〕
挂冠卧秋斋，　阅世齐愠喜。〔四〕
念昔造其室，　微言契名理。〔五〕
击考天玉球，　四坐清音起。〔六〕
别来越三祀，　洋洋犹在耳。
宵长梦寐动，　月明渡淮水。〔七〕

【说明】

曾季貍《艇斋诗话》谓吕本中喜此诗，当赏其有陶、谢之高意。此诗思深境远，有至情，有理趣，情有余而不竭尽，理有致而不枯窘，然阳春白雪，识者希矣。

【注释】

〔一〕李希声：即李錞。江西诗派诗人。可参看本书诗人小传。

〔二〕迥（jiǒng）：远。遐荒：远荒。四句写登楼所见旷野的景色，表现诗人壮阔的襟怀。

〔三〕望望：再瞻望。逍遥子：安闲自得的人，指李希声。四句写思念贤友。

〔四〕挂冠：指辞官。《后汉书·逢萌传》："时王莽杀其子宇，萌谓友人曰：'三纲绝矣！不去，祸将及人。'即解冠挂东都城门，归，将家属浮海，客于辽东。"阅世：经历时世。齐愠喜：把怨怒跟喜悦等同起来。两句说，辞官归隐，高卧斋中，饱历世事的人早已洞彻了人生道理，什么事都不足以使他发怒或高兴了。

〔五〕造：到。微言：精微的言辞。契：合。名理：魏晋时把辨别分析事物是非、道理，叫作名理。《世说新语·言语》："裴仆射善谈名理，混混有雅致。"两句追忆当年相过清谈之事。

〔六〕击考：敲击。天玉球：美玉。《尚书·顾命》："天球河图在东序。"郑注："天球，雍州所贡之玉色如天者。"两句谓李希声谈玄时，如敲金击玉，清音四起。

〔七〕三祀：三年。洋洋：美感貌。《论语·泰伯》："洋洋乎，盈耳哉！"四句写别后的思念。

中秋与二三子赏月，分韵得"中"字〔一〕

雨洗天宇净，　微云卷凉风。
今夕定何夕，　月圆秋气中。〔二〕
惊雁掠沙水，　寒鸦绕梧桐。〔三〕
嘉我二三子，　笑语春冰融。〔四〕
酒酣吐秀句，　醉笔翮征鸿。〔五〕
夜阑灯光乱，　清影栖房栊。
似闻霓裳曲，　笛声吟老龙。〔六〕

【说明】

此诗清淡如水，语语深妙。描绘情景亦细致可喜，刘克庄讥无逸诗"轻快有余而欠工致"，未为知言。

【注释】

〔一〕分韵：数人相约赋诗，选定数字为韵，由各人分拈，并依所拈的韵赋诗。

〔二〕四句写中秋初夜的景色。“今夕”句，本《诗·唐风·绸缪》：“今夕何夕，见此良人。”

〔三〕两句从侧面写月明，谓月色使栖雁宿鸦都惊起了。

〔四〕二三子：指几位亲密的朋友，语本《论语·阳货》。“嘉我”句，亦见苏轼、黄庭坚诗。春冰融：谓友人们的笑语融融，如初化的春冰。

〔五〕上句写吟诗，下句写挥毫。翩征鸿：形容书法的轻捷灵活。

〔六〕房栊：窗户。霓裳曲：唐玄宗曾写定《霓裳羽衣曲》。小说家附会谓玄宗与方士叶法善游月宫，闻仙乐，归而记之，是为《霓裳羽衣曲》。老龙：古人常以龙吟喻笛声。马融《长笛赋》：“龙鸣水中不见已，截竹吹之声相似。”

送董元达〔一〕

读书不作儒生酸，　跃马西入金城关。〔二〕
塞垣苦寒风气恶，　归来面皱须眉斑。〔三〕
先皇召见延和殿，　议论慷慨天开颜。〔四〕
谤书盈箧不复辨，　脱身来看江南山。〔五〕
长江滚滚蛟龙怒，　扁舟此去何当还。〔六〕
大梁城里定相见，　玉川破屋应数间。〔七〕

【说明】

送人失意而归的诗，不作一穷愁寒酸之语，亦是大奇，可见此老胸中壮气。诗歌一气呵成，甚有笔力，格调雄浑，颇与二晁（晁补之、晁冲之）相近。《漫叟诗话》云：“谢无逸学古高杰，文词锻炼，篇篇有古意。”并举出此诗，誉为“佳作”。

【注释】

〔一〕董元达：未详，《漫叟诗话》谓其“老死布衣”。

〔二〕酸：寒酸，迂腐。苏轼《约公择饮是日大风》诗：“豪气一洗儒生酸。”金城关：在今甘肃兰州西北，西秦曾在此建都，为汉唐以来西边要地。北宋时兰州金城关为防西夏的重要关口。

〔三〕塞垣：塞上的城墙，泛指边境地带。两句写董自边塞归来，已是须眉斑白了。

〔四〕先皇：指宋哲宗。延和殿：汴京大内禁庭十殿之一。天开颜：谓得到皇帝的赞赏。

〔五〕谤书盈箧：《战国策·秦策》，“魏文侯令乐羊将攻中山，三年而拔之。乐羊反而语功，文侯示之谤书一箧”。谤书，攻击他人的书函。两句说董受人诽谤，来到江南。

〔六〕蛟龙怒：诗中以暗喻董元达不平之气。何当：何时。两句点题，写送董乘舟归去。

〔七〕大梁城：古城名，在今河南开封市西北，此指汴京。玉川：唐诗人卢仝，自号玉川子，家贫，唯图书满架，隐居于少室山中，仅破屋数间。终日苦吟，赖邻僧施米为活。

铁柱观〔一〕

豫章城南老子宫，　阶前一柱立积铁。〔二〕

云是旌阳役万鬼，　夜半舁来老蛟穴。〔三〕

插定三江不沸腾，　切勿摇撼坤轴裂。〔四〕
苍苔包裹鳞皴皮，　我欲摩挲肘屡掣。〔五〕
旌阳挈家上天去，　只留千夫应门户。
西山高处风露寒，　兹事恍惚从谁语。〔六〕
安得猛士若朱亥，　袖往横山打狂虏。〔七〕

【说明】

此诗光怪陆离，力写铁柱的神异，中杂神话传说，引起读者丰富的想象和联想。篇终见意，表现了这位布衣对国事的关心。

【注释】

〔一〕铁柱观：原址在今江西南昌市翠花街西，棋盘街东。始建于晋，唐咸通年间名为铁柱观，宋真宗时改名延真寺，后又名延真铁柱观。

〔二〕豫章：指南昌。老子宫：道观，道教以老子为始祖，故称。

〔三〕旌阳：许逊，东晋汝南人，曾为旌阳令，故称。道教传说，他于宁康二年（374年）在南昌西山成仙。宋代封为“神功妙济真君”，世称许真君或许旌阳。役万鬼：道教传说，道士习《太上洞渊神咒经》，可具三洞法力，遣役万鬼。舁（yú）：用两手举物。《复斋漫录》云：“晋许逊为旌阳令，时江西有蛟为害，旌阳与其徒吴猛（按，此说误，吴猛当为许逊之师）仗剑杀之，遂作大铁柱以镇压之。今豫章有铁柱观，而柱犹存也。”

〔四〕三江：古来说法不一，此泛指长江的一些支流。坤轴：地轴，古代传说大地有轴，此泛指大地。两句力写铁柱的神奇，插定时可使江水无波，摇撼时则使地轴震裂。

〔五〕鳞皴皮：如鳞般皴皱的表皮，此指铁柱上的锈斑污泥。摩挲：抚摩。肘掣（chè）：屡被拉拽手肘，此喻做事不方便。两句写铁柱锈蚀苔封，难以抚摩。

〔六〕四句写许逊成仙之事。《太平广记》引《十二真君传》载，“真君以东晋孝武帝太康二年八月一日，于洪州西山举家四十二口，拔宅上升而去”。

〔七〕朱亥：战国魏勇士，曾持椎击杀晋鄙，助信陵君夺取兵权，因而胜秦救赵。袖：放在衣袖中。《史记·魏公子列传》：“朱亥袖四十斤铁椎，椎杀晋鄙。”横山：在今陕西北面，为北宋与西夏界山，在此曾多次发生战事。狂虏：指西夏。

豫章别李元中宣德〔一〕

旧闻诸李隐龙眠，　伯时已老元中少。〔二〕
一行作吏各天涯，　故人落落疏星晓。〔三〕
西山影里识君面，　碧照暮江眸子瞭。〔四〕
向来闻道渺多歧，　只今领略归玄妙。〔五〕
老凤垂头噤不语，　古木槎枒噪春鸟。〔六〕
身在幕府心江湖，　左胥右律但坐啸。〔七〕
第愁一叶钓鱼舟，　不容堂堂七尺表。〔八〕
我今归卧灵谷云，　君应紫禁莺花绕。〔九〕
相思有梦到茅斋，　细雨青灯坐林杪。〔一〇〕

【说明】

这是溪堂集中的力作。惠洪《石门文字禅·跋谢无逸诗》载，黄庭坚读到此诗，至“老凤”二语，大惊曰：“张（耒）、晁（补之）流也！”《冷斋夜话》又载黄称赏谢诗，感叹说：“恨未识之耳。”其实，此诗好处并不只在“老凤”之语，全篇法度严谨，布置曲折，感情深挚，如惠洪所谓“喜论列而气长”“尚造语而工”，文章自有定价，殆非虚语。

【注释】

〔一〕李元中：李冲元，字元中，安徽舒城人。熙宁三年（1070年）进士，工书画，与李公麟、李公寅合称“龙眠三李”。宣德：宣德郎，为北宋时的寄禄官名。

〔二〕龙眠：山名，在舒城。李公麟偕弟公寅隐居于此，自号龙眠居士。伯时：李公麟，字伯时，北宋著名画家，擅画人物鞍马及历史故事画。伯时于元符三年（1100年）告老归隐。

〔三〕两句说，自从彼此作吏天涯，朋友们已是寥若晨星了。

〔四〕西山：即南昌山，在江西新建西，连属三百余里。暮江：黄昏时的赣江。眸子瞭：眼睛清明。《孟子·离娄》：“胸中正，则眸子瞭焉。”上句写与元中相识，暗以西山喻元中；下句写彼此会心，有“一笑相看眼暂明”之意。

〔五〕玄妙：语本《老子》，“玄之又玄，众妙之门”。道家谓“道”深奥难识，为万物所自出。两句说，人们向来对“道”的理解是不同的，因而便有各种歧异的学说，令人难以寻得至道，如今跟李元中谈论之后，便领略了“道”的真意，一归于玄妙之理。

〔六〕槎枒：形容树干及树枝乱出之状。老凤不语而众鸟乱噪，这正是《楚辞·涉江》中所写的情况："鸾鸟凤皇，日以远兮，燕雀乌鹊，巢堂坛兮。"贤人君子不能宣讲真理，而谗佞小人却多口妄言。两句之所以大受欣赏，一是设喻生动，令人想见当时朝野上下的情况；一是布置得法，在铺叙中插入形象化的语言，便觉精警。

〔七〕幕府：指衙署，古时没考取功名的失意的读书人，常入幕府当幕客。左胥右律：左边是胥吏，右边是律令，意谓被俗吏和事务包围着。坐啸：闲坐吟啸。后汉成瑨做官而不亲自办事，时人因有"弘农成瑨但坐啸"之语。两句说，元中身在幕府而心寄江湖之上，在俗务围绕中而从容自得。

〔八〕第：只。堂堂：形容仪容庄严大方。表：仪表。两句说，只恐钓舟容不下这位男子汉，意谓李元仲虽然心在江湖，但朝廷还是要重用他，不让他归隐。

〔九〕灵谷：山名，在今江西临川东南，山中有石灵象，因以为名。紫禁：指皇城，朝廷。两句说，如今我回到故乡山中归隐，而您应入朝做官。次句补足"第愁"二句之意。

〔一〇〕两句是嘱咐朋友之词：如果您想念我的话，定会梦中到我的茅屋，在细雨青灯下共坐谈心。

饶　节

饶节（1065—1129年），字德操，一字次守。抚州临川（今江西抚州市）人。中年出家，法名如璧，自号倚松道人。

晚年主持襄阳天宁寺，在襄、汉间声望甚隆。与祖可、善权合称“三僧”。其诗虽受山谷、后山影响，风格倾向瘦硬，但语言较平易流畅。陆游谓其诗为“近时僧中之冠”，俱见推许。

饶节的诗作，今存《西江诗派韩饶二集》本《倚松老人诗集》二卷，为清末沈曾植据宋本重刊者，收饶节诗三百七十四首。

息虑轩诗〔一〕

雨暗藤经屋，　春深草到门。〔二〕
客来非问字，　鹤老不乘轩。〔三〕
花气翻诗思，　松声撼醉魂。〔四〕
呼儿换香鼎，　趺坐竟黄昏。〔五〕

【说明】

饶节诗思致深苦，千锤百炼。写景细而不纤，诗人除了就景物本身去刻画外，还融进了自己的思想、精神。颈联“翻”字、“撼”字皆警。

【注释】

〔一〕息虑轩：饶节的居处。《云笈七签》：“游心虚静，息虑无为。”

〔二〕句中“暗”字、“深”字，均粘着上下文。暗，既写雨天之暗，亦谓藤萝之密；深，既是春深，也是草深。此是古人诗法，不可轻易瞥过。

〔三〕问字：《汉书·扬雄传》载，扬雄多识古文奇字，刘棻曾向雄学奇字，因称从人受学或请教为问字。本句反用此意，谓来访者皆是“闲客”；次句反用卫懿公爱鹤之典，意谓放养白鹤，让它过无拘无束的生活。

〔四〕两句说，春花的香气引动自己荡漾的诗情，松涛的声音摇撼自己醉中的魂魄。

〔五〕香鼎：三足的香炉。趺坐：双足交叠而坐。竟：完结。竟黄昏，谓度过了黄昏。

戏汪信民教授〔一〕

汪侯思家每不寐，　颠倒裳衣中夜起。〔二〕
岂作蓐食窘僮奴，　颇复打门搅邻里。〔三〕
凉风萧萧月在庭，　老夫醉着呼不醒。〔四〕
山童奔走奉嘉客，　铜瓶汲井天未明。〔五〕

【说明】

老朋友大清早到来拍门，不管打搅邻里，骚扰主人，这种不拘形迹的交谊，是诗人最欣赏的，他便报以这首充满谐趣的诗。江西诗派主张“以俗为雅”，也不反对在诗中随宜嘲戏，试翻开山谷及江西诸人诗集，当可见到不少以“戏和”“戏赠”“戏答”为题的诗作。

【注释】

〔一〕汪信民：即汪革。可参看本书诗人小传。

〔二〕颠倒衣裳：语本《诗·齐风·东方未明》，“东方未明，颠倒衣裳。颠之倒之，自公召之”。谓因忙乱而穿错衣服，本诗以嘲汪革思家。

〔三〕蓐食：早晨未起在寝席上进食。两句说，他这么早起床并不是为了作蓐食而为难仆人，而是到朋友家大声拍门，不惜打扰邻里。

〔四〕上句写晨景，以风冷月明，烘托这位汪教授来访时的气氛；下句写自己乘着醉意高卧不起。呼不醒，也是故意调侃之语。

〔五〕两句写自己家中的童仆奔走待客的情景。从仆人的热诚可想见主客平日交往的密切。

次韵答吕居仁〔一〕

向来相许济时功， 大似频伽饷远空。〔二〕
我已定交木上座， 君犹求旧管城公。〔三〕
文章不疗百年老， 世事能排双颊红。〔四〕
好贷夜窗三十刻， 胡床趺坐究幡风。〔五〕

【说明】

此诗为吕居仁所深赏，竟谓其“高妙殆不可及”，内容虽是劝人“专意学道”，但却写得颇为新奇，颔联谑而不虐，亦庄亦谐，无禅僧习气。颈联锻炼精警，句法灵活。诗中如“饷”“疗”“排”“贷”“究”等字皆极炼。

【注释】

〔一〕吕居仁：吕本中，字居仁，江西诗派诗人。可参看本书诗人小传。

〔二〕济时：匡时救世。频伽：频伽瓶，形如佛经中一头两身的频伽鸟。《楞严经》：“譬如有人取频伽瓶塞其两孔，满中擎空，千里远行，用饷他国……是故当知识阴虚妄，本非因缘，非自然性。”两句说，老朋友向来以济时功业来期望我，这恰似用频伽瓶盛着虚空赠人那样虚妄。

〔三〕木上座：手杖。苏轼《送竹几与谢秀才》诗：“留我同行木上座，赠君无语竹夫人。”管城公：指毛笔，诗云“求旧管城公”，意谓以笔为友。

〔四〕两句说，纵然写就许多文章，也医治不了人生无法避免的衰老，而繁忙的世事，却要把人们双颊上青春的红润消除净尽。两句写哲理而不枯槁。方回评云：“五、六亦出于老杜，决不肯拈花贴叶，如界画画，如甃砌墙也。”细味此评，可会江西诗法。

〔五〕贷：借。三十刻：古代分一昼夜为一百刻，三十刻指夜晚的时刻。胡床：即今之交椅。趺坐：见《息虑轩诗》注。究幡风：《景德传灯录》载，禅宗六祖慧能来到广州法性寺（今光孝寺）中，时印宗法师正宣讲《涅槃经》。偶见风吹幡动，诸僧辩论：一曰幡是无情物，因风而动；一曰风幡皆无情，如何得动；一曰因缘和合，是以能动；一曰幡不动，风自动耳。时慧能叱曰：既非风动，亦非幡动，贤者心自动耳！印宗得闻，大惊，询知是禅宗法嗣，即拜慧能为师。两句说，还是在窗下终夜坐禅，参究佛家的精义吧。

次韵赵承之殿撰〔一〕（二首选一）

晚辞富贵功名士，　竟作东西南北人。〔二〕
早岁衣冠如昨梦，　平生笔墨累闲身。〔三〕
时情尺水翻千丈，　世故秋毫寓一尘。〔四〕
自有使君天下士，　新诗挥扫唤人频。〔五〕

【说明】

宋人以议论为诗的习气，尤以诗僧为甚。德操集中，大多数诗都插进一两句禅语，或是发表一些对世故人情的议论，好在还算亲切自然，没有摆出一副教训别人的面孔。

【注释】

〔一〕赵承之：赵鼎臣，字承之，卫城人，自号苇溪翁。宣和中，任右文殿修撰，知邓州。

〔二〕东西南北人：语本《礼记·檀弓》，“今丘也，东西南北之人也，不可以弗识也”。郑注：“东西南北，言居无常处也。”两句说，自己本是一位推却了富贵功名的士子，如今竟成了个到处漂泊的人。

〔三〕衣冠：士大夫的服饰，代指官位。两句说，早年的游幕生涯浑如昨梦，平生爱好文事，因而都难得清闲。“累闲身”三字别有深意，诗人叹息自己本来悠闲之身却被文字所累，当与论新法事有关。

〔四〕上句谓世态时情，如一尺之水翻起千丈之波；下句谓自己已深通世故，寓于尘世之中而能明察秋毫。寓一尘，犹苏轼《次韵陈履常雪中》诗“饥饱终同寓一尘”意。两句深慨。

〔五〕使君：指赵承之。末二语写次韵之意。

偶成

松下柴门昼不开， 只有蝴蝶双飞来。
蜜蜂两脾大如茧， 应是山前花又开。〔一〕

【说明】

张邦基《墨庄漫录》举出此诗，称其佳句可喜，不愧前人。末二语颇为奇特，真是唐人未道之语。

【注释】

〔一〕脾：蜂脾，蜜蜂以蜜蜡造成连片的窠房。两句谓远望蜂脾，想象蜜蜂倾巢出动，应是前山花开了。昼不开：一作“闭绿苔”。两脾：一作“两股”。山前：一作“前山”。

眠石

静中与世不相关， 草木无情亦自闲。〔一〕
挽石枕头眠落叶， 更无魂梦到人间。〔二〕

【说明】

佛家崇尚静寂，诗中以无情的草木暗示自己心境的宁静，这还嫌不够彻底，诗人还要安恬地睡去，非但于身外之境无所知觉，甚至连魂梦也不到人间。

【注释】

〔一〕草木无情：佛家语。佛教对人和一切有情识生物称为“有情众生”，而把草木、山河、土石等称为“无情”。

〔二〕挽石枕头：古人以“眠石”为隐士之举。

山居杂颂（七首选一）

溪边小立听溪声，　日到溪心衮衮明。〔一〕
独木自横人不渡，　隔溪黄犊转头鸣。〔二〕

【说明】

如璧老人闲居诗多佳制，写山溪小景，宛如李成淡墨画幅，简练有势，自成一格。

【注释】

〔一〕衮衮：形容水流。次句写溪光甚妙。

〔二〕上句可与徐俯《春游湖》诗“春雨断桥人不渡”句相较，一古朴而险，一清新而丽，各有胜处。

晚起

月落庵前梦未回， 松间无限鸟声催。〔一〕

莫言春色无人赏， 野菜花开蝶也来。〔二〕

【说明】

此诗写的是孤芳自赏的情怀，诗人不正像摇曳在晓风中的野菜花吗？朴素，孤寂，除了两三同样是那么朴素的粉蝶飞绕外，再也没有别人来欣赏它了。

【注释】

〔一〕庵：小草屋，亦指小寺庙。

〔二〕两句有深味。无人赏，意谓只有自己在欣赏，飞来的蝴蝶也只是“春色”的一部分。

祖　可

祖可，字正平，俗姓苏，名序。京口（今江苏镇江）人。因患癞疾，号病可，又称癞可，与饶节、善权合称“三僧”。其诗清峭幽深，颇近贾岛、姚合的风格。

祖可的作品，有《东溪集》《瀑泉集》，已佚。散见于《声画集》《诗人玉屑》等书中的诗仅余十数首。

书性之所藏伯时木石屏〔一〕（三首选二）

淡寵嵸烟雨色，　老槎牙霜霰痕。〔二〕
想见湘岑落木，　雾连江月昏昏。〔三〕

【说明】

题画诗，宜小中见大，讲求气象。虽然不一定都要“义兼比兴”，但至少要能引起读者丰富的联想。一幅小小的木石屏，诗中却给我们展开了如此广阔的天地，真不能不佩服诗人的妙手。

【注释】

〔一〕性之：王铚，字性之。伯时：李公麟，字伯时，北宋画家。

〔二〕巃嵸（lóng zōng）：高耸貌。槎牙：同“杈丫”“楂丫”，形容树木枝干岐出之貌。上句点“石”，下句点“木”。

〔三〕湘岑：湘地的山岭。两句是想象之辞，谓看到木石屏而联思起湘山落水的前景。

胸中定自有此，　笔端乃一见之。〔一〕
摧却岌峨天柱，　来成咫尺峨眉。〔二〕

【注释】

〔一〕两句说，李伯时胸中定然有着巃嵸深幽的丘壑，所以在他的笔下表现出来。见，同“现”。

〔二〕岌峨：高大貌。天柱：古代神话中的支天之柱。《淮南子·天文训》载，共工“怒而触不周之山，天柱折”。峨眉：峨眉山。两句说，画家仿佛把那高大的天柱摧毁了，造成眼前这小小的石山。

书余逢时所作山水〔一〕（二首）

江势卷十万顷，　村墅掩三四家。〔二〕
落雁惊横烟水，　小舟欹着寒沙。〔三〕

【说明】

题画两作，亦得画中之趣。宋人画多写江上云山、幽谷寒林与平远风景，题画诗自多清幽淡远之作，

【注释】

〔一〕余逢时：待考。

〔二〕十万顷：指宽阔的水面。

〔三〕攲着：斜斜地靠着。两句是宋画中常见的意境。

折苇非关秋水，飞鸥元自斜行。〔一〕
坐上忽惊丘壑，窗间那有潇湘。〔二〕

【注释】

〔一〕两句说，芦苇被折断，是由于风吹而不关浪打；白鸥飞起，本来就斜斜地排列成行。两句写画面的“动”态。

〔二〕两句谓把画误看成真，手法与黄庭坚“欲唤扁舟归去，故人言是丹青”相似。

绝句

坐见茅斋一叶秋，小山丛桂鸟声幽。〔一〕
不知叠嶂夜来雨，清晓石楠花乱流。〔二〕

【说明】

葛立方《韵语阳秋》谓：“祖可诗多佳句，皆清新可喜。”此诗亦收入《诗人玉屑》中。宋人每嫌祖可诗“太清”，读此诗，当不以“太清”为病。

【注释】

〔一〕一叶秋：谓见一片叶落，便知秋季到来。《淮南子·说山训》：“见一落叶，而知岁之将暮。”

〔二〕石楠：司空图《浙上》诗，“丹桂石楠宜并长”。

善　权

善权，字巽中。靖安（今江西靖安县）人。人称“瘦权”，落魄嗜酒，与饶节、祖可合称“三僧”。善权诗颇受时人推许，饶节谓其“时出新诗皆可传”，惠洪又谓“巽中下笔，豪特之气凌跨前辈，有坡、谷之渊源”。从他现存的诗看来，则清劲可喜，颇近山谷之格。善权的作品，旧有《真隐集》三卷，已佚。《声画集》《宋高僧诗选》等所收善权诗不足十首。

奉题性之所藏李伯时画渊明〔一〕（三首选二）

采菊〔二〕

南山崔嵬在眼，　古木参差拂云。〔三〕
不负手中篱菊，　白衣送酒相醺。〔四〕

【说明】

宋人好作六言绝句，亦常用于题画，江西派中三僧，均有佳作。善权此诗，表现了画中渊明的神情气韵，格调甚高。次首收两句，真所谓豪隽之气拂云表者。

【注释】

〔一〕性之：王铚，字性之，汝阴（今属安徽阜阳）人，自号汝阴老民，有《雪溪集》。李公麟（伯时）画《渊明归去来图》，王铚刻于琢玉坊墙中，时人多为赋诗。

〔二〕采菊：陶渊明《饮酒》诗有“采菊东篱下，悠然见南山”。

〔三〕崔嵬：山高峻貌。参差：长短、高低不齐。诗中“南山”“古木”，均以喻陶渊明的形象，既是画境，也是画意。

〔四〕两句出檀道鸾《续晋阳秋》。陶渊明好酒而不能常得，九月九日于宅边东篱下菊丛中摘菊盈把，坐于其侧，未几，江州刺史王弘命白衣人送酒至，即便就酌，酣饮而归。诗谓“不负”菊花，当有两意，一是说有酒相陪，一是说陶渊明的高节是与菊花相称的。

泛舟〔一〕

着鞭已惊南渡，　举扇仍避西风。〔二〕
耿介独余此老，　隤然醉卧孤篷。〔三〕

【注释】

〔一〕泛舟：陶渊明《归去来兮辞》有“舟遥遥以轻飏，风飘飘而吹衣”。

〔二〕上句典出《世说新语·赏誉》引《晋阳秋》：“刘琨与亲旧书曰：‘吾枕戈待旦，志枭逆虏，常恐祖生（指祖逖）先吾着鞭耳。’”祖逖在晋室南渡后，发愤恢复，北伐中原。次句典出《晋书·王导传》：庾亮掌兵权，王导内不能平，“常遇西风尘起，举扇自蔽，徐曰：‘元规尘污人。’”

〔三〕耿介：正直。《楚辞·九辩》：“独耿介而不随兮，愿慕先圣之遗教。”隤（tuí）然：形容醉状。两句赞美陶渊明在晋宋易代之际，耿介自立，不随波逐流。

洪　朋

洪朋（1072—1109年），字龟父。南昌人，黄庭坚之甥。两举进士不第，以布衣终其身。与其弟洪刍、洪炎合称“三洪”。洪朋自幼亲受山谷教导，深得山谷句法。山谷称其诗“笔力可扛鼎”，刘克庄说他“警句往往前人所未道”。

洪朋的诗作，今存《四库全书珍本初集》本《洪龟父集》二卷，为四库馆臣辑自《永乐大典》者，存诗一百七十八首。栾贵明《四库辑本别集拾遗》补辑得诗七首。

和答驹父见寄（二首选一）

校官丰暇豫，　陋巷少经过。〔一〕
竹落护松菊，　疏村上薜萝。〔二〕
江山入眼界，　日月自头陀。〔三〕
忽忆陶彭泽，　新诗不废哦。〔四〕

【说明】

龟父诗中多写布衣的生活。闲适恬淡，颇有韵致。此诗前四句叙事写景，未见特出；五六句忽作奇语，境界阔大。答弟之作，亦无尘俗常语。

【注释】

〔一〕校官：此指校书郎，为著作郎下的属官，掌抄写、校正文字。丰：多。暇豫：悠闲逸乐。陋巷：指自己所居之地。《论语·雍也》："贤哉回也！一箪食，一瓢饮，在陋巷，人不堪其忧，回也不改其乐。"两句颇有微词。

〔二〕竹落：以竹编的篱笆。薜萝：薜荔、女萝，皆植物名。上句以"松菊"暗示自己的高节，下句写居处的荒僻。

〔三〕头陀：佛家语，意为抖擞，谓少欲知足，去离烦恼，如衣抖擞，能去尘垢。两句写江山满眼，岁月如流之慨。

〔四〕陶彭泽：陶潜。两句以陶潜喻驹父，见和韵之意。

宿范氏水阁

枕水凿疏棂，　云扉夜不扃。〔一〕
滩声连地籁，　林影乱天星。〔二〕
人静鱼频跃，　秋高露欲零。〔三〕
何妨呼我友，　乘月与扬舲。〔四〕

【说明】

这是龟父诗中的颇为幽窈之作，写水阁的夜景：喧闹的滩声，零乱的林影、天星、凉露。这一切都勾起了诗人的清兴，他真想跟朋友一起，泛舟江上，尽情地领略这秋夜之美。

【注释】

〔一〕枕水：水阁悬空横于水面，故云。疏棂（líng）：阑干上雕花的格子。云扉：指门。扃（jiōng）：关锁。两句泛写水阁。

〔二〕地籁：指从地上发出的各种声响。上句从听觉写，下句从视觉写，均得夜之神理。

〔三〕“人静”句，得“鸟鸣山更幽”之意。鱼跃之声，更显得环境的寂静。次句着一“欲”字，见夜凉如水之意。

〔四〕扬舲（líng）：开船。舲，有窗户的船。两句写乘景夜游的念头。

独步怀元中〔一〕

净尽西山日，深行江北村。〔二〕
琅珰鸣佛屋，薜荔上僧垣。〔三〕
时雨慰枵腹，夕风清病魂。〔四〕
所思渺江水，谁与共忘言。〔五〕

【说明】

有人每将四灵、江湖视为“公开起来反对江西诗派”的异军，其实他们之间还有不少共通之点。四灵标榜的野逸清瘦的诗风，在江西派的不少作家作品中都可以见到。龟父此诗，置于四灵集中，亦颇难分辨，唯其用意较四灵更深厚而已。

【注释】

〔一〕元中：李冲元，字元中，安徽舒城人，北宋画家。

〔二〕西山：洪州西山，即散原山，又称逍遥山、南昌山等，在江西新建。山上古迹甚多，有万寿宫、洪井、鸾冈等名胜。江：指赣江。

〔三〕琅珰：铃珰。此谓风吹铃铎发出的声音。《王直方诗话》载，龟父此句，原作“琅玕严佛界”，后山谷为之改定如此。窜易两字，则意境大异，真有点铁成金手段。韩驹《夏夜广寿寺偶书》诗“卧看琅珰动晚风”，亦此意。薜荔：植物名，即木莲，常绿藤本，常攀缘于墙壁上。旧诗词中每以写荒僻的景色。

〔四〕枵（xiāo）腹：空腹，饿肚子。两句说，下了场及时雨，意味着有好收成，自己的空肚子也聊可解慰了；傍晚的凉风吹起来，也令病中的精神为之一爽。

〔五〕忘言：谓无须用言语说明。《庄子·外物》：“言者所以在意，得意而忘言。”诗中谓朋友间彼此以心相知，不拘形迹。两句写出怀友的本意。

写韵亭〔一〕

紫极宫下春江横，　紫极宫中百尺亭。〔二〕
水入方洲界玉局，　云映连山罗翠屏。〔三〕
小楷四声余翰墨，　主人一粒尽仙灵。〔四〕
文箫彩鸾不复返，　至今神界花冥冥。〔五〕

【说明】

吕本中极赏此诗，谓：“作诗至此，殆无遗恨矣。”（《紫微诗话》）七言古律，句句皆拗，音节逼肖山谷，意却平顺自然，这也可以算是学山谷而有所发展。

【注释】

〔一〕写韵亭：故址在江西南昌。《宣和书谱》载，唐太和中，进士文箫客居钟陵（今南昌），结识女子吴彩鸾。箫拙于为生，彩鸾为抄写《唐韵》，以为糊口，一部售五千钱。历十年，箫与彩鸾乘虎仙去。南昌紫极宫有写韵亭，世传吴彩鸾写韵于此，后人建亭以为纪念。

〔二〕紫极宫：故址在南昌。春江：指赣江。两句重“紫极宫”三字，犹刘希夷《公子行》“天津桥下阳春水，天津桥上繁华子”句式。以古风句法入律，江西惯技。

〔三〕方洲：指赣江上的沙洲。界：分界，作动词用。玉局：玉制的棋局。两句写亭上所见的美景。

〔四〕小楷四声：《宣和书谱》载，吴彩鸾书孙愐《唐韵》，作小楷，皆硬黄书之，纸素芳洁，界画精整，结字遒丽。不出一日间，书十数万字。四声，《唐韵》按平、上、去、入四声排列。一粒：一粒仙丹。上句缅怀彩鸾写韵，下句称美主人的感情。

〔五〕冥冥：阴暗貌，这里形容花的繁密。两句说，文箫彩鸾成仙去后，直到如今，此地犹繁花盛放。

题胡潜风雨山水图〔一〕

胡生好山水，　烟雨山更好。
鸿雁书远空，　马牛风塞草。〔二〕

【说明】

这首小诗在文场上有一段佳话。《王直方诗话》特录之，云：“潘邠老爱其第二句，余爱其第三句，山谷爱其第四句，徐师川爱其第三、第四句。‘远汀’后又改为‘远空’。余云：‘向上一句，莫是公未有所得否，何众人之皆不好也？’龟父大笑。”吴曾《能改斋漫录》又谓，于此诗末句全不解。其实此诗好就好在各句配合得法，构成完美的意境，不必逐句比较评议。

【注释】

〔一〕胡潜：北宋画家，善山水花鸟，尤喜画鹤。刘弇《龙云集》有题其画鹤歌，以为可继薛稷。

〔二〕前两句平平叙来，后两句着力摹写。书，作动词用，谓鸿雁在远空排列成字。宋吴曾《能改斋漫录》引《左传》“风马牛不相及”之语，谓洪诗用此。末句写马牛成群，在塞草之中，闻风相悦。颇有“风吹草低见牛羊”的情调。风塞草：一作“风雨草”，一作“风寒草”。

洪　刍

洪刍，字驹父。南昌人，黄庭坚之甥。绍圣元年（1094年）进士，靖康中官至谏议大夫。汴京失守，驹父奉命替金人敛财，因不忍见此时的情状，日日沉醉，后竟坐此，长流沙门岛而卒。

驹父于“三洪”之中，诗名最大。少作“用意精深，颇加雕绘之功，盖酷似其舅”。晚年则渐趋自然，受时人所推重。山谷曾亲自指点驹父创作，其“点铁成金”之说即出自答驹父之书中，故纪昀谓其“学有师承，深得豫章（指山谷）之格”。

洪刍的作品，今存《老圃集》二卷，收诗约一百七十首。洪炎《西渡集》附洪刍诗二十三首，中有不见于《老圃集》者，可以补辑。

次韵和元礼〔一〕

湖海沙鸥性，　山林雾豹文。〔二〕
龙蛇争起陆，　羔雁看成群。〔三〕
玉石无缁磷，　芝兰自苾芬。〔四〕
韩康不二价，　女子会知君。〔五〕

【说明】

驹父此诗，力学山谷，连词语亦多因袭黄诗。然用意尚深刻，颇有理趣。用一连串譬喻去说明一些人生哲理，这种手法亦可看成是宋诗的特色之一。在苏轼、王安石等人的作品中都可以找到不少的例证。

【注释】

〔一〕元礼：刘安上，字元礼。永嘉（今属浙江）人。绍圣四年（1097年）进士，历官侍御史、给事中。

〔二〕沙鸥性：喻隐者悠闲自在、不受拘束之性。雾豹文：《列女传·陶答子妻》载，“南山有玄豹，雾雨七日而不下食者，何也？欲以泽其毛而成文章也”。因以喻隐居伏处，爱惜其身，有所不为。两句赞美隐者的生活思想。

〔三〕上句语本《阴符经》：“天发杀机，龙蛇起陆。”这里喻人世间的你死我活的斗争。羔雁：小羊和雁，用作征聘的礼物。下句语本《后汉书·陈纪传》：“父子并著高名，时号三君。每宰府辟召，常同时旌命，羔雁成群，当世者靡不荣之。”两句一转，写世态人情，谓在非常时期，人们纷纷出世，应聘入朝，谋取名位。

〔四〕缁磷：语见《论语·阳货》，“不曰坚乎？磨而不磷，不曰白乎？涅而不缁”。意谓至坚者磨之而不薄，至白者染之而不黑。以喻君子虽在浊乱而不污。芝兰：香草名，《楚辞》中常以喻贤人君子。苾（bì）芬：芬芳。

〔五〕韩康：东汉京兆霸陵人，字伯休。常采药名山，卖于长安市，口不二价，三十余年。时有女子从康买药，康守价不移。女子怒曰：“公是韩伯休那？乃不二价乎！”康叹曰：“我本欲避名，今小女子皆知有我焉，何用药为？”乃遁入霸陵山中。

田家谣

鸠妇勃谿农荷锄，身披袯襫头茅蒲。〔一〕
雨不破块田坼图，稊稗青青佳谷枯。〔二〕
大妇碓舂头鬓疏，小妇拾穗行饷姑。〔三〕
四时作苦无袴襦，门前叫嗔官索租。〔四〕

【说明】

宋代士大夫好作"悯农"之诗，试翻开钱锺书先生《宋诗选注》看看，如《田家》《催租行》等诗题触目皆是。这类作品，一般来说，是有较强的社会意义的，但往往内容单调，语多雷同。驹父此诗，短短八句，却能写出田家生活的各个方面，如灾情的严重、劳作的辛苦、生活的贫困，词语精炼。末句忽转笔写官吏催租，便有画龙点睛之妙。

【注释】

〔一〕鸠妇：鸟名，即鹁鸠。《埤雅·释鸟》载其"阴则屏逐其妇，晴则呼之"。勃谿（xī）：争斗。袯襫（bó shì）：一种雨具，即蓑衣。茅蒲：指雨笠。《国语·齐语》："首戴茅蒲，身衣袯襫。"两句说，天阴将雨，鸠妇在争斗啼唤，农夫担起锄头，穿了雨具下田去。

〔二〕雨不破块：形容雨小，不能把土块浸润散破。田坼图：犹言田地龟裂。坼，裂开，出现裂纹。稊稗（tí bài）：两种田间的野草。两句说，小雨解救不了久旱，披蓑戴笠下田的农夫空欢喜一场。

〔三〕碓（duì）：舂米用具。掘地安放石臼，上架木杠，杠端装杵，用以脱粒或舂粉。拾穗：捡禾穗。《诗·小雅·大田》：“彼有遗秉，此有滞穗，伊寡妇之利。”拾穗历来是贫妇的工作。行：将要，准备。饷姑：给家姑吃。两句写家中妇女的劳作。

〔四〕袴襦（rú）：套裤和短衣。叫嗔：叫怒。

石耳峰〔一〕

朝踏红尘暮宿云，　往来车马漫纷纷。〔二〕
猴溪桥下潺湲水，　唯有峰头石耳闻。〔三〕

【说明】

小诗寓有哲理。世上多少红尘名利之客，来往纷纷，有谁能体会山水的真趣呢？诗语极冷隽。

【注释】

〔一〕石耳峰：在江西九江城南六十里，两峰傍耸若耳，故名。

〔二〕红尘：市尘，亦喻人世间。宿云：谓投宿山中。

〔三〕猴溪：溪水名，流经石耳峰下。

次山谷韵（二首选一）

宝石峥嵘佛所庐，　经宿何年下清都。〔一〕
海市楼台涌金碧，　木落牖户明江湖。〔二〕
千波春撞有崩态，　万栋凌压无完肤。〔三〕
巨鳌冠山勿惊走，　欲寻高处吐明珠。〔四〕

【说明】

此诗次山谷《题落星寺》诗韵，亦咏江西南康（今属庐山市）的落星寺。可参看本书山谷原诗及注。原作奇拗特甚，驹父亦步亦趋，就诗而论，和作自有可喜之处，然终嫌摹拟之迹过露，未免“随人作计终后人”了。

【注释】

〔一〕宝石：指落星石。《寰宇记》：“落星石在江州庐山东。周回一百五步，高丈许。”佛所庐：谓仙佛所居住之处。清都：古谓天帝所居的宫阙。两句设问，犹山谷诗“星宫游空何时落”之意。

〔二〕海市：海市蜃楼。金碧：金碧辉煌的佛寺，指落星寺。两句意说，在彭蠡湖边，像海市蜃楼般涌现出一座华丽的佛寺；秋深叶落，在寺中的窗户上可以更清楚看到壮阔的江湖。次句意境，与山谷“落木千山天远大”仿佛。

〔三〕上句拟山谷“万鼓舂撞夜涛涌”语，下句拟山谷“窍凿浑沌无完肤”语。两句说，湖上滚滚波涛在日夜冲击，这巨石仿佛有倾欹崩落之态；寺院的千梁万栋在覆压着，使它体无完肤。

〔四〕巨鳌冠山：《列子·汤问》载，渤海东有大壑，下无底，中有大山，随波漂流。上帝命令十五头大鳌，用头顶着蓬莱、方丈、瀛洲三座山，使之兀峙不动。两句说，这巨石下边有巨鳌在顶戴着，不要把它惊走了；它正想找个高处，好吐明珠呢！

洪　炎

洪炎，字玉父。南昌人，黄庭坚之甥。元祐末登进士，官至著作秘书少监。玉父诗亦“酷似其舅”。南渡后诗，颇有忧愤国事之语，悲慨沉郁，与陈与义相近。《西渡集》附《洪炎小传》评云：“炎自少迄老，栖栖湖海间，然其诗潇洒落拓，绝无羁愁凄苦之况，故是难及。”

洪炎的作品，今存《西渡集》二卷，补遗一卷。存诗一百一十三首。

初入浙中（三首选一）

松竹笼官道，　牛羊食野田。〔一〕
岊山低送客，　荡水远含天。〔二〕
乍听吴儿语，　初逢伧父船。〔三〕
平生足未历，　聊以慰华颠。〔四〕

【说明】

此诗句律简古，平淡而味永，写出初到异地的感受。

【注释】

〔一〕官道：官府修筑的大道。

〔二〕岊（jié）：山曲，山的转弯处。

〔三〕伧（cāng）父：鄙贱之夫，南北朝时讥骂北人的话。诗中指南渡的北人。

〔四〕华颠：白头。

次韵公实雷雨〔一〕

惊雷势欲拔三山，　急雨声如倒百川。〔二〕
但作奇寒侵客梦，　若为一震静胡烟。〔三〕
田园荆棘漫流水，　河洛腥膻今几年。〔四〕
拟叩九关笺帝所，　人非大手笔非椽。〔五〕

【说明】

诗人听到拔山倒海般的雷雨声，想起了沦陷在金人手里的中原，怎样能借那雷霆万钧之力，把北方的侵略者一扫而空啊！诗中洋溢着激情和想象，仿佛是陆游的手笔。随着社会环境的变化，江西派诗的内容和形式都有进一步的发展。

【注释】

〔一〕公实：郑谌，字公实。

〔二〕三山：海上三仙山，这里泛指众山。两句写惊雷急雨的声势。

〔三〕两句说，这雷雨只造成寒冷的天气，侵扰客子的睡梦，怎样才能大力一震，净扫胡烟啊？胡烟，代指金人的侵略势力。

〔四〕河洛：黄河、洛水流域地区。腥膻：牛羊肉的臊气，此谓金人。两句想象中原地区的情景，“今几年”一问，中含悲愤。

〔五〕九关：指九重门，天帝所居。笺：作动词用，谓上奏章。两句说，我本想叩开天门，向天帝上疏，要求扫净胡烟，可惜我不是文章巨匠，也没有如椽大笔。

四月二十三日晚同太冲、表之、公实野步〔一〕

四山矗矗野田田，　近是人烟远是村。〔二〕
鸟外疏钟灵隐寺，　花边流水武陵源。〔三〕
有逢即画元非笔，　所见皆诗本不言。〔四〕
看插秧栽欲忘返，　杖藜徙倚至黄昏。〔五〕

【说明】

洪炎诗多理趣。此诗写临安郊景，大自然的一切，都是最新最美的画与诗，而且是无法用笔墨来形容的，也许只有在诗人的心目中，才能感受到它们真正的美。

【注释】

〔一〕野步：在郊野散步。

〔二〕田田：形容分成一块块的田地。

〔三〕灵隐寺：在浙江杭州西湖西北灵隐山麓，我国佛教禅宗十刹之一。武陵源：陶潜《桃花源记》所写的一个与世隔绝的乐土。

〔四〕两句说，自己所遇到的都是美好的画图，本来就不是笔墨可描画的；所见到的全是天然美妙的诗境，实在是难以言诠的。

〔五〕杖藜：扶着藜杖。徙倚：流连徘徊。两句写看插秧而不忍离去。以农务为本，也许诗人是想要说明这个道理吧。

公实示“间”字韵诗，怅然有感，次韵奉和三首（选一）

晴晖生燠雨生寒，　朱夏阳春季孟间。〔一〕
断雁哀猿金马客，　落花流水石门山。〔二〕
早知蚁穴成何事，　欲棹渔舟去不还。〔三〕
昭氏有琴无作止，　亏成都任一机关。〔四〕

【说明】

此诗语句似浅而用意颇晦，中间两联，每句一意，曲折道来，深得山谷句法。

【注释】

〔一〕燠（yù）：暖。朱夏：《尔雅·释天》云“夏为朱明”，因以“朱夏”称夏天。阳春：温暖的春天。季孟：四季中第一个月为孟，第二个月为仲，第三个月为季。两句写天时。正当春末夏初的时候，天晴则暖，下雨则寒。当以天气暗示政治局势的变化无定。

〔二〕金马：汉长安的金马门。汉代征召来的人，都待诏公车，其中才能优异者令待诏金马门。诗中的“金马客”，指入京求官者。石门山：山名。《说郛》：“石门山在建昌，下有石梁如门。”上句以“断雁哀猿”喻久客京华者的失意凄怆之情，下句以“落花流水”喻故里山川的寂寞，点出诗题“怅然有感”之旨。

〔三〕蚁穴：蚁巢。唐传奇记淳于棼梦入槐安国，为驸马，封南柯太守，出将入相，享尽荣华富贵，醒后始知所游之处，即庭前大槐树下的蚁穴。诗中用此，以喻世间富贵荣华的虚幻。

〔四〕昭氏：姓昭，名文，春秋时的善琴者。作止：这里指弹琴和不弹琴。机关：机所以发，关所以闭，这里指机械，亦以喻人的权谋机诈。两句说，昭氏有琴，应不去理会弹与不弹，因为无论亏还是成，都是由琴上的机关决定的。诗人认为，对世事应采取“无作止”的态度，不管事的亏与成。这实际是一种消极避世的思想。

山中闻杜鹃〔一〕

山中二月闻杜鹃，　百草争芳已消歇。〔二〕
绿阴初不待薰风，　啼鸟区区自流血。〔三〕
北窗移灯欲三更，　南山高林时一声。〔四〕
言归汝亦无归处，　何用多言伤我情。〔五〕

【说明】

玉父中年南渡，万感平生，所为诗每多家国身世之悲，深厚沉郁，远过于龟父、驹父。此诗为金兵南侵时作，诗中对朝廷倾覆、皇帝被俘表示了极大的哀痛，并无限深情地怀思故国，感人之情至深。宋人《诗存·洪炎小传》载，“靖康初，炎家洪城。建炎三年，避寇于龙潭，及返，室庐尽焚，故其诗有‘南州　炬火，我归无所归’之句”，可作本诗的笺语。

【注释】

〔一〕杜鹃：相传周末西蜀的国君杜宇，失国流亡在外，变成杜鹃鸟，鸣声甚悲。三月杜鹃啼时，蜀人闻而悲之。后人常用此典，以哀亡国或失势的君王，如鲍照《拟行路难》、杜甫《杜鹃行》皆有此意。

〔二〕二语意本《楚辞·离骚》："恐鹈鴂之先鸣兮，使夫百草为之不芳。"鹈鴂，即杜鹃鸟。百草消歇，意味着美好的事物被摧残，贤人君子受到灾难。前人记载，谓杜鹃"至三月鸣，昼夜不止"。

〔三〕薰风：和风，初夏时的东南风。区区：思慕。流血：《尔雅翼·释鸟》载，杜鹃"以春分先鸣，至夏尤甚，日夜号深林中，口为流血"。两句直用杜甫《杜鹃行》"其声哀痛口流血，所诉何事常区区"句意。

〔四〕两句说，杜鹃在山林中日夜不停地啼叫，使自己睡觉也不得安宁。北窗移灯，谓移灯靠近窗前。

〔五〕言归：俗谓杜鹃鸟的鸣声像"不如归去"，梅尧臣《杜鹃》诗"不如归去语，亦自古来传"，故杜鹃别名"催归"。两句是极沉痛语，时中原沦陷，满地干戈，诗人亦有家归不得了。两句亦暗指徽、钦二宗被掳北去，无法归来。

王直方

王直方（1069—1109年），字立之，号归叟。汴京（今河南开封市）人。家有园池，元祐中，一时名俊如苏、黄等皆宴集其中，诗酒唱和。曾以假承奉郎监怀州酒税，寻易冀州粂官，累月即归，遂不复出。

王直方的作品，旧有《归叟集》一卷，已佚。今仅存收进《瀛奎律髓》等书中的逸诗三首。谢逸曾称赞王诗“五言若长城”。今辑有《王直方诗话》行世。

上巳游金明池〔一〕

游丝堕絮惹行人，酒肆歌楼驻画轮。〔二〕
风管遏回云冉冉，龙舟冲破浪粼粼。〔三〕
日斜黄伞归驰道，风约青帘认别津。〔四〕
朝野欢娱真有象，壶中要看四时春。〔五〕

【说明】

此诗记叙汴京的“承平”景象。徽宗崇宁初年（1102年），似乎天下无事，朝野上下，一片莺歌燕舞，不知大祸已迫眉睫了。方回《瀛奎律髓》选此诗，并批曰："选此诗以为汴京升平之盛可梦不可见，恐亦不可梦也。呜呼，痛哉！"纪昀曰："句外自有远神。"此诗内容本无足取，姑录之以备一格。

【注释】

〔一〕上巳：本指每月上旬的巳日，后习用三月初三为上巳。金明池：古池名，在汴京西郑门西北，为宋人游宴之所。

〔二〕两句写金明池外的情景。孟元老《东京梦华录·三月一日开金明池琼林苑》载，金明池西，"垂杨蘸水，烟草铺堤"；池东，"临水近墙皆垂杨，两边皆彩棚幕次"，"游人还往，荷盖相望"。

〔三〕凤管：即凤笙，长四寸，十二簧，像凤之身，故称。遏：遏止。形容乐声高亢美妙，谓"响遏行云"。两句写上巳日皇帝临幸金明池观看争标表演的盛况。

〔四〕黄伞：皇帝御辇上的黄罗盖。驰道：驰马所行之道。青帘：指酒肆歌楼的帘子。别津：指金明池外的津口，可通入汴河。两句说，黄昏日斜，张着黄伞的御辇从驰道回到宫中；晚风吹起酒店的青帘，遥遥可认池外的津渡。

〔五〕有象：所谓"太平有象"，谓太平盛世的标志。壶中：谓仙境。《后汉书·费长房传》载，有仙人壶公，在市中卖药，市罢，跳入壶中。两句谓上下一片欢娱，真是人间仙境。

汪 革

汪革（1071—1110年），字信民。临川（今江西抚州市）人。绍圣四年（1097年），试礼部第一。历任长沙、宿州学官。蔡京当国，以周王官教召，不就。复为楚州教官，卒于任上。

汪革诗现存不多，旧有《清溪集》十卷，已佚。今存载于《紫微诗话》《能改斋漫录》等书中，逸诗仅五首。

寄谢无逸〔一〕

问讯江南谢康乐，溪堂春木想扶疏。〔二〕
高谈何日看挥麈，安步从来可当车。〔三〕
但得丹霞访庞老，何须狗监荐相如。〔四〕
新年更励於陵节，妻子同锄五亩蔬。〔五〕

【说明】

《紫微诗话》载："饶德操（节）见此诗，谓信民曰：'公诗日进，而道日远矣。'盖用功在彼而不在此也。"汪氏崇尚禅学，而又好为诗，故饶节讽之，其实饶本释子，又作诗人，诗进道远更甚于汪氏了。梁昆《宋诗派别论》谓此诗“雅劲之气，亦颇足取”。

【注释】

〔一〕谢无逸：谢逸。可参看本书诗人小传。

〔二〕谢康乐：谢灵运，南朝宋诗人，被封为康乐郡公，故称。吕本中曾谓谢逸诗似康乐。溪堂：谢逸居临川，命其所居曰溪堂。著有《溪堂集》。扶疏：形容树木的繁茂分披之状。

〔三〕挥麈：挥动麈尾。麈尾形制如扇。《埤雅·释兽》：“麈兽，似鹿而大，其尾辟尘。”晋代名士，崇尚清谈，常挥麈以助谈兴。次句本《战国策·齐策》：“晚食以当肉，安步以当车。”两句想象谢逸从容自得情状。

〔四〕丹霞：红霞，指山中隐居之地。庞老：指庞德公。庞为东汉高士，隐居襄阳，与妻子入鹿门山，采药不归。狗监：汉代掌管皇帝猎犬的小官。相如：司马相如，西汉辞赋家。《史记·司马相如传》载，汉武帝读到相如《子虚赋》，颇赞赏。时蜀人杨得意为狗监，向武帝推荐相如，因得召见，令为郎。后世论者认为相如依托贱人为进身之阶，这是高尚之士所不屑的。两句说，但能时常与高士往还，于愿已足，何必靠幸臣引荐呢。

〔五〕於（yú）陵：於陵子，即陈仲子，又称於陵仲子。战国齐人，以兄食禄万钟为不义，适楚，居于於陵。楚王欲以为相，不就，与妻逃去，为人灌园。被认为是高节之士。五亩：古时习用为隐者所耕的田数。苏轼《南堂》诗：“稚子新畦五亩蔬。”两句以於陵子喻谢逸，赞美他隐居高节。

谢　邁

谢邁（约1071—1116年），字幼槃，号竹友居士。临川（今江西抚州市）人。少孤贫，随兄谢逸读书。尝为漕司首荐，省闱报罢，遂以布衣终其身。

谢邁诗格颇似其兄，吕居仁以谢朓况之，刘克庄却谓："幼槃差苦思，其合玄晖者亦少。"

谢邁的作品，有《谢幼槃文集》十卷，凡古诗四卷，律诗三卷，杂文三卷。收诗二百七十二首。

寒食出郊

水晴鸥弄影，　沙软马惊尘。〔一〕
密竹斜侵径，　幽花乱逼人。〔二〕
深行听格磔，　倦憩倚轮囷。〔三〕
往事悲青冢，　年年芳草新。〔四〕

【说明】

本篇写春日的风光。诗中词语劲拔，如"惊""斜侵""乱逼""格磔""轮囷"等语，构成幽峭的意境。

【注释】

〔一〕两句写新晴江郊的景色。“马惊尘”三字，暗写游人之盛。

〔二〕两句写诗人独行小径，密竹幽花，迎面逼人。

〔三〕格磔（gē zhé）：鸟叫声，常以形容鹧鸪鸣声。轮囷：屈曲貌，此指蟠屈的大树根。

〔四〕青冢：泛指坟墓，寒食为扫墓的时节。两句谓郊外的冢墓上，年年长满新草，使人更感极生悲。

喜晴

十日江村烟雨蒙，晓来初快日升东。〔一〕
挼莎蕉叶展新绿，从臾榴花开晚红。〔二〕
得句又从山色里，发机浑在鸟声中。〔三〕
披衣出户眄田野，好在良苗怀晚风。〔四〕

【说明】

李彭谓谢薖“清诗如艳雪”，此诗清快明丽，表现出诗人在久雨初晴时喜悦的心情。

【注释】

〔一〕快：快意。此字为全篇之神。

〔二〕挼莎（ruó suō）：搓摩。从臾：怂恿，劝说。两句说暖日和风，正轻轻地抚摩着芭蕉展开的翠绿的新叶，又像殷勤地劝说石榴快开那红艳的晚花。这里用“挼莎”“从臾”两个动词，把“新晴”拟人化了，这种手法在古典诗歌中虽有，但不常见。《雪浪斋日记》

评曰："句虽雕刻，而事甚新。"

〔三〕发机：本意为拨动弩牙，以施放箭矢，这里指触动诗情，开口吟咏。曹植《矫志诗》："口为禁闼，舌为发机。"两句说，从美好的山色中获得了佳句，而触发吟兴的正是那宛转的鸟声。

〔四〕眄（miàn）：斜着眼睛看。次句本陶潜《癸卯岁始春怀古田舍》诗："平畴交远风，良苗亦怀新。"两句谓披衣出户，四顾田野，禾苗在晚风吹拂下，生意盎然。"喜晴"之旨全出。

戏咏石榴晚开（二首选一）

靡靡江蓠只唤愁，　眼前何物可忘忧。〔一〕
楝花净尽绿阴满，　才见一枝安石榴。〔二〕

【说明】

王士禛《居易录》举此诗云："甚有风致，非苏、黄门庭中人不能道也。"芳春去后，夏日又是一番美致，光景四时常新，有待人们去观察发现。

【注释】

〔一〕靡靡：萎靡衰落之状。江蓠：即蘼芜，香草名，茎叶细嫩时称蘼芜，叶老大时称江蓠。忘忧：萱草，又名忘忧草、疗愁草。诗中活用其意。两句说，那凋残的江蓠徒然唤起人的愁绪，而眼前有什么东西能使人忘掉忧愁呢？

〔二〕楝花：楝树三四月间开花，红紫色，芬香郁烈。楝花为春天最后开的花，故二十四番花信风中亦以楝花风为最后。安石榴：

石榴的别名，相传汉时张骞自西域安国传入内地，故名。夏月开花，花红如火。

雨后秋山

宿云散曾阴，秀色还叠嶂。〔一〕
如将螺子绿，画作长蛾样。〔二〕
光浮竹木杪，影落檐楹上。〔三〕
何人妙盘礴，淡墨写屏障。〔四〕
五弦岂须抚，众响亦清亮。〔五〕
我病不出游，素壁倚藤杖。〔六〕
举觞酹群峰，岁晚一相访。〔七〕

【说明】

幼槃集中五古清新淡雅，多可诵者。此篇上半写清秋雨后山川的景色，形象真切；下半写诗人的感受和想望。

【注释】

〔一〕曾阴：同“层阴”，重叠的阴云，此指遮蔽着山岭的密云。陆冲《杂诗》：“重峦有曾阴。”两句写雨过云收，秋山又回复原来的秀色。一“还”字颇炼。

〔二〕将：拿，把。螺子绿：即螺子黛，颜色名，此指画眉所用的墨。《隋遗录》载：“绛仙善画长蛾眉，……由是殿脚女争效为长蛾眉，司宫吏日给螺子黛五斛，号为蛾绿螺子黛。”两句写山如眉黛。

〔三〕两句写山光云影，浮动在竹木之稍，檐楹之上。

〔四〕盘礴：广大貌。两句说，是何人有这样雄伟的气魄，用淡墨在天地间书写巨大的屏障。

〔五〕五弦：乐器名，如琵琶而稍小。众响：指山水的各种声响，如泉声、风吹树声。两句犹左思《招隐诗》“非必丝与竹，山水有清音”之意。

〔六〕素壁：白壁。藤杖：游山所用之杖。

〔七〕酹（lèi）：以酒洒地而祝。两句说，举杯向群山致意，待年晚病愈时，当再来相访。

颜鲁公祠堂〔一〕

上皇御宇无长策，牧羊奴子孤恩泽。〔二〕
银菟分印属儿曹，二十余州齐陷贼。〔三〕
常山死守平原拒，公家兄弟声名赫。〔四〕
平原白首列班行，忠义凛凛真严霜。〔五〕
历事四朝惟一节，当年舌舐中丞血。〔六〕
岂知丞相面如蓝，貌虽夷易心巉岩。〔七〕
老臣何罪死虎口，到今谁为祛其衔。〔八〕
临风志士长悲咤，矧瞻遗像严祠下。〔九〕
未能立草迎送词，一奠椒浆泪盈把。〔一〇〕

【说明】

唐玄宗所积极培养的野心家安禄山，终于在天宝十四载（753年）发动叛乱，以奉密旨率兵入朝讨杨国忠为名，率叛军十五万人，自范阳向南进发。迅速攻陷陈留、荥阳、东都等地，在这个时候，河北常山（今正定）太守颜杲卿与平原（今山东陵县）太守颜真卿起兵讨贼，河北诸郡迅速响应，颜真卿被推为盟主，任河北采访使，固守平原，使安禄山不敢急攻潼关，在平叛战争中作出贡献。颜真卿后入京，官至太子太师，封鲁郡公，世称颜鲁公。德宗时李希烈叛乱，奸相卢杞趁机陷害颜真卿，派他前往劝谕，被缢死。本诗用简练的笔墨，叙述了颜真卿一生重要的业绩，并对这位刚直不屈的志士表示了景仰之情。

【注释】

〔一〕颜鲁公祠堂：在蔡州（今河南汝南）。

〔二〕上皇：指唐玄宗。御宇：统治全国。长策：长计，良策。牧羊奴子：指安禄山。安禄山本营州柳城杂种胡人，出身贫贱。颜杲卿曾骂安禄山曰：“汝营州牧羊羯奴耳，窃荷恩宠，天子负汝何事，而乃反乎？”孤：孤负，辜负。

〔三〕银菟（tù）：同“银兔”，即银兔符，唐代以银兔为兵符。分印：谓分掌兵权。儿曹：指安禄山的死党、义儿。《新唐书·安禄山传》载，禄山谋逆，养八千人为假子，阿史那承庆、安太清等皆拔行伍，为大将。二十余州：安禄山起兵后，迅速陷河北诸郡。《旧唐书·颜真卿传》载，玄宗初闻禄山之变，叹曰：“河北二十四郡，岂无一忠臣乎！”

〔四〕常山：颜杲卿为常山太守，起兵抗贼。仅八天，叛军大将史思明攻破常山，颜杲卿被执到洛阳，骂贼而死。平原：颜真卿为平原太守，与其堂兄杲卿同时起兵，河北诸郡响应，十七郡重新归顺朝廷。兄弟：杲卿与真卿同五世祖，为远房堂兄弟。

〔五〕白首：颜真卿起兵时年四十七岁。两年后，撤离河北，到凤翔朝见肃宗，任刑部尚书，兼御史大夫。列班行：列于朝臣的班行中。严霜：喻威严庄重。《新唐书·颜真卿传》："真卿立朝正色，刚而有礼，非公言直道，不萌于心。"

〔六〕历事四朝：颜真卿历事玄宗、肃宗、代宗、德宗四朝。中丞：指卢杞之父卢奕，御史中丞，安禄山陷东都时遇害。《旧唐书·颜真卿传》载，卢杞为宰相，排斥真卿，真卿面责之曰："真卿以褊性为小人所憎，窜逐非一。今已羸老，幸相公庇之。相公先中丞传首至平原，面上血真卿不敢衣拭，以舌舐之，相公忍不相容乎？"杞虽矍然下拜，而衔恨切骨。

〔七〕丞相：指卢杞。《旧唐书·卢杞传》载，"杞貌陋而色如蓝，人皆鬼视之"。夷易：平易。史载，卢杞生活朴素，恶衣粝食，时人以为有清节。心巉岩：谓居心险恶。史载，郭子仪说卢杞"形陋而心险"，"若此人得权，即吾族无类矣"。

〔八〕这句写卢杞陷害真卿。史载，藩镇李希烈谋叛，陷汝州，围郑州。卢杞向德宗建议说："颜真卿四方所信，使谕之，可不劳师旅。"(《旧唐书·颜真卿传》)遂赴李希烈军中，被扣留。真卿怒叱李希烈，被缢杀。祛：除。衔：谓衔恨、衔冤。这句谓颜真卿的英魂怒愤难消。

〔九〕临风：犹言望风，仰慕其高风。悲咤：悲愤。矧（shěn）：况且，何况。两句说，千古以来的仁人志士，临风思慕，长为之悲伤不已，何况如今我亲自来到祠前，瞻仰英雄的遗像呢！

〔一〇〕草：起草。迎送词：迎神送神之词。椒浆：以椒浸制的酒浆，用以祭神。《楚辞·九歌·东皇太一》："奠桂酒兮椒浆。"两句写致祭。全篇神完意足。

惠　洪

惠洪（1071—1128年），字觉范。俗姓彭。筠州新昌（今江西宜丰县）人。少孤，能文工诗。张商英闻其名，请住峡州天宁寺。未几，坐累为民。及商英当国，复度为僧，易名德洪，常延入府中。商英去位，制狱穷治其传言语于郭天信。窜海南岛。后北归而卒。

惠洪虽未列名《江西诗社宗派图》中，但无论从师友渊源，还是诗歌风格等方面看，都应被视为江西诗派中人。

惠洪的作品，今存《石门文字禅》三十卷。其中诗集十六卷，收诗一千一百四十二首。

西斋昼卧

余生已无累，　古寺寄闲房。〔一〕
睡足无来客，　窗空又夕阳。〔二〕
丛蕉高出屋，　病叶偶飘廊。〔三〕
起探风檐立，　飞蚊闹晚凉。〔四〕

【说明】

这首诗写僧寺中清幽孤寂的景象，表现的是一位诗僧的生活趣味。他无所事事，什么也不关心，但对身边的环境却观察得非常细致，他就这样去打发日子。

【注释】

〔一〕两句说，自己的余生已是没有什么值得牵挂的了，寄居在古寺空寂的房中悠闲度日。

〔二〕这里的“睡”，指午睡。着一“又”字，说明已不止一天如此。两句得闲淡之意，不失为隽句。

〔三〕两句写古寺的自然环境。“病叶”意味着秋天，也是诗人人生的秋天，与上文“余生”照应。

〔四〕飞蚊之“闹”，更见闲房之静。

寄李大卿〔一〕

瓶盂又复寄西州，　弥勒同龛古寺幽。〔二〕
睡起忽残三月夏，　朝来拾得一帘秋。〔三〕
浮云世事慵料理，　断梗闲踪任去留。〔四〕
投老山林多胜概，　杖藜何日复同游。〔五〕

【说明】

此诗妙在颔联二语，寓禅趣于叙景之中，无枯槁艰涩之病，颈联直写感慨，转觉无韵少味了。

【注释】

〔一〕李大卿：生平未详，《石门文字禅》中有与之唱和之作。

〔二〕瓶盂：指和尚所用之器。《五灯会元》："禅客寻常入旧都，黄牛角上挂瓶盂。"寄：寄居。弥勒同龛：谓居于佛寺。唐褚遂良书有"久弃尘世，与弥勒同龛"之语。

〔三〕两句说，一觉醒来，忽觉三个月的夏天已经过去了，清晨掀起帘子，外边满眼是秋光。意谓不问世事，连时间的逝去也不在意。"忽残"已好，"拾得"更妙。

〔四〕浮云：喻世事的变幻无定。《论语·述而》："不义而富且贵，于我如浮云。"断梗：比喻漂流无定。

〔五〕胜概：胜事，胜景。杖藜：持着藜木做的手杖。两句写与友人同游的愿望。

崇胜寺后有竹千余竿，独一根秀出，人呼为竹尊者，因赋诗〔一〕

高节长身老不枯，　平生风骨自清癯。〔二〕
爱君修竹为尊者，　却笑寒松作大夫。〔三〕
未见同参木上座，　空余听法石於菟。〔四〕
戏将秋色分斋钵，　抹月批风得饱无。〔五〕

【说明】

吴曾《能改斋漫录》载，黄庭坚喜此诗，亲为手书，故惠洪之名以显。此诗格局全仿山谷，风骨清癯，无半点尘俗之气，中杂禅语，亦无生硬之感。

【注释】

〔一〕崇胜寺：在宜春。尊者：佛家语，谓具备德行为人所尊的和尚。

〔二〕两句直以“尊者”写竹，字字贴切，亦是诗人自况。山谷《题竹尊者轩》诗亦云“平生脊骨硬如铁”，用意相似。

〔三〕下句用秦始皇封松之典。《史记·秦始皇本纪》：“乃遂上泰山，立石，封，祠祀。下，风雨暴至，休于树下，因封其树为五大夫。”《艺文类聚》引《汉官仪》谓始皇所封的为松树。两句是“高节”的注脚，宁为尊者，不作大夫。

〔四〕同参：佛教徒称同事一师为同参。木上座：上座，本为寺院最高职位，此戏称手杖。於菟（wū tú）：虎的别名。“听法石於菟”用生公说法故事，《高僧传》载，竺道生尝于苏州虎丘寺讲《涅槃经》，人皆不信，复聚石为徒，宣讲至理，顽石皆点头。此诗意谓在竹旁有虎状之石，如听说法。

〔五〕斋钵：和尚化斋用的钵盂。抹月批风：谓用风月作菜肴，是文人表示家贫无可待客的戏言。细切叫“抹”，薄切叫“批”。苏轼《和何长官六言次韵》：“贫家何以娱客，但知抹月批风。”

谒狄梁公庙〔一〕

九江浪粘天，　气势必东下。
万山勒回之，　到此竟倾泻。〔二〕
如公廷诤时，　一快那顾藉。〔三〕
君看洗日光，　正色甚闲暇。〔四〕

使唐不敢周，　谁复如公者。〔五〕
古祠苍烟根，　碧草上屋瓦。〔六〕
我来春雨余，　瞻叹香火罢。〔七〕
一读老范碑，　顿尘看奔马。〔八〕
斯文如贯珠，　字字光照夜。〔九〕
整帆更迟留，　风正不忍挂。〔一〇〕

【说明】

惠洪古诗结构甚佳：一起四句，即以眼前景色设喻，大笔淋漓，狄公形象骤出；接六句亦叙亦议，奇正相生；下半写谒祠之感，插入老范碑文，顿挫老辣，真是佳作。

【注释】

〔一〕狄梁公：狄仁杰。唐大臣，字怀英，太原人。武则天时任宰相，曾推荐张柬之、姚崇等贤才，又劝止武则天废太子，是著名的诤臣。睿宗时追封为梁国公。狄仁杰庙在九江，狄仁杰曾被来俊臣诬陷，贬为彭泽令，后人于此建祠祀之。

〔二〕九江：旧谓湖汉九派之水注入彭蠡泽（今鄱阳湖），故称。此指今江西九江市北的大江。四句写大江东去的气势。“万山勒回”，暗示狄仁杰在朝廷中遇到的阻力。

〔三〕廷诤：在朝廷上谏诤，对皇帝直言规劝。据《旧唐书·狄仁杰传》，狄屡次对武则天进谏，曾谏用兵边境，又劝止造大佛像。顾藉：顾忌。两句写狄仁杰知无不言、言无不尽，正君之失，无所顾忌。

〔四〕洗日光：此喻狄仁杰为中宗洗雪之事。《旧唐书·狄仁杰传》载，武则天废其子李显（中宗）于房陵，“无复辟意。唯仁杰每从容奏对，无不以子母恩情为言，则天亦渐省悟，竟召还中宗，复为储贰”。正色：严正之色，写狄仁杰奏对时的情状。闲暇：此谓从容不迫。

〔五〕两句说，使李氏的唐朝不改变作武氏的周室，有谁的功劳像他那样大啊！《狄仁杰传》赞曰：“犯颜忤旨，返政扶危。是人难事，狄能有之。终替武氏，克复唐基。功之莫大，人无以师。”可作注脚。

〔六〕两句写狄仁杰庙的荒凉情状。

〔七〕瞻叹：瞻仰，叹息。两句正写谒狄梁公祠。

〔八〕老范碑：指范仲淹所撰的狄仁杰庙碑。顿尘：此谓马蹄蹴踏地面，扬起尘土。两句写范碑的气势。

〔九〕贯珠：联珠成串，喻文字的美妙。光照夜：与上句“珠”字相应，相传有所谓“夜明珠”。

〔一〇〕风正：顺风。王湾《次北固山下》诗：“风正一帆悬。”两句写自己在祠前流连不忍离去。

瑜上人自灵石来求鸣玉轩诗，会予断作语，复决堤作一首〔一〕

道人去我久，　书问且不数。〔二〕
闻余窜南荒，　惊悸日枯削。〔三〕
安知跨大海，　往反如入郭。〔四〕
譬如人弄潮，　覆却甚白若。
旁多聚观者，　缩项胆为落。〔五〕

僻居少过从，闲庭堕斗雀。〔六〕
手倦失轻纨，扣门谁剥啄。〔七〕
开关忽见之，但觉瘦矍铄。
立谈慰良苦，兀坐叙契阔。〔八〕
谁持稻田衣，包此剪翎鹤。〔九〕
远来殊可念，此意重山岳。
悃愊见无华，语论出棱角。〔一〇〕
为余三日留，颇觉解寂寞。
忽然欲归去，破裓不容捉。〔一一〕
想见历千峰，细路如遗索。〔一二〕
相寻固自佳，乞诗亦不恶。
而余病多语，方以默为药。〔一三〕
寄声灵石山，诗当替余作。
便觉鸣玉轩，跳波惊夜壑。〔一四〕

【说明】

惠洪五古颇近韩愈诗格，写景叙事，率多铺陈，叙述条理分明，中夹描写议论，以突现诗人的自我形象。此诗是惠洪晚年自海南归后之作，风格老健，律法险劲，设喻生动，佳句辄出。读此诗，可知有宋一代“诗僧之冠”的评语绝非虚誉。结数语，前人未道。

【注释】

〔一〕上人：对僧人的敬称。灵石：山名，又名江郎山、须郎山、金纯山，俗呼三爿石。在浙江江山东南五十里，有三石峰拔地而起，石呈五色，故名。鸣玉轩：瑜上人的斋名，轩在溪边，水声如鸣佩玉，故名。会：适，刚刚。作语：说话。断作语，谓戒诗。决堤：喻破戒，谓重又作诗。

〔二〕道人：有道之人。唐以前称佛教徒为道人。去：离开。陶潜《饮酒》诗："羲农去我久。"数（shuò）：屡次，频繁。两句追述与瑜上人久别信稀。

〔三〕窜南荒：惠洪在政和元年（1111年）受张、郭的连累，被决配朱崖（今海南岛）军中，后被赦还。惊悸：惊恐。两句说，瑜上人听到我被流放南方荒远之地，担心我越来越枯瘦了。

〔四〕两句说，谁知跨越大海就像出入城郭那样方便安全。

〔五〕弄潮：在江潮上作戏，如泅水、竞渡等。覆却：谓被潮头打翻落水。四句以弄潮设喻，弄潮儿倾覆水中，泰然自若，而旁人见到却胆战心惊了。

〔六〕僻居：在荒僻的地方居住。过从：交往。两句极写失意者的处境。

〔七〕轻纨：用细绢制的团扇。剥啄：敲门声。上句写百无聊赖的困倦情态，连纨扇也不知不觉掉到地上了。

〔八〕开关：开门。矍铄：老而勇健。形容老年人有精神。良苦：古人相见时的用语，以示慰问。兀坐：端坐，高坐。契阔：离合，聚散。四句写瑜上人来访，殷勤共语。

〔九〕稻田衣：即袈裟，因用方形布块缀成，如稻田之界画，故名，亦称百衲衣、水田衣。剪翎鹤：剪掉健翎的鹤。语意相关，一以形容形貌瘦削，一以谓不能奋飞。两句有谐趣，见交情，亦暗为瑜上人和自己的身世而抱屈。

〔一〇〕悃愊（kǔn bì）：至诚。棱角：喻议论有锋芒。四句说，瑜上人远来之意，重于山岳；他态度诚恳，朴实无华，而议论却时露锋芒。

〔一一〕破裓（gé）：破衣。裓，衣的前襟，泛指僧衣。四句写两人相聚三日而别。“捉”字亦生，表现恳切挽留客人的心情。

〔一二〕两句想象瑜上人归路的情景。以“遗索”形容小路，自胜“羊肠”等熟语。

〔一三〕病：苦于。以默为药：谓以沉默作为医治多语之药。四句说，友人相访求诗，本是好事，可惜我因多言受累，正想守默全身呢。

〔一四〕四句说，我想对灵石山说一声：“您还是替我作诗吧！”上人在鸣玉轩中，当会听到老鱼跳波，声惊夜壑呢！末句暗用李贺《李凭箜篌引》“老鱼跳波瘦蛟舞”意，赞美山水清音才是最好的诗句。

余自并州还故里，馆延福寺。寺前有小溪，风物类斜川，儿童时戏剧之地也。尝春深独行溪上，因作小诗〔一〕

小溪倚春涨，攘我钓月湾。〔二〕
新晴为不平，约束晚见还。〔三〕
银梭时拨剌，破碎波中山。〔四〕
整钩背落日，一叶嫩红间。〔五〕

【说明】

此诗为惠洪自赏者，特录于《冷斋夜话》中，并引山谷语曰：“观君诗，说烟波漂渺处，如陆忠州（陆贽）论国政，字字坦夷，前身非篙师沙户种类耶？”摹写溪晚的美景，字字精劲，画面色彩亦绚丽，觉范尚有句云“文如水行川，气如春在花”，真可移评此诗。

【注释】

〔一〕并州：即太原府。馆：居于。小溪：指筠溪，发源于八叠山，经新昌流入赣江的支流锦江。斜川：在今江西庐山市。戏剧：游玩戏乐。

〔二〕攘（rǎng）：侵夺。两句说，小溪倚靠春雨涨水的势力，居然把我月下垂钓的湾头也侵占去了。两句用拟人法，亦有谐趣。“倚”字、“攘”字甚炼。

〔三〕约束：管束，控制。两句说，可是新晴却为我打抱不平，限令它要在晚上归还给我。

〔四〕银梭：指鱼，鱼状如梭子，故称“金梭”“银梭”。李璟《游后湖赏莲花》诗：“水鸟惊鱼银梭投。”拨刺（là）：同“泼刺”，鱼跃声。两句写鱼跃出水面，摇荡波中的山影，即《游斜川》诗“跃鳞将夕”的情景。

〔五〕整钩：与次句“钓月”呼应。两句写黄昏时在湾头垂钓的情景，落日从背后照到波上，一叶扁舟在余晖中悠然而去。

至丰家市读商老诗次韵〔一〕

杨柳护桥春欲暗，　山茶出屋人未知。〔二〕
冒田决决走流水，　小夫铲塍翁夹篱。〔三〕
雪晴春巷生青草，　烟湿人家营晚炊。〔四〕
心疑辋川摩诘画，　目诵匡山商老诗。〔五〕

夜投村店想清境，　蛙满四邻檐月移。〔六〕

卧看孤灯心耿耿，　呼童觅纸聊记之。〔七〕

【说明】

纪昀谓惠洪诗“清新有致，出入于苏、黄之间，时时近似”，此诗气格近苏而笔致似黄，章法流走而句法生新，别具一格，绝非随人作计者所能及。诗中写丰家市各色景物，目的是烘托商老的诗，最后归结出“清境”二字，这种手法颇为别致。

【注释】

〔一〕商老：即李彭。可参看本书诗人小传。

〔二〕上句写桥边杨柳，下句写屋中山茶。春欲暗，写其茂密；人未知，写环境的僻静。

〔三〕决决：流水声。铲塍：铲泥修护田塍。夹篱：编造篱笆。上句写引水灌田，准备春耕；下句写春日农事未忙时村人的生活工作。

〔四〕两句写春巷人家情景如画。一“湿”字入妙。

〔五〕辋川：水名，在今陕西蓝田终南山下。宋之问在山麓建有别墅。诗人王维居于辋川三十年，写了不少歌咏此地风光的诗歌，以田园组诗《辋川集》二十首最为著名。摩诘：王维之字。王维是诗人又兼画家，工画山水，曾写辋川图，山谷郁郁盘盘，云水飞动，意出尘外，故苏轼云：“味摩诘之诗，诗中有画；观摩诘之画，画中有诗。”匡山：即庐山。商老为南康军建昌（今江西永修县）人，其乡在庐山之南。两句为全篇之旨。实际上是说，商老的诗中有画，写出此地如同辋川般的美景。眼中之景，即商老之诗。

〔六〕两句写夜宿情景。檐月移，意谓诵商老诗而不知时间过去。

〔七〕两句说，心中耿耿，夜不成眠，因成此诗。

夏日

山县萧条半放衙，　莲塘无主自开花。〔一〕
三叉路口炊烟起，　白瓦青旗一两家。〔二〕

【说明】

惠洪小诗多写荒寒的景色，剩水残山，意态萧飒，令人不欢。此诗写山村小景，笔墨简朴自然。

【注释】

〔一〕放衙：免去属吏早晚两衙的参见。
〔二〕青旗：指酒旗，酒家悬于店前以招徕顾客的旗子。

次韵天锡提举〔一〕

携僧登芙蓉，　想见绿云径。〔二〕
天风吹笑语，　响落千岩静。
戏为有声画，　画此笑时兴。〔三〕
夙习嗟未除，　为君起深定。〔四〕
蜜渍白芽姜，　辣在那改性。〔五〕
南归亦何有，　自负芦圌柄。〔六〕
旧居悬水旁，　直室如仄磬。〔七〕
行当洗过恶，　佛祖重皈命。〔八〕

念君别时语，　皎月破昏暝。
蝇头录君诗，　有怀时一咏。〔九〕

【说明】

惠洪五古格调淡远，无山谷辈槎枒之态。此诗写登山的情景，中杂禅语，表现了这位亦僧亦儒的诗人奇特的心境，他皈依佛祖，而又不忘尘世，在幽僻深邃的山林中，也是无法真正悟道入定的，因为他那老姜般的辣性始终难以改变。我们从惠洪后来不幸的遭遇中就可以证实这一点。诗歌层折变化，章法亦妙。

【注释】

〔一〕天锡：邹天锡，曾为《楞严经》作注。

〔二〕僧：作者自称。芙蓉：指山峰。李白《望庐山五老峰》诗："青天削出金芙蓉。"绿云：喻草树茂密。两句写自己随天锡登山。

〔三〕有声画：指诗，因诗中有画意，故称。

〔四〕夙习：旧习惯，此指作诗之习。定：谓入定，僧人静坐敛心，不起杂念，使心定于一处。

〔五〕两句设喻生动，姜虽渍蜜，而辣性不改，是"夙习"句的注脚。

〔六〕芦圌（chuán）：即芦团，草制的圆形坐具。《高僧传·杯度传》："见度负芦圌行向彭城。"此指僧人坐的蒲团。两句写作者第一次为僧，坐累为民南归之事。

〔七〕旧居：指作者故里筠州的房子，其在筠溪之侧，故谓"悬水旁"。直室：意谓家徒四壁之室。仄磬：磬是一种古代的石制乐磬，其状屈折，故称"仄"。两句是成语"室如悬磬"的活用。

〔八〕行当：将要。皈（guī）命：皈依佛教，身心反归向佛、法、僧。惠洪后再次为僧，法名德洪。两句再一转折。

〔九〕蝇头：喻小字。四句写与天锡别后的相思。

题李愬画像〔一〕

淮阴北面师广武，　其气岂止吞项羽。〔二〕
君得李祐不肯诛，　便知元济在掌股。〔三〕
羊公德行化悍夫，　卧鼓不战良骄吴。〔四〕
公方沉鸷诸将底，　又笑元济无头颅。〔五〕
雪中行师等儿戏，　夜取蔡州藏袖底。〔六〕
远人信宿犹未知，　大类西平击朱泚。〔七〕
锦袍玉带仍父风，　拄颐长剑大梁公。〔八〕
君看鞬櫜见丞相，　此意与天相始终。〔九〕

【说明】

此诗记叙舒张，大有山谷之风。赋中有比，以韩信、羊祜、李晟设喻，便觉沉厚。末句力写李愬的忠心诚意，有余不尽。许顗《彦周诗话》盛称此诗，谓“当与黔安并驱”。

【注释】

〔一〕李愬：唐大将，洮州临潭（今属甘肃）人。元和十一年（816年）任随、唐、邓节度使，率兵讨伐吴元济的叛乱。次年冬，雪夜攻克蔡州，生擒元济，进授山南东道节度使，封凉国公。

〔二〕淮阴：指韩信，韩为淮阴人，后被封淮阴侯。北面：古时尊长见卑幼，南面而坐。故拜人为师，亦称北面。广武：指李左车，秦汉之际的谋士，初在赵封广武君。项羽：秦末义军领袖，在楚汉战争中被刘邦击败。按，《史记·淮阴侯列传》载，韩信擒广武君，“乃解其缚，东乡坐，西乡对，师事之”。广武君遂提出乘胜取燕齐之计，信从其策，得燕地。两句设喻。

〔三〕李祐：吴元济的骑将，有勇略。李愬设计擒祐，厚待之，祐感泣，遂献奇计破蔡州。元济：吴元济，淮西节度使吴少阳子。元和九年（814 年），自领军务，以蔡州（今河南汝阳）为据点，四出焚掠，威胁洛阳。后被李愬击败，斩于长安。两句谓李愬擒李祐而不杀，就预计到吴元济已在他股掌之上了。

〔四〕羊公：指羊祜。司马炎伐魏后，羊祜为筹划灭吴。《晋书·羊祜传》载：“吴将邓香掠夏口，祜募生缚香，既至，宥之。香感其恩甚，率部曲而降。祜出军行吴境，刈谷为粮，皆计所侵，送绢偿之。……于是吴人翕然悦服，称为羊公。”吴军主将陆抗亦称“祜之德量，虽乐毅、诸葛孔明不能过也”。次句写羊祜的战略。史载，羊祜在军常轻裘缓带，身不被甲。他在镇十年，开屯田，储军粮，作好灭吴准备，但平日则与陆抗互通使节，以掩盖灭吴的企图。

〔五〕公：指李愬。沉鸷：深沉勇猛。《新唐书·李愬传》：“（愬）为随唐邓节度使，……蔡人以尝败辱霞寓等，又愬名非夙所畏者，易之，不为备。愬沉鸷，务推诚待士……众愿为愬死。”无头颅：《旧唐书·吴元济传》载，元济被囚至京师，“斩之于独柳，时年三十五，其夜失其首”。

〔六〕两句写雪夜平蔡州的情况。《新唐书·李愬传》：“于时元和十一年十月己卯，师夜起……会大雨雪，天晦，凛风偃旗裂肤，马皆缩栗，士抱戈冻死于道十一二。”

〔七〕信宿：连宿两夜。李愬军于十日夜出发，十一日冒大雪行军，十一日夜至蔡州，黎明入吴元济外宅。“贼恃吴房、朗山之固，晏然无一人知者。”（《旧唐书·李愬传》）西平：指李愬之父李晟，他以击朱泚功封西平郡王。朱泚：唐卢龙节度使。建中四年（783 年），泾原兵在京师哗变，唐德宗出奔陕西，朱泚被拥立为帝，国号秦，次年改国号为汉，自号汉元天皇。李晟回师讨平之，收复长安。《新唐书·李晟传》载，李晟攻长安，于建中六年（785 年）五月二十五日夜趋京城，二十八日夜大败贼军，“坊人之远者，宿昔乃知王师之入也”。两句谓李愬潜师袭敌，大有父风。

〔八〕上句写李晟父子的风采和待士的态度。史载，“晟每与贼战，必锦裘绣帽自表，指顾阵前”，又曾解玉带以赠张孝忠的亲将，取得孝忠的支持。李愬亦曾以玉带、宝剑赠牛元翼，勉励他尽忠效力。拄颐长剑：佩剑耸起，碰到脸颊。《战国策》载，田单攻狄，童谣有“大冠若箕，修剑拄颐”之语。又，苏轼诗有“凌烟功臣长九尺，腰间玉具高拄颐”之句。此亦写李晟父子的大将之风。大梁公：当为“大凉公”。李愬以功封凉国公，食邑三千户。

〔九〕鞬櫜（jiān gāo）：古代盛弓箭的东西。丞相：指裴度。按，平蔡之事，裴度不附群议，请身督战，为淮西宣慰招讨处置使，一军之主帅。史载，李愬入蔡后，“乃屯兵鞠场以俟裴度，至，愬以櫜鞬见，度将避之，愬曰：‘此方废上下分久矣，请因示之。’度以宰相礼受愬谒，蔡人耸观”（《新唐书·李愬传》）。时武人专横已久，李愬平蔡之后，不居功自傲，在当时是很难得的。末句写出李愬忠于朝廷之意始终不渝，收处笔力甚重。

晁冲之

晁冲之（约1072年—?）字用道，又字叔用，号具茨先生。巨野（今山东巨野县）人。晁氏家世显贵，少年时豪华自放。绍圣初，党祸起，晁氏一门多在党中，被谪逐，遂隐居具茨山下。后重游京师，在朝者谋起用之，不顾。临终时取平生所著悉焚之。

晁冲之曾从陈师道学诗，而独学杜甫以自成一家。刘克庄称其诗“意度沉阔，气力宽余，一洗诗人穷饿酸辛之态”。

晁冲之的作品，今存《晁具茨先生诗集》十五卷，收诗一百六十七首。

重过鸿仪寺〔一〕

秋色遽如许，　寒花奈若何。〔二〕
客行伤老大，　野次记经过。〔三〕
废圃犹残菊，　枯池但折荷。〔四〕
吾生与物态，　天意岂蹉跎。〔五〕

【说明】

此诗老朴逼近后山。“遇事写物，形于兴属”，诗人重过鸿仪寺，那荒废的园圃，枯涸的池塘，凋零的秋菊和摧折的残荷，都勾起其身世蹉跎的悲感。

【注释】

〔一〕诗人先有《过鸿仪寺》诗云：“折苇枯荷倒浦风，黑云垂雨挂长虹。山僧生养池鱼看，不许游人学钓翁。”

〔二〕秋色：这里泛称秋景。遽（jù）：遂，就。寒花：指菊花。

〔三〕野次：野外，郊野中。过：此读平声。两句平淡中有沉郁之致。

〔四〕两句写鸿仪寺的景色，从“犹”“但”二字见意。

〔五〕两句说，我的生涯跟这秋节的景物同样的萧瑟冷落，难道老天爷的意思是让它们继续蹉跎失意下去吗？诗意颇为愤激不平。

感梅忆王立之〔一〕

王子已仙去，　梅花空自新。〔二〕
江山余此物，　海岱失斯人。〔三〕
宾客他乡老，　园林几度春。〔四〕
城南载酒地，　生死一沾巾。〔五〕

【说明】

方回评曰：“此诗才学后山，便有老杜遗风。”纪昀亦曰：“似平易而极深稳，斯为老笔。”见到梅开而忆及逝去的友人，以梅花暗示友人高洁的品格。情景浑融，是具茨集中佳作。

【注释】

〔一〕王立之：即王直方。见本书诗人小传。

〔二〕王子：指王直方。仙去：成仙，游于仙界，死亡的婉辞。“空自新”三字，寓有深感。

〔三〕海岱：指东海与泰山间之地，在本诗中与“江山”同义。两句说，江山之上，徒然剩下这寂寞的梅花，而海岱之间，已失去那位杰出的人才了。境界甚大，笔力极重。写王直方之死，是国家的重大损失。

〔四〕宾客：苏轼、黄庭坚、晁说之、晁冲之曾为王氏宾客。晁说之《王立之墓志铭》载：“立之虽有先人园以居，而衣食才自给耳。每有宾客至，则必命酒剧饮，抵谈终日，无不倾尽，若其大有力而饶于用者。由是立之好事之名得于远迩，客有游京师而不见立之，则以为恨已。”王氏卒时，苏轼、黄庭坚、陈师道等已死，其余亦多因党祸，以老他乡。园林：王直方居汴京城隅有一小园，命其园中之堂曰“默归”，亭曰“顿有”，以见其退隐之志。

〔五〕城南：汴京城南，王氏所居。晁冲之《寄王立之》诗：“腊雨城南宅，冲寒忆屡陪。”载酒：携酒。《汉书·扬雄传》载：“(雄)家素贫，耆(嗜)酒，人希至其门。时有好事者，载酒肴从游学。”本诗亦暗用此意，写朋友间切磋好问之谊。沾巾：流泪沾湿了衣巾。两句写作者与王直方的生死交谊。

次二十一兄韵〔一〕

忆在长安最少年，酒酣到处一欣然。〔二〕
猎回汉苑秋高夜，饮罢秦台雪作天。〔三〕
不拟伊优陪殿下，相随于芀过楼前。〔四〕
如今白发山城里，宴坐观空习断缘。〔五〕

【说明】

冲之此作，以七古之法入律诗中，一气盘旋而下，便觉笔力浩大，深为刘克庄所赏。这是诗人一生的小结：少年时是位承平贵公子，饮酒行猎，意气自得；中年时因不愿随波逐流，遗世高蹈；晚年时万缘俱断，结习皆空。但回顾平生，诗人还是无愧于心的。

【注释】

〔一〕二十一兄：晁季此，作者的堂兄。

〔二〕长安：此指汴京。两句追忆少年情事。

〔三〕汉苑：汉长安有上林苑，周围至三百里，有离宫七十所，苑中养禽兽，供皇帝贵族春秋打猎。秦台：泛指歌台舞榭。两句意说，高爽的秋夜，从汉苑中射猎归来；作雪的天时，在秦台上刚结束宴饮。

〔四〕伊优：小儿学语之音，后用来讥讽逢迎谄媚之徒说话无定见，迎合人意。赵壹《刺世疾邪赋》："伊优北堂上，抗脏倚门边。"殿下：宫殿之下，帝王所居之处，借指朝庭。于芀（wěi）：乐曲名。《新唐书·元德秀传》载，玄宗在五凤楼下，令三百里内刺史太守献乐。元德秀命乐工唱己所为之《于芀于》歌，以为讽谏。帝闻，异之，叹曰："贤人之言哉！"两句表示自己不愿在朝苟合取容，而要向皇帝规谏。

〔五〕宴坐：闲坐。又，佛家称坐禅为宴坐。诗中兼用后意。观空：佛家语，观于虚无，无见无闻之意。断缘：断绝尘缘。

留别江子之〔一〕

尽室飘零去上都，　试于溱洧卜幽居。〔二〕
不从刺史求彭泽，　敢向君王乞镜湖。〔三〕
平日甚豪今潦倒，　少年最乐晚崎岖。〔四〕
故人鼎贵甘相绝，　别后君须寄一书。〔五〕

【说明】

诗人离开了繁华的京城，卜居于山林之中，他已倦于世事了。此诗留别京中的友人，表明自己对功名富贵的态度。

【注释】

〔一〕江子之：江端本。可参看本书诗人小传。

〔二〕尽室：全家，犹言一家子。《左传·成公二年》："巫臣尽室以行。"注："室家尽去。"上都：京城，此指汴京。溱洧（zhēn wěi）：溱水与洧水，在今河南省境内。《诗·郑风·溱洧》载郑国的青年男女在溱、洧水边相会玩乐，互赠香草。卜幽居：选择幽僻之地定居。卜，谓以占卜选择。两句写离京归隐。

〔三〕彭泽：县名，在江西北部、长江南岸。镜湖：即鉴湖，在今浙江绍兴会稽山北麓。上句用陶潜的故事，陶在义熙元年（405 年）为江州刺史刘敬宣参军。八月，为彭泽令。"郡遣督邮至县，吏白应束带见之，潜叹曰：‘吾不能为五斗米折腰，拳拳事乡里小人邪！’”(《晋书·陶潜传》) 遂解印而归。此事长期为后人所推崇，认为是对权贵的对抗。下句用贺知章的故事，《全唐诗话》载，贺知章年老有疾，上表乞为道士还乡，唐玄宗许之，舍宅为观，诏赐镜湖剡川一曲。两句说，自己既不愿向刺史干求禄位，又怎敢向皇帝乞取归隐之所呢?

〔四〕两句说，自己过去意气豪纵，现在却穷困潦倒；少年时的生活最是快乐，晚年却道路坎坷了。

〔五〕故人：指京城中的朋友。鼎贵：方当贵显。两句说，那些在京城爬上高位的“老朋友”们，我甘愿与他们断绝来往，但希望别后您能寄书信给我。

与秦少章题汉江远帆〔一〕(五首选四)

楚山全控蜀，　汉水半吞吴。〔二〕
老眼知佳处，　曾看八境图。〔三〕

【说明】

组诗五首，是题画诗中佳作。宋人五绝，往往刻意为之，鼓弩为力，情韵不足，每为评家所讥议。江西诸子，五绝佳者尤少。冲之此作，纯用唐人家法，境大笔重，颇有尺幅千里之妙。

【注释】

〔一〕秦少章：秦觏，字少章，高邮人，秦观之弟。汉江远帆：画册名。

〔二〕两句极写楚山汉水的气势，全组诗为之振起。“控蜀”“吞吴”二语，还可以引起读者对历史事件的联想。

〔三〕八境图：程千帆《宋诗选》注云，“八境图，即八阵图。相传诸葛亮当日为了推演兵法，曾摆八阵图。遗迹在今四川省奉节县（今属重庆市）南长江边上”。然苏轼诗集中有《虔州八境图》诗，谓八境图为孔宗翰所作，并谓“观此图也，可以茫然而思，粲然而笑，慨然而叹矣”。虔州，即南康郡（今江西赣州），在彭蠡湖（今鄱阳湖）口，北临长江。本诗中的八境图，当指后者。两句说，自己的老眼，最能了解《汉江远帆图》的佳处，因为曾看过与之境界仿佛的《八境图》。

江山起莫色，草木敛余昏。〔一〕
谁感离骚赋，丹青吊屈原。〔二〕

【注释】

〔一〕莫：同“暮”。两句描写画中的意境，山河日暮，草木无光。

〔二〕两句说，是谁人读罢《离骚》赋而生起感慨，写下这江山图画以凭吊屈原？汉江是屈原生活过的地方，故云。

云埋凤林寺，浪打鹿门山。〔一〕
今日江风恶，郎船劝不还。〔二〕

【注释】

〔一〕凤林寺：在今湖北襄阳东南十里。鹿门山：在襄阳东南三十里，东汉的高士庞德公曾隐居于此。

〔二〕二语点“汉江远帆”意，写贾客冒江上风波而远行。

江阔雁不到，山深猿自迷。〔一〕
传闻杜陵老，只在瀼东西。〔二〕

【注释】

〔一〕两句写江阔山深，着意夸张。

〔二〕杜陵老：指杜甫。杜陵，在长安东南郊，为汉宣帝墓地。杜甫祖籍杜陵，亦尝居于杜陵，故自称“杜陵野老”。瀼东西：杜甫在大历初因避蜀中兵乱而留滞夔州（今重庆奉节），在瀼西赁草屋居住。瀼，大瀼水，在夔州府城东注入长江。

龙兴道中〔一〕

涧道垂黄花，山城拥红叶。〔二〕
人争小舟渡，马就平沙涉。〔三〕

【说明】

小诗写清秋山城渡口的小景，着意锤炼，无一虚笔，有声有色，历历如绘。

【注释】

〔一〕龙兴：唐县名，宋改宝丰县，在今河南省中部、北汝河流域。

〔二〕两句写静景，着“垂”“拥”二动字，则字字皆活。

〔三〕两句写动景，以争渡的人跟涉水的马对照，相映成趣。妙绝。

春日二首（选一）

阴阴溪曲绿交加，　小雨翻萍上浅沙。
鹅鸭不知春去尽，　争随流水趁桃花。〔一〕

【说明】

小诗写暮春溪上的景色，一片生机。沙岸凌乱的浮萍，在流水中追逐着落花的鹅鸭，都充满着欢趣。表现了诗人恬适的心境。

【注释】

〔一〕趁：追逐，赶。试与苏轼《惠崇春江晚景》诗“竹外桃花三两枝，春江水暖鸭先知”相较，一写春暮，一写春初，均生意盎然，各臻妙境。

戏留次褒三十三弟〔一〕

白下春泥尚未干，　汴流更待小潺湲。〔二〕
不知汝定成行不，　寒食今无数日间。〔三〕

【说明】

诗人深情地对弟弟说：你多留几天吧，在这儿一起度过清明寒食，等汴流初涨，好送你的征帆直到江宁。诗歌厚意拳拳，深折有味。

【注释】

〔一〕次褒（bāo）：即晁颂之，作者的堂弟。三十三：颂之排行第三十三。古人以同一曾祖所出的兄弟计算行第。

〔二〕白下：地名，故城在今南京市北，诗中指江宁府。汴流：宋人把出河入淮的通济渠东段全流称为汴水、汴河或汴渠。潺湲：水流声，诗中谓春水初生。

〔三〕不：同“否”。寒食：节令名，清明前一天，是日禁火寒食。两句说，快到寒食节了，不知你决定动身没有。

夜行

老去功名意转疏，　独骑瘦马取长途。〔一〕

孤村到晓犹灯火，　知有人家夜读书。〔二〕

【说明】

此诗写夜行时所见的情景，当有寓意。瘦马长途，这不正是诗人“超然独往”的形象写照吗？末二语有微讽在焉。

【注释】

〔一〕诗人老去，无意功名，故独骑瘦马，浪迹天涯。杜甫《江汉》诗“古来存老马，不必取长途”，取意不同，而怀才见弃之不平则一。

〔二〕村人彻夜攻读，准备猎取功名，与诗人恰成对照。

和新乡二十一兄华严水亭五首〔一〕（选一）

荷盖点溪二数叶，　藤梢绕树几千层。〔二〕

投闲更与高人约，　重抱琴来听广陵。〔三〕

【说明】

组诗五首，在写景中寄寓着作者的愤激之情，如“荡舟不怕风波急”“终向瓜田学邵平”之语，均意在言外。这里选的是第五首，诗人一改平素“渊雅疏亮”之调，变而为“凄怨危愤、激烈愁苦”之音，当为在党祸中被斥逐丧亡的亲友而发。

【注释】

〔一〕新乡：县名，在河南省北部，卫河上游。二十一兄：即晁季此，作者的堂兄。华严：佛经有《华严经》，这里代称佛寺。

〔二〕荷盖：荷叶，以其团团如车盖，故名。这两句写水亭畔荒冷的景色。

〔三〕投闲：置身于闲散。广陵：广陵散，琴曲名。三国魏嵇康喜鼓琴，景元三年（262 年）被杀，临刑索琴奏《广陵散》，曲终，叹曰：“袁孝尼尝从吾学《广陵散》，吾每固之不与，《广陵散》于今绝矣。”因以为人事凋零、事成绝响的故事。

古乐府

大星何历历，　小星烂如石。
掖垣崔嵬横紫微，　十二羽林森北极。〔一〕
今夕何夕月欲没，　虎抱空关龙厌直。〔二〕
峥嵘北斗着地垂，　手去瓠瓜不盈尺。〔三〕
严陵醉卧光武傍，　浮槎正值天孙织。〔四〕
王良挟策飞上天，　傅说空骑箕尾立。〔五〕

君不见茂陵弃子欲登仙，　自将壮士终南边。
忽然遭窘出玺绶，　归来下诏除民田。〔六〕
阿瞒急示乘舆物，　鲜卑仍弃珊瑚鞭。〔七〕
又不见古来垂堂戒华屋，　敌国挟辀戎接毂。〔八〕
白龙鱼服误网罗，　孔雀金花被牛触。〔九〕

【说明】

宋人《诗说隽永》谓“晁冲之叔用乐府最知名”。此诗在作法上亦颇为奇特，罗列古代神话传说及历史人物故事，纯用赋体，不加评述，而作者的用意于中自见。忧谗畏讥，全身远祸，叔用之心亦良苦矣！

【注释】

〔一〕掖垣：星名。太微宫垣十星，东垣北上相，名左掖门；西垣北上将，名右掖门。董思恭《咏星》诗：“历历东井舍，昭昭右掖垣。”紫微：星座名，三垣之一，又星名，象征天子。十二羽林：羽林，星名。《史记·天官书》：“北宫玄武，虚、危……其南有众星，曰羽林天军。”十二，泛言其多。北极：星名，即北辰、天枢，亦象征帝王。两句列举的星名，都与人事有关。掖垣，即宫墙；紫微，北极，指皇帝；羽林，羽林军，皇帝的卫队。皆极言宫禁森严，天子高高在上。

〔二〕虎：白虎，星名，西方七宿的合称。抱空关：守空门。龙：苍龙，星名，东方七宿的合称。直：直宿，守卫。两句说，今夜，是个怎么样的夜晚啊，白虎徒然地守着空荡荡的天门，苍龙也倦于在宫中当值了。两句当有深意，盖宫禁松弛，则小人易进。

〔三〕峥嵘：山峻高貌，这里形容特异、不平常。北斗：星名，即今大熊座七星。《星经》：“北斗星谓之七政，天之诸侯，亦谓帝车。”瓠瓜：星名。《宋史·天文志》：“瓠瓜五星在离珠北，天子果园也。”两句谓列星垂地，似可摘而得之。

〔四〕“严陵”句：严陵，即严光，字子陵。《后汉书·逸民列传》载，严光少曾与光武帝（刘秀）同学，有高名。秀称帝，光变姓名隐遁。秀派人觅访，征召到京，授谏议大夫，不受，乃耕于富春山。又载，严光与光武帝共偃卧，“光以足加帝腹上。明日，太史奏客星犯御坐甚急。帝笑曰：‘朕故人严子陵共卧耳。’”“浮楂”句：张华《博物志》载，天河与海通，年年八月有浮槎去来不失期。有人乘槎至天上，见织女、牵牛。归后至蜀，问卜者严君平，则曰：“某年月日有客星犯牵牛宿。”两句写“客星”犯天上星宿，亦有所指。

〔五〕王良：春秋时晋之善御马者。又，《史记·天官书》：“汉中四星曰天驷，旁一星曰王良。王良策马，车骑满野。”挟策：拿着马鞭。傅说（yuè）：殷相，相传他筑于傅岩之野，为武丁访得，举以为相，佐丁中兴。箕尾：箕宿和尾宿。《庄子·大宗师》：“傅说……乘东维，骑箕尾，而比于列星。”傅说亦星名，在尾宿第二星东。以上十句为一段，写天星以暗喻朝廷的情事。

〔六〕茂陵：汉武帝的陵墓，在长安，因以指武帝。弃子：抛弃妻子。《史记·封禅书》载，汉武帝迷信神仙之说，曾曰：“嗟乎！吾诚得如黄帝，吾视去妻子如脱蹝耳。”脱蹝：脱去鞋子，喻轻而易举。“自将”三句：《资治通鉴·武帝建元三年》载，汉武帝微服出行，与左右能骑射者入终南山下，射鹿豕狐兔，驰骛禾稼之地，民皆号呼骂詈。鄠、杜令欲执之，示以乘舆物，乃得免。归来后下诏，除民田以为上林苑，以供射猎。将：带领。终南：山名，在长安城南。玺绶：皇帝的印绶。除民田：除去民田的田籍。以上四句写汉武帝恣纵射猎，祸害人民。

〔七〕阿瞒：曹操的小字。袁晔《献帝春秋》载，曹操与吕布战，军败，吕布部下获曹操，问曰："曹操何在?"操急指示之："乘黄马走者是也。"遂释操而追黄马者。乘舆物：帝王车驾所用之物，此指"黄马"。鲜卑：指晋明帝。《晋书·明帝纪》载，王敦将举兵，明帝微行乘马侦察。敦正昼寝，梦日绕其城，惊起曰："此必黄须鲜卑奴来也!"使五骑追帝。帝见逆旅卖食妪，以七宝鞭与之，曰："后骑来，可以此示。"追者至，传玩鞭，稽留良久，帝遂获免。两句写曹操、明帝遇险之事，谓其骄傲轻脱而招祸。

〔八〕垂堂：司马相如《上书谏猎》，"家累千金，坐不垂堂"。意谓富贵者不坐在堂屋檐下，以防檐瓦落下伤人。辀（zhōu）：兵车的辕。《左传·隐公十一年》载，郑庄公打算攻打许国，在太祖庙内颁发武器，"公孙阏与颍考叔争车，颍考叔挟辀以走，子都（即孙阏）拔棘（戟）以逐之，及大逵，弗及，子都怒"。及战，颍考叔持旗抢先登上许城，子都自下射之坠地。戎接毂：《上书谏猎》，"胡越起于毂下，而羌夷接轸也，岂不殆哉!"两句谓应防患于未然，小事会招来大难。

〔九〕白龙鱼服：张衡《东京赋》，"白龙鱼服，见困豫且"。谓有白龙下清冷之渊，化为鱼，渔者豫且射中其目。"孔雀"句：本杜甫《赤霄行》"孔雀未知牛有角，渴饮寒泉逢抵触。赤霄玄圃须往来，翠尾金花不辞辱"。两句感慨甚深，殆为自己身世而发耶?

题鲁山温泉〔一〕

平生耳熟闻骊山，　梦寐不到临潼关。〔二〕
当年太液金井碧，　温泉宛在关山间。〔三〕
忆昔君来必十月，　骑玉花骢带风雪。〔四〕
太真独侍沐浴边，　鲸甲龙鳞影清绝。〔五〕
五十年升平一迷，　却驱万骑出关西。〔六〕
自为前朝同祸水，　翻令后代异廉溪。〔七〕
君不见汝海之南鲁山左，　亦有此泉名不播。
征夫问路说汤头，　可怜是亦陈惊坐。〔八〕

【说明】

题为鲁山温泉，而内容却写骊山故事，用意用笔皆奇。其实诗人的真意并不在发思古之幽情，嗟叹前朝的兴衰，而是在为受牵连而“名不播”者抒泄不平之气，他自己不正是元祐党祸中无辜的一员吗？如此诗者，可谓深得江西家法。

【注释】

〔一〕鲁山温泉：鲁山，县名，宋代属汝州，在今河南省中部偏西。县东有山，名鲁山，一名露山，孤峰秀立，山下有温泉。

〔二〕骊山：在陕西临潼，因山形似骊马，呈纯青色而得名。唐贞观年间在骊山北麓建汤泉宫，天宝年间改建为华清宫，中有温泉华清池，为玄宗游幸之所。临潼：在陕西渭河平原东部，南依骊山，北临渭河。

〔三〕太液：太液池，汉、唐宫中皆有太液池，此以代指华清池。金井：施有雕栏之井，宫井的美称，此指温泉汤井。

〔四〕君来必十月：《新唐书·杨贵妃传》载，“每十月，帝幸华清宫，五宅车骑皆从”。玉花骢：唐玄宗的骏马名。杜甫《丹青引·赠曹将军霸》诗：“先帝天马玉花骢，画工如山貌不同。是日牵来赤墀下，迥立阊阖生长风。”

〔五〕太真：杨贵妃，小名玉环。开元二十三年（735年），册封为寿王（玄宗之子）妃。二十八年（740年），玄宗命之为女道士，住太真宫，改名太真。天宝四载（745年）册封为贵妃。鲸甲龙鳞：《西京杂记》卷上载，“昆明池刻玉石为鲸，每至雷雨，常鸣吼，鬐尾皆动”。又，杜甫《秋兴》诗“石鲸鳞甲动秋风”“日绕龙鳞识圣颜”，因以鲸甲龙鳞暗喻唐玄宗洗浴之状。

〔六〕关西：泛指潼关以西的地区。上句本《新唐书·李辅国传》，李辅国欲逼唐玄宗迁出南内，高力士厉声喝之曰：“五十年太平天子，辅国欲何事！”次句写安禄山攻潼关后，唐玄宗西逃入蜀。陆以湉《冷庐杂识》云：“五言诗于第一字、第三字读断，七言诗于第一字、第三字、第五字读断，晁具茨冲之集中恒用此体。”并引“五十年升平一迷”句为第三字读断之例。

〔七〕前朝：此指汉朝。祸水：指得君王宠爱而败坏国家的女人。《飞燕外传》载，汉赵飞燕有妹名合德，貌美。成帝召之入宫，左右见之皆啧啧嗟赏。有宣帝时披香博士淖方成，在帝后唾曰：“此祸水也，灭火必矣！”廉溪：《南史·胡谐之传》载，宋明帝问范柏年家乡有无贪泉，范答曰“梁州唯有文川、武乡，廉泉、让水”。两句说，由于骊山温泉为帝妃享乐之地，故亦与赵合德、杨贵妃辈被视为祸水者同受恶名，这就使得后世别的温泉都有异于廉溪而不为人所重了。

〔八〕汝海：指汝水。汤头：温泉的俗称。陈惊坐：《汉书·陈遵传》载，陈遵，字孟公，名重一时。“时列侯有与遵同姓字者，每至人门，曰‘陈孟公’，坐中莫不震动，既至而非，因号其人曰‘陈惊坐’云”。四句说，鲁山温泉，名声不扬，它也只不过像“陈惊坐”那样，空有个温泉之名而已。结处颇有自嘲之意。

复以承晏墨赠之〔一〕

我闻江南墨官有诸奚，　老超尚不如廷珪。
后来承晏复秀出，　喧然父子名相齐。〔二〕
百年相传文断碎，　仿佛尚见蛟龙背。〔三〕
电光属天星斗昏，　雨痕倒海风云晦。〔四〕
却忆当年清暑殿，　黄门侍立才人见。〔五〕
银钩洒落桃花笺，　牙床磨试红丝研。〔六〕
同时书画三万轴，　大徐小篆徐熙竹。〔七〕
御题四绝海内传，　秘府毫芒惜如玉。〔八〕
君不见建隆天子开国初，　曹公受诏行扫除。〔九〕
王侯旧物人今得，　更写西天贝叶书。〔一〇〕

【说明】

诗人把黄山贡墨赠给法一和尚，哪知这位墨迷以“所赠墨为不佳”，诗人无法，只得把珍藏的承晏墨再送给他，并写了这首诗。吕本中《紫微诗话》云：“晁叔用尝作‘廷珪墨’诗，脱去世俗畦畛，高秀实深称之。”即指此诗。

【注释】

〔一〕承晏：李承晏，南唐著名墨工李廷宽子。

〔二〕四句写李承晏的家世。江南：指南唐。诸奚：指墨工奚鼎、奚鼐、奚超。老超：奚超，奚鼐之子。始居歙，南唐赐姓李氏，世为墨官。廷珪：李廷珪，奚超之子，承晏之伯。

〔三〕百年：自南唐至此诗作时约一百五十年。文：指墨上的纹。蛟龙背：指墨上的图案。宋仁宗得李廷珪、承晏墨，皆图双脊龙，为其墨之尤佳者。

〔四〕属（zhǔ）天：接天，连天。两句自“蛟龙”之语化出，极写承晏墨之珍奇。

〔五〕清暑殿：晋宫殿名，在洛阳，此泛指宫殿。黄门：东汉给事内廷的黄门令、中黄门诸官皆以宦者充任，因称宦官为黄门。才人：宫中女官名，多为妃嫔的称号。

〔六〕银钩：形容书法刚劲有力。《晋书·索靖传》：“盖草书之为状也，婉若银钩，漂若惊鸾。”桃花笺：一种名贵的笺纸，上绘桃花。牙床：指精美之床。红丝研（yàn）：陆游《老学庵笔记》，“唐彦猷《砚录》言，青州红丝石砚，覆之以匣，数日墨色不干，经夜即其气上下蒸濡，着于匣中，有如雨露”。两句写以佳砚磨承晏墨，写金花笺。

〔七〕轴：古时书画，于幅端以轴卷之。韩愈《送诸葛觉往随州读书》诗：“邺侯家多书，插架三万轴。”大徐：南唐徐铉，精小学，尤好作小篆。铉与其弟徐锴齐名，称大徐小徐。徐熙：南唐画家，善画花木，用粗笔浓墨，草草写枝叶萼蕊，略施杂彩，色不碍墨，不掩笔迹。

〔八〕御题：指皇帝亲笔所题。四绝：亮圃笺云，李后主以澄心堂纸、李廷珪墨、毛元锐笔、龙尾石砚，谓之四绝。秘府：古代禁中藏秘籍之所。

〔九〕建隆：宋太祖开国时（960 年）年号。曹公：曹彬。《宋史·曹彬传》载，宋太祖开宝七年（974 年），曹彬奉诏率兵十余万伐南唐，次年十一月，灭南唐而还。扫除：廓清。据史载，曹彬班师还时，舟中唯图籍衣衾而已。两句写承晏墨的由来。

〔一〇〕王侯：指南唐的贵族。西天：传说佛祖所在之处，古天竺。贝叶：贝多树的叶子，可裁为梵夹，用以写经，称贝叶经、贝叶书。末句归到法一和尚身上，谓其得此王侯旧物后，可用以写佛经。

夷门行赠秦夷仲〔一〕

君不见夷门客有侯嬴风， 杀人白昼红尘中。
京兆知名不敢捕， 倚天长剑着崆峒。〔二〕
同时结交三数公， 联翩走马几青骢。〔三〕
仰天一笑万事空， 入门宾客不复通，
起家簪笏明光宫。〔四〕
呜呼！男儿名重太山身如叶， 手犯龙鳞心莫慑。〔五〕
一生好色马相如， 慷慨直辞犹谏猎。〔六〕

【说明】

刘克庄谓晁冲之诗“激烈慷慨，南渡后放翁可以继之”，如此诗当非过誉。全诗借咏古事以写男子汉“手犯龙鳞”而“名重泰山”的志节。宋哲宗“绍圣绍述”，起用章惇、曾布等执政，贬斥旧党大臣，晁氏一门亦遭谗放逐，宾从星散，亲友离绝，诗人深有感慨，因而更想起古人那种生死不渝的交谊来了。范大士《历代诗发》评云：“雄放无前，真洗穷饿酸辛之态。”

【注释】

〔一〕夷门行：夷门，古大梁城东门，在宋汴京城内，一名夷山。行，歌行。秦夷仲：待考。

〔二〕侯嬴：战国时魏国人，年七十岁，家贫，为大梁夷门监者，被信陵君迎为上客。后献计信陵君窃取兵符，胜秦救赵。京兆：京兆尹，官名。汉改右内史置，职掌相当于郡太守，掌治京畿地方，治所在长安。倚天长剑：宋玉《大言赋》有“长剑耿耿倚天外”。崆峒：山名。传说黄帝曾登崆峒山。今甘肃平凉、高台，河南临汝皆有山名崆峒。四句歌颂一位有古贤士之风的侠客。

〔三〕联翩：鸟飞貌，这里形容连续不断。青骢：即青骢马，青白色的马，今名菊花青马。两句写夷门客的交游。

〔四〕簪笏：古代笏以书事，簪笔以备书。臣僚奏事，执笏簪笔，即谓簪笏。明光宫：汉宫殿名，为尚书奏事之地。三句写夷门客谢绝宾客，入朝为官。

〔五〕名重太山：太山，即泰山。司马迁《报任少卿书》：“人固有一死，或重于泰山，或轻于鸿毛。”手犯龙鳞：《史记·韩非列传》，“夫龙之为虫也，可扰狎而骑也。然其喉下有逆鳞径尺，人有婴之，则必杀人。人主亦有逆鳞，说之者能无婴人主之逆鳞，则几矣”。后因以犯龙鳞喻逆君主之意而极谏。慑：害怕。两句说大丈夫应当不顾身命，敢于犯颜直谏。

〔六〕马相如：司马相如，汉代文学家。好读书击剑，归蜀过临邛时结识卓文君，携之私奔成都。又尝作《美人赋》，序云："王问相如曰：'子好色乎？'"故诗中称其"一生好色"。谏猎：《汉书·司马相如传》载，"是时天子方好自击熊豕，驰逐野兽，相如因上疏谏"。两句以司马相如作衬，谓好色的相如犹能直谏，而"有侯嬴风"的夷门客就更不在话下了。

书怀寄李相如〔一〕

秋风吹畦蔬，农事亦已阑。
黄黄杞下菊，佳色尸家间。〔二〕
我生复何如，憔悴常照颜。
清晨戴星出，薄莫及日还。〔三〕
肮脏二十载，老发羞儒冠。〔四〕
天末有佳人，秀擢如芝兰。〔五〕
怃然念夙昔，风流得余欢。〔六〕
缅想蒲柳姿，与君同岁寒。〔七〕
一别事瓦裂，令人气如山。〔八〕

【说明】

具茨五言古诗格韵颇高，力追陶潜，远在同时江西余子之上。此诗抒写个人的憔悴失意，怀念久别的朋友。末二语忽作变徵之音，笔力重绝。

【注释】

〔一〕李相如：山东金乡人，作者的故友。

〔二〕佳色：陶潜《饮酒》诗有“秋菊有佳色，裛露掇其英”。尸冢：坟墓。《后汉书·祢衡传》：“尸冢之间，能不悲乎！”四句写秋节的悲感。

〔三〕照颜：以镜照见自己的容颜。戴星：头顶着星星，形容早出。薄莫：同“薄暮”，日将落时。四句写自己终日辛劳憔悴。

〔四〕肮脏：高亢刚直貌。儒冠：儒生戴的帽子。两句说，自己二十年来，处世正直，如今年老发白，羞戴儒冠。

〔五〕佳人：美好的人，喻贤者，指李相如。秀擢：英秀特出。芝兰：芳草名，古以喻贤士。汉武帝《秋风辞》：“兰有秀兮菊有芳，怀佳人兮不能忘。”

〔六〕怃（wǔ）然：怅然失意貌。夙昔：宿昔、往日。

〔七〕缅想：遥想。蒲柳姿：蒲柳，植物名，即水杨，因其早雕，常以喻衰弱的本质。《世说新语·言语》：“顾悦与简文（帝）同年而发蚤白。简文曰：‘卿何以先白？’对曰：‘蒲柳之姿，望秋而落；松柏之质，经霜弥茂。’”岁寒：一年的寒冬，喻老境、困境。《论语·子罕》：“岁寒，然后知松柏之后凋也。”两句说：自己虽体弱早衰，但还希望能与友人共勉，在逆境艰困中保持节操。

〔八〕瓦裂：如瓦之裂碎，喻事情不可收拾。气如山：气涌如山，形容气之盛。两句说，与友人别后，政治形势急转直下，无法挽回，令人气涌如山，悲愤已极。

东阳山人僻居〔一〕

我家京洛间，　桂玉资薄产。〔二〕
平生丘壑心，　水竹不满眼。〔三〕

清晨有客吴中来，　山川指授收奇才。
笑谈长揖波浪下，　怀抱远承岩穴开。〔四〕
东阳山人高华隐，　豪侠持身复修谨。〔五〕
旁山多辟黍秫田，　碧溪东流汲春酝。〔六〕
溪南一亩当翠微，　秋风莼熟菰叶肥。〔七〕
龟鱼上带藻荇动，　鸥鹭下拂芙蓉飞。〔八〕
亭阴野塘亦新筑，　溪山共作窗中绿。〔九〕
诸郎年少皆知书，　子夜哦诗动修竹。〔一〇〕
岁时冠盖如浮云，　击钟鼎食江淮闻。〔一一〕
爱山自比谢康乐，　好士不减春申君。〔一二〕
我欲沿溪扬小楫，　亭边共醉藤萝月。
叩门夜访君家时，　扁舟重载山阴雪。〔一三〕

【说明】

诗中的东阳山人，姓名不详，但从诗中可以知道，他的身世也是与作者相仿佛的。出身于钟鸣鼎食之家而高隐于丘壑之上，当亦欲“世之网罗，不得而婴”，远祸全身，在险恶的政途中求得退路。作者在赞美这位山人的同时，也在自抒襟抱。“深于道者，遗于世而不怨，发于词而不怒”，可是，在这不怨不怒之中，却蕴含着比怨怒更深刻的涵义。

【注释】

〔一〕东阳：古郡名，三国吴置，治所在长山（今金华）。

〔二〕京洛：指洛阳，因东周、东汉曾建都于此，故称。桂玉：

《战国策·楚策》，“楚国之食贵于玉，薪贵于桂”。因以桂玉喻物价昂贵。京城每被称为“桂玉之地”。资：凭借，供给。两句说自己居于京中，靠微薄的资产过着花销高昂的生活。

〔三〕丘壑心：隐于山谷之心。两句说，京中无多的山水竹本，无法满足自己向来归隐的心愿，

〔四〕指授：指点传授。《三国志·蜀书·彭羕传》：“宣传军事，指授诸将。”长揖：相见时，拱手自上而至极下以为礼。古时豪放之士，见君主显贵时，每长揖不拜。诗云“笑谈长揖”，亦有笑傲王侯之意。波浪下：喻言辞如波浪滔滔不绝。岩穴：犹言山林，隐居之处。四句转入东阳山人，力写其才气。

〔五〕高华：高尚华贵。修谨：修饬谨慎。两句写东阳山人亦儒亦侠。

〔六〕黍秫（shú）：两种粮食作物名。黍，即黍子、稷；秫，即黏高粱。皆可酿酒。陶渊明任彭泽令时，“田悉令种秫”以酿酒。诗云“多辟黍秫田”，亦即此意。春酝：春酒，此亦喻溪碧如酒。

〔七〕一亩：一亩之宅，小屋。《礼记·儒行》：“儒有一亩之宫。”当：正对。翠微：青翠的山气，亦指青山。莼、菰：两种蔬菜名。《晋书·张翰传》：“翰因见秋风起，乃思吴中菰菜、莼羹、鲈鱼脍，曰：‘人生贵得适志，何能羁宧数千里，以要名爵乎？’遂命驾而归。”因用为归隐之典。

〔八〕藻荇（xìng）：水藻和荇菜，皆水生植物。芙蓉：荷花。

〔九〕阴：遮蔽，覆盖。两句说，在野塘上新盖了座亭子，从窗中可望到苍翠的溪山。末句犹谢朓《郡内高斋闲望答吕法曹》诗“窗中列远岫”意。

〔一〇〕诸郎：指东阳山人诸子。子夜：半夜。两句转写由人家庭生活，笔势变化。

〔一一〕岁时：一年中的季节，节令。冠盖：冠，礼帽；盖，车盖。官吏的服饰和车乘，借指官吏。班固《西都赋》：“冠盖如云，七相五公。”击钟鼎食：古时富贵人家，列鼎而食，食时击钟奏乐。张衡《西京赋》：“若夫翁伯浊质、张里之家，击钟鼎食，连骑相过，东京公侯，壮何能加！”两句写山人的家世之盛。

〔一二〕谢康乐：谢灵运，南朝宋诗人，曾袭封康乐公，世称谢康乐。《宋书·谢灵运传》：“（永嘉）郡有名山水，灵运素所爱好，出守既不得志，遂肆意游遨。”春申君：即黄歇，战国时楚国贵族。《史记·春申君列传》载：“春申君客三千余人，其上客皆蹑珠履……”两句写山人爱山水，好交游。

〔一三〕藤萝月：指在山水清幽之地的月色。杜甫《秋兴》诗：“请看石上藤萝月，已映洲前芦荻花。”四句转写自己与山人同游的愿望，与起处“平生丘壑心”呼应。全诗结构严整，深得山谷“长篇须谨布置”之诗法。

夏　倪

夏倪（？—1127 年），字均父。蕲州（今湖北蕲春县）人。以宗女之夫入仕，曾知江州。与吕本中相善，吕称其“文词富赡，侪辈少及”。

夏倪的作品，《直斋书录解题》卷二十所载的《远游堂集》二卷已佚。今存《两宋名贤小集》本《五桃轩诗集》收诗五首。《宋诗纪事》从《范文正公集》《豫章诗话》另辑得十一首。

和山谷游百花洲槃礴范文正公祠下，以“生存华屋处，零落归山丘”为韵，赋十诗〔一〕（选二）

啧啧鹊噪屋，　愔愔蛛网门。〔二〕
我来九顿首，　生气凛如存。〔三〕

【说明】

元丰元年（1078 年），山谷与谢景初同游邓州（今河南南阳）拜谒范仲淹祠堂，成诗十首，以寄对这位一代名臣的思慕之情。均父和作，当在元祐党争之后，故诗中尤多感慨之语，如“古今一丘貉，何能坐飞语”“不必温御史，解令君胆落”“公议要难没，言波可怀山”等，皆为时为事而发。

【注释】

〔一〕百花洲：在邓州，为范仲淹守邓时常游之地。槃礴：同“般礴”。《庄子·田子方》有“解衣般礴”之语，司马注：“谓箕坐也。”范文正：文正，范仲淹的谥号。生存华屋处，零落归山丘：曹植《箜篌引》中的两句诗。

〔二〕啧啧：象声词，形容鸟鹊的鸣声。愔愔：安静貌，这里形容阒寂无人的情景。两句写范祠的荒凉。

〔三〕九顿首：以头叩地的礼节。叩首九次，为隆重之礼。生气：活力，生命力。《世说新语·品藻》：“庾道季云：‘廉颇、蔺相如虽千载上死人，懔懔恒如有生气。’”本诗即用此意。

朴蔌复朴蔌，　何以栋我屋。〔一〕
风雨莫轻摇，　南山无老木。〔二〕

【注释】

〔一〕朴蔌（sù）：小木，喻才能鄙陋的人。两句说，小木啊小木，怎么会成为我屋上的栋梁？谓朝中当权者皆无能之辈。

〔二〕两句说，风雨啊，不要摇撼我的屋子吧，南山已没有老木了。诗中以老木喻范仲淹一流的人才。元祐之后，不少名臣节士被贬官流放，朝中人才殆尽，故诗人为北宋后期风雨飘摇的政局而忧虑。

林敏功

林敏功，字子仁，别字松坡。蕲州（今湖北蕲春县）人。年十六，预乡荐，下第归，杜门不出者二十年。元符末，诏征不赴。神宗赐号“高隐处士”。与其弟敏修居比邻，终老以文字相友善，合称“二林”。

林敏功的作品，旧有《高隐集》七卷，已佚。散见于《声画集》《宋文鉴》等书中的诗仅余七首。

子瞻画扇

夫子江湖客，毫端托渺茫。〔一〕
攒峰埋暮雨，古树困天霜。〔二〕
偪侧余僧舍，冥蒙失雁行。〔三〕
死生随化尽，此意独难忘。〔四〕

【说明】

题画诗，在画面的描述中融入画家的身世，寄寓了诗人追慕之情。那兀立在寒霜中的古树与天边失群的飞雁，就是苏东坡高傲而孤独的形象。

【注释】

〔一〕夫子：指苏轼。江湖客：寄身于江湖之上的人，闲散的人。此谓苏轼被贬逐，流落江湖。毫端：笔下。两句谓苏轼用自己的画来寄托被斥逐后的情怀。

〔二〕攒（cuán）峰：丛积的山峰。两句描写扇面的景色。暮雨遮蔽着远山，在霜气中凋零的古树，暗示着东坡当时艰困的处境。

〔三〕偪侧：迫近，密集貌。杜甫《偪仄行赠毕曜》："偪仄何偪仄，我居巷南子巷北。"诗中形容苏轼生活的环境。东坡晚年流放南方，每借僧舍而居，如在惠州则居于嘉祐寺中。雁行：这里暗示兄弟的关系。苏轼、苏辙兄弟感情很好，后各自遭贬斥而离散。

〔四〕两句说，人类的死生祸福都是随着自然变化而变化的；苏轼虽已离开人世，但他寄托在画中的深意却令人久久不能忘怀。

林敏修

林敏修，字子来。敏功弟。终身不举进士，与兄隐居读书。

林敏修的作品，旧有《无思集》四卷，已佚。散见于《声画集》《宋文鉴》等书中的诗仅余七首。

阎立本画醉道士图〔一〕

破除万事无过酒，　有客何须计升斗。〔二〕
解将富贵等浮云，　醉乡即是无何有。〔三〕
昔人绘事亦有神，　丹青写出画天真。〔四〕
尊罍未耻月渐倾，　更待晓出扶桑暾。〔五〕
餐霞服气浪自苦，　自厌神仙足官府。〔六〕
脱巾解带衣淋漓，　眼花错莫谁宾主。〔七〕
君不见炙手可热唯权门，　欲观佳丽争怒嗔。〔八〕
何如衔杯乐圣藉地饮，　安用醉吐丞相茵。〔九〕

【说明】

这才是真正的“隐君子”之诗。二林兄弟高尚不仕，把功名富贵视如浮云，诗中的醉道士，蔑视权贵，甚至连神仙也不放在眼内，不正是诗人的自我写照么?

【注释】

〔一〕阎立本：唐画家。雍州万年（今西安）人。擅画人物、车马、台阁。尤精肖像，善于刻画性格，当时号为丹青神化。醉道士图：相传张僧繇曾作《醉僧图》，道士每以此嘲僧，群僧于是求立本作《醉道士图》。

〔二〕上句用韩愈《赠郑兵曹》诗：“杯行到君莫停手，破除万事无过酒。”次句暗用杜甫《遭田父泥饮美严中丞》诗“月出遮我留，仍嗔问升斗”语。

〔三〕上句语本《论语·述而》：“不义而富且贵，于我如浮云。”无何有：无何有之乡，空想的境界。《庄子·列御寇》：“彼至人者，归精神乎无始，而甘冥乎无何有之乡。”两句谓功名富贵是虚浮无意义的，醉乡就是自己的理想境界。

〔四〕绘事：画事。天真：《庄子·渔父》有，“真者，所以受于天也，自然不可易也。故圣人法天贵真，不拘于俗”。意谓道士酒醉后，露出了自然本性。

〔五〕尊罍未耻：《诗·小雅·蓼莪》有“瓶之罄矣，维罍之耻”。酒瓶干了，是酒坛子的耻辱。未耻，即酒尊未被倒空。扶桑：古代神话中的神木，日出其下。暾：初升的太阳。《楚辞·九歌·东君》：“暾将出兮东方，照吾槛兮扶桑。”

〔六〕餐霞：服食日霞，道家修炼之术。服气：道家修养之法。白居易《赠王山人》诗：“服气餐霞善养身。”浪：徒然。足官府：服务于官府，巴结官府。两句说，服食求仙也是没有意义的。

〔七〕错莫：杂乱貌。两句说，道士喝酒后，解开巾带，衣服上酒液淋漓，眼花缭乱，分不清谁宾谁主。

〔八〕炙手可热：火焰灼手，比喻权势和气焰之盛。杜甫《丽人行》："炙手可热势绝伦，慎莫近前丞相嗔。"即此诗所本。

〔九〕乐圣：爱酒。圣，代指酒。《三国志·魏书·徐邈传》载，曹操禁酒甚严，时人讳说酒字，把清酒称为圣人。末句典出《汉书·丙吉传》，丞相丙吉驭吏嗜酒，尝从吉出，醉呕丞相车上，丙吉宽容之。两句说，最好是坐在地上自由自在地饮酒，何必为权门奔走呢？

李　彭

李彭，字商老。南康军建昌（今江西永修县）人。黄庭坚舅父李常的从孙。其诗深受山谷影响，大抵用功甚深而才力不足，步趋山谷而未能得其精要之旨。

李彭的作品，今存《日涉园集》十卷。收诗七百二十七首。

题吕少冯听雨堂〔一〕

碧涧寒侵屋，　幽云夜度墙。〔二〕
贪看山入坐，　怪听雨鸣廊。〔三〕
苦乏阴铿句，　聊登孺子床。〔四〕
非君无汲引，　寄傲学潜郎。〔五〕

【说明】

五言律诗，能密能疏，有虚有实，此为江西家法。一起二句即认真刻画，后半纯从虚处写，相形之下，便有意味。

【注释】

〔一〕吕少冯：南昌人，生平不详。

〔二〕两句说，溪涧的寒气侵进屋中；夜晚，云气越过墙头，弥漫在园里。

〔三〕山入坐：意说山的距离很近，如在座中。山谷《题落星寺》诗："诗人昼吟山入座。"雨鸣廊：雨声在廊前作响。山谷《武昌松风阁》诗："夜雨鸣廊到晓悬。"此句点题。

〔四〕阴铿：南朝陈文学家，字子坚，武威人，善山水诗，以炼字造句见称。其刻苦为诗，与何逊相似，世称"阴何"。杜甫《戏为六绝句》中提出要学习阴、何的"苦用心"，黄庭坚及江西诸人也很重视阴、何的句法。孺子床：孺子，指徐稺，东汉高士。陈蕃任豫章太守时曾专设一榻招待徐孺子。诗中以徐稺况吕少冯。

〔五〕汲引：引荐。寄傲：寄托傲世之志。陶渊明《归去来兮辞》："倚南窗以寄傲，审容膝之易安。"潜郎：潜居于郎署，谓之潜郎。山谷《次韵奉酬刘景文河上见寄》诗："琢磨佳句问潜郎。"两句说，并不是没有人引荐你啊，只不过你甘学潜郎居于下位，以寄傲世之志罢了。

春日怀秦髯〔一〕

山雨萧萧作快晴，　郊园物物近清明。〔二〕
花如解语迎人笑，　草不知名随意生。〔三〕
晚节渐于春事懒，　病躯却怕酒壶倾。〔四〕
睡余苦忆旧交友，　应在日边听晓莺。〔五〕

【说明】

这是《日涉园集》中较为清快之作。李彭古体诗多效山谷，变本加厉，有的艰涩得简直难以卒读，而近体诗却不事雕饰，语言也多流畅可诵。

【注释】

〔一〕秦髯：秦观，字少游，高邮人，苏门四学士之一。他是个大胡子，时人戏称之为“秦髯”。晁补之亦有诗称其“高才更难及，淮海一髯秦”。此诗当作于元祐初，时少游在汴京秘书省任上。

〔二〕快晴：气爽快意的晴天。物物：各种事物。两句语势自然。

〔三〕花如解语：王仁裕《开元天宝遗事》载，唐明皇把杨贵妃称为“解语花”。本诗谓迎人而开的花仿佛有情解语。草不知名：古人诗词多谓“花不知名”，商老垂意及草，自妙。二语可与丁谓《山居》诗“草解忘忧忧底事，花能含笑笑何人”媲美。

〔四〕春事：春日看花赏雨等事。两句谓因病而懒于看花饮酒了。

〔五〕日边：指在皇帝身边或京都附近。

望西山怀驹父〔一〕

去岁湖湘赋凛秋，　闻君江国大刀头。〔二〕
百年会面知几遇，　十事欲言还九休。〔三〕
照眼遥岑落怀袖，　过眉拄杖落汀州。〔四〕
莫言青山淡吾虑，　谁料却能生许愁。〔五〕

【说明】

商老与三洪兄弟关系甚密，集中颇多往还酬唱之作。惠洪曾称许徐俯、洪刍、李彭为“南州近时人物之冠”，并云驹父作语而商老和之（《石门文字禅·跋徐、洪、李三士诗》），可见时人对他们的评价。

此诗颔联，逼肖山谷，在议论中见性情，读之令人低回不能自已。

【注释】

〔一〕西山：洪州西山，在今江西新建。驹父：洪刍的字。

〔二〕凛秋：寒冷的秋天。《楚辞·九辩》：“皇天平分四时兮，窃独悲此凛秋。”大刀头：《汉书·李陵传》载，任立政入匈奴，想劝李陵还汉，以手屡次抚摩自己的刀环。“环”“还”音近，故以“环”暗示“还”，后因以“大刀头”为“还”的隐语。如《古绝句》：“何当大刀头，破镜飞上天。”两句说，去年自己在湖南悲秋作赋之时，就听到你自江上归来了。

〔三〕上句写知己会面之不易，下句感叹无法畅所欲言。

〔四〕遥岑：远山。两句说，远山映进眼帘，仿佛落入襟袖之中；持着高及眉额的拄杖，走向水畔的沙洲。

〔五〕淡吾虑：使我消除杂念、净化精神。韦应物《东郊》诗：“杨柳散和风，青山淡吾虑。”许：如许，这么。两句说，不要再说青山能使人思想宁静这样的话了，谁知道它却使我生出这么多的愁绪！

阻风雨封家市

往时李成写骤雨，　万重古意毫端聚。〔一〕
行人深藏鸟不度，　便觉非复鹅溪素。〔二〕
龙眠老阮作阳关，　北风低草云埋山。〔三〕
行人客子两愁绝，　未信蒲萄能解颜。〔四〕
两郎了了解人意，　似是画我封家市。〔五〕
戏作新诗排昼睡，　忽有野雁鸣烟际。〔六〕

【说明】

商老也是解意的人，诗中不乏想象，不乏风趣。他把真真实实风雨，当成是画师的画，未免“大言不逊，豪气未除”，可想见诗人吟哦时的意兴。前人阻风，每作诗遣闷，多怨嗟之语，读商老此诗，真是耳目一新。

【注释】

〔一〕李成：五代宋初画家，字咸熙，山东益都人，能模写真景而自成一家，好用淡墨，有“惜墨如金”之称，写烟云变灭之景尤能曲尽其妙。

〔二〕鹅溪素：鹅溪，地名，在四川盐亭县西北，以产素绢著名，唐时以为贡品。这里指写画用的素绢。两句谓李成的画看来像是真实的景物。

〔三〕龙眠：即李公麟。李曾作《阳关图》，苏轼、黄庭坚皆有诗题咏。黄诗云“想得阳关更西路，北风低草见牛羊”，即商老此二句所本。老阮：指阮籍。这里为狂士的代称。

〔四〕两句写阳关送别之悲，即使葡萄美酒也无法使人解颜欢笑。《志雅堂杂钞》云：“伯时（李公麟）《阳关图》，备尽别离悲泣之态。”以上八句，借李成、李公麟的画作衬。

〔五〕两郎：指李成、李公麟。了了：明白，清楚。两句说，骤雨图和阳关图中的景象，正是我在封家市中所遇到的。

〔六〕两句写作诗时的情景，收处颇有远意。

高　荷

高荷，字子勉，自号还还先生。江陵（今湖北江陵县）人。元祐太学生。晚年为童贯客，得兰州通判以终。

高荷诗格调近山谷，劲健深美，山谷谓其诗，“以杜子美为标准，用一事如军中之令，置一字如关门之键”。可惜他晚节不佳，“既不为时论所与，其诗亦不复传”。

蜡梅

少熔蜡泪装应似，　多爇龙涎臭不如。〔一〕
只恐春风有机事，　夜来开破几丸书。〔二〕

【说明】

子勉亲炙山谷，小诗亦得心法，多怪丽之语。五言如《柳》诗“风惊夜来雨”，“惊”字甚奇（见吴可《藏海诗话》）。七言如“沙软绿头相并鸭，水深红尾自跳鱼”，为魏庆之列入“宋朝警句”中。《蜡梅》绝句，方回评曰“尤奇”，姚壎《宋诗略》亦云：“奇特。咏物中之仅见者。”

【注释】

〔一〕爇（ruò）：点燃，焚烧。龙涎：龙涎香，一种名贵的香料。上句写蜡梅的形状颜色，下句写蜡梅的香气。

〔二〕机事：机密的事。丸书：蜡丸书。古代传送密讯，常以蜡丸封装，称“蜡丸书”“蜡书”。两句写蜡梅花开。

见黄太史〔一〕

万里南溪郡，　黄香得赐环。
盛名喧海内，　摧翮返云间。〔二〕
太史资诚峻，　郎官选亦悭。
朝廷才特起，　堂奥援谁扳。〔三〕
一梦追前事，　群公厄后艰。
中伤皆死祸，　放逐罕生还。〔四〕
别驾之戎僰，　侨居傍草菅。
想知谙鸟道，　闻说异人寰。〔五〕
扬子家元窘，　王维室久鳏。〔六〕
鹏来心破碎，　猿叫泪潺湲。〔七〕
达观终难得，　羁愁必易删。
众情相恻悯，　灵物自恬惛。〔八〕
迴阁澄秋眺，　幽窗耸夜跧。
蜀天何处尽，　巴月几回弯。〔九〕
坠履魂空断，　遗弓涕忽潸。〔一〇〕

石门凄殿楯，　铜雀惨宫鬟。〔一一〕
帝统联仁圣，　皇恩感艳顽。
网罗疏党禁，　诛蔓扫朋奸。〔一二〕
点检金闺彦，　凋零玉笋班。〔一三〕
尚令宗庙器，　遥隔鬼门关。〔一四〕
揹髀咨询及，　含香诰命颁。〔一五〕
笑谈趋赤县，　吟咏落乌蛮。〔一六〕
奏记怀东观，　移文颔北山。〔一七〕
应将九迁待，　未补七年闲。〔一八〕
士愧千钧弩，　身谋五两纶。〔一九〕
退藏欣望气，　延仰窃窥班。〔二〇〕
昌谷词源窄，　浯溪笔力孱。〔二一〕
斫轮深类扁，　投斧欲随般。〔二二〕
鹊卵真能伏，　龙鳞敢冀攀。〔二三〕
不嗔无绍介，　试遣略承颜。〔二四〕

【说明】

宋徽宗崇宁元年（1102年）春初，黄山谷谪居荆州。高子勉时在江陵，献上这首三十韵的长诗，深为山谷赏识。山谷前后写了多首诗相赠，指导有关作诗的方法。并谓："高子勉作诗，以杜子美为标准，用一事如军中之令，置一字如关门之键。"（《跋高子勉诗》）五言排律，为老杜所擅，开阖跌荡，纵横变化，而又首尾一线，脉络分明。子勉此诗，力仿老杜之作，记述山谷贬谪前后事实，中寓感慨。山谷《跋欧阳元老诗》云："子勉作唐律五言数十韵，用事稳贴，置字有力。"可作此诗定评。

【注释】

〔一〕黄太史：黄庭坚曾以校书郎为《神宗实录》检讨官，迁著作郎，故称。

〔二〕南溪：即戎州。《新唐书·地理志》："(戎州南溪郡）本犍为郡，治南溪。"山谷于元符元年（1098年）移戎州安置。黄香：东汉江夏安陆（今湖北云梦）人，事父至孝，博学经典，能文章。京师号曰："天下无双，江夏黄童。"此指山谷。赐环：赐还，放逐之臣赦罪召还。山谷于徽宗即位后被召还。摧翮：被摧折的毛羽。四句写山谷自戎州东归。

〔三〕资：资历。郎官：山谷于元符三年（1100年）十月，改奉议郎。悭：少。堂奥：堂的深处。援：援助。四句说，太史的资望本来是很高的，而郎官的选拔也是不常有。朝廷起用真正的人才，他们受提拔是得到谁的援助呢？

〔四〕四句缅怀前事，谓元祐群公遇到厄难，受坏人中伤，流放在外，难得生还。

〔五〕别驾：官名。山谷在绍圣元年（1094年）被贬官涪州别驾，黔州安置。之：到。戎僰（bó）：戎州，古僰国。草菅（jiān）：草茅，草野。鸟道：只有飞鸟可度之路，指难走的山路。四句写山谷到黔南时的情况。

〔六〕扬子：扬雄，汉代辞赋家。《汉书·扬雄传》载，雄家贫，"家产不过十金，乏无儋石之储"。王维：唐诗人。王维中年丧妻不娶，鳏居三十年。山谷三十五岁时，继室谢氏去世。两句以扬雄、王维喻山谷，写其贫困鳏居。

〔七〕上句用汉贾谊事。贾为长沙王太傅，郁郁不作，见鹏鸟（即猫头鹰）入室，意为不祥，遂作《鹏鸟赋》，以抒发其“纵躯委命”的悲愤。下句谓闻猿声而流泪。

〔八〕灵物：指人，事物之灵。恬憪（xián）：安闲自适。四句说，山谷在放逐中，依然达观安命。

〔九〕跧（quán）：同“蜷”。四句说，山谷在高阁上远眺澄朗的秋色，在幽静的窗下举头望着夜空，这蜀地的天空延伸到哪里是尽头，巴国的月亮又弯了多少回了？两句屡为论家所引。

〔一〇〕坠履：《史记·五帝纪》正义引《列仙传》载，黄帝葬桥山，山崩，棺空，仅存剑、履。此以“坠履”为皇帝死之辞。遗弓：《史记·封禅书》载，黄帝骑龙上天，小臣攀附欲上，堕黄帝之弓。潸：流泪貌。两句写宋哲宗去世。

〔一一〕石门：指宫门。殿楯：宫殿的栏杆。铜雀：铜雀台。曹操遗命诸子，死后诸妾每月朔望在台上作伎。两句补足写皇帝死后的凄凉情景。

〔一二〕帝统：帝室的大统。仁圣：歌颂天子之词。艳顽：指罪人，写文章的罪人。诛蔓：清除蔓草，喻剪除坏人。四句写宋徽宗初登位时的情况。《宋史纪事本末·建中初政》载，徽宗初立，追复元祐诸人官，贬斥章惇等人，“虚心纳谏，海内想望，庶几庆历之治”。不及一年，重用蔡京，政事日非了。

〔一三〕金闺彦：江淹《别赋》，“金闺之诸彦，兰台之群英”。金闺，金马门的别名，代指官署。彦，俊杰之士。玉笋班：指朝班。玉笋，喻人才济济，如玉笋排立。两句写宋徽宗初年人才凋零的情

况。吴垧评云："时人鲙炙，以为切对。"(《五总志》)

〔一四〕宗庙器：宗庙礼乐之器，此指制礼作乐的人才。鬼门关：地名，在峡州路。山谷《竹枝词》："鬼门关外莫言远，五十三驿是皇州。"两句写山谷当时在黔南鬼门关外。

〔一五〕拊髀（bì）：拍击大腿，感叹之状。含香：指尚书郎。汉朝故事，尚书郎含鸡舌香奏事，欲使其气息芬芳。诰命：皇帝的诏命。两句写徽宗询及山谷，下诏召还。

〔一六〕赤县：神州赤县，代指中原地区。乌蛮：古爨族大姓分东西两部，居于今云南东部地区，旧史习称东爨之居民为乌蛮。两句写山谷东归。

〔一七〕奏记：朝官对三公、僚佐对长官陈述书面意见，叫奏记。东观（guàn）：指宫中藏书和著书之处。移文：檄文。南齐孔稚圭有《北山移文》，讽刺热衷利禄的人。颔北山：谓点头同意《北山移文》中的议论。

〔一八〕九迁：迁官九次，谓升迁得很快。《易林》："安止宜官，一日九迁。"七年闲：山谷自绍圣元年（1094 年）斥逐，至建中靖国元年（1101 年）召还，先后七年。

〔一九〕千钧弩：强弩，这里喻人的才能。五两纶（guān）：下级官吏佩带的青丝的印绶。扬雄《法言》："五两之纶，半通之铜。"两句说，我深愧胸中的雄才大志，而只去谋取卑微的职位。诗歌至此作转折，写自己干谒之意。

〔二〇〕退藏：退隐蛰居。《易·系辞》："圣人以此洗心，退藏于密。"望气：这里指瞻望长者的神气，与占卜望气意异。延仰：伸颈仰望。窥班：窥视其行列。两句写自己对山谷仰慕之意，希望能列于门墙。

〔二一〕昌谷：唐诗人李贺，字长吉，有《昌谷集》。浯溪：唐文学家元结，晚年隐居浯溪，故称。两句以李贺、元结自况，既自谦，亦自傲。

〔二二〕斫轮：斫轮手，经验丰富、技艺高超的老手。《庄子·天道》载，相传齐桓公读书于堂上，轮人名扁斫轮于堂下。扁答桓公询问有关斫轮之术，要不徐不疾，得心应手。这里喻山谷。般：鲁般，又名鲁班，春秋时鲁国的巧匠，《汉书·序传》称其"榷巧于斧斤"。两句写自己要追随山谷学习的愿望。

〔二三〕鹄卵：《庄子·庚桑楚》云"越鸡不能伏鹄卵"，喻小不能当大。山谷《奉和王世弼寄上七兄先生用其韵》诗："小材桀困我，持斫问轮扁。大材我屈渠，越鸡当鹄卵。"诗中以鹄卵自喻，说自己可孵化成天鹅，但用《庄子》之典，似嫌不切。次句语本汉扬雄《法言·渊骞》："攀龙鳞，附凤翼，巽以扬之，勃勃乎其不可及也。"因以喻依附有声望的人而立名。

〔二四〕绍介：介绍。承颜：承接颜色。两句说，请您不要责怪我没人介绍便来求教，我先用这首诗作为进见之礼，以迎奉你的面容。

赋国香

南溪太史还朝晚，　息驾江陵颇从款。
彩毫会咏水仙花，　可惜国香天不管。〔一〕
将花托意为罗敷，　十七未有十五余。
宋玉门墙纡贵从，　蓝桥庭户怪贫居。〔二〕

十年目色遥成处，　公更不来天上去。
已嫁邻姬窈窕姿，　空传墨客殷勤句。〔三〕
闻道离鸾别鹤悲，　藁砧无赖鬻蛾眉。
桃花结子风吹后，　巫峡行云梦足时。〔四〕
田郎好事知渠久，　酹赠明珠同石友。
憔悴犹疑洛浦妃，　风流固可章台柳。〔五〕
宝髻犀梳金凤翘，　尊前初识董娇娆。〔六〕
来迟杜牧应须恨，　愁杀苏州也合销。〔七〕
却把水仙花说似，　猛省西家黄学士。〔八〕
乃能知妾妾当时，　悔不书空作黄字。〔九〕
王子初闻话此详，　索诗裁与漫凄凉。
只今驱豆无方法，　徒使田郎号国香。〔一〇〕

【说明】

吴曾《能改斋漫录·记诗》对此诗的本事有详细的记述："国香，荆渚田氏侍儿名也。山谷自南溪召为吏部员外郎，留荆州，乞守当涂，待报。所居与此女子为邻，山谷偶见之，以谓幽闲姝美，目所未睹。后其家以嫁下俚贫民，因赋水仙花诗寓意云：'淤泥解出白莲藕，粪壤能开黄玉花。可惜国香天不管，随缘流落小民家。'俾高子勉和之。后数年，山谷卒于岭表，当时宾客云散。此女既生二子矣，会荆南岁荒，其夫鬻之田氏家。田氏一日邀子勉，置酒出之，掩袂困瘁，无复故态。坐间话当时事，相与感叹。子勉请田氏名曰国香，以成太史之志。政和三年春，子勉客京师。会王性之问山谷诗中本意，因道其详。且为赋诗云。”子勉此诗，借赋国香之事，以寄其美人迟暮、志士凄凉之感，并缅怀逝去的山谷，情辞恳挚。曾季貍《艇斋诗话》云：“高子勉《国香》诗，极好，有唐人歌行笔力。”

【注释】

〔一〕南溪：即戎州，山谷贬此。息驾：歇马，停留。山谷于建中靖国元年（1101 年）四月到荆南，寓居江陵至冬尽。从款：相交往欢叙。“可惜”句用山谷诗语，为全篇的主题。

〔二〕罗敷：汉乐府《陌上桑》中的美女名。《陌上桑》有句云：“秦氏有好女，自名为罗敷。罗敷年几何？二十尚不足，十五颇有余。”宋玉：战国楚辞赋家。他曾写有《登徒子好色赋》，说他东邻有一位美丽的女子，她曾登上墙头窥看自己，以示爱慕之意。纡贵：纡尊降贵，谓地位高的人自动降抑身份。这里指山谷垂顾于国香。蓝桥：桥名，在陕西蓝田县东南蓝溪之上。传说唐人裴航于此遇见仙女云英。诗中指国香居处。

〔三〕目色遥成：以眼目远远传情。《楚辞・九歌・少司命》：“满堂兮美人，忽独与余兮目成。”公：指山谷。天上去：谓死去。四句写山谷已死，国香已嫁，空留下咏水仙花的诗句。

〔四〕离鸾别鹤：本两古曲名，此用为夫妻分离。藁砧：丈夫的代称。《古绝句》“藁砧今何在，山上复有山”，为夫出之隐语。“桃花”句，暗示国香嫁人生子后流落，语本王建《宫词》：“自是桃花贪结子，错教人恨五更风。”“巫峡”句，用巫山神女事，谓国香成了田氏的侍妾。四句写国香被丈夫鬻卖的悲惨命运。

〔五〕渠：指国香。酹：以酒洒地，这里形容洒落之状。赠明珠：谓田氏邀子勉饮宴，出国香侑酒。石友：坚如金石的交友。洛浦妃：即洛神，曹植《洛神赋》中描写过的洛水女神。章台柳：唐许尧佐《柳氏传》载，韩翃有姬柳氏，因战乱失散。韩寄柳诗曰："章台柳，章台柳，昔日青青今在否？纵使长条似旧垂，亦应攀折他人手。"四句写子勉在田家得见国香。

〔六〕犀梳：以犀角作的梳子。金凤翘：妇女凤形的金首饰。董娇娆：古乐府有《董娇娆》曲，此指美女。

〔七〕来迟杜牧：杜牧游湖州，识一民女，相约十年来娶，后十四年，牧为湖州刺史，女子已嫁人三年。杜牧作《叹花》诗曰："自是寻春去校迟，不须惆怅怨芳时。狂风落尽深红色，绿叶成阴子满枝。"愁杀苏州：刘禹锡赴吴台，扬州大司马杜鸿渐开宴，命妓侍酒。刘赋诗，有"司空见惯浑闲事，断尽苏州刺史肠"之句。两句用杜、刘故事，写见国香时的情绪。

〔八〕两句说，拿着水仙花说起当年之事，她便猛然忆起西邻的黄学士来了。

〔九〕书空：以手在空中虚划字形。《世说新语·黜免》："殷中军被废，在信安终日恒书空作字。"又李贺《唐儿歌》："东家娇娘求对值，浓笑书空作唐字。"两句用国香的口气说：才知黄学上是赏识自己的，真悔当时没有结识他。

〔一〇〕王子：指王铚，字性之。按，王铚在政和三年（1113年）春在京师向高荷问及此事，时距山谷之死已八年。裁：裁诗，作诗。驱豆：道家有所谓驱豆之术，即小说中常见的撒豆成兵之术，这里说驱豆使人复生。四句总结，谓山谷不能复生，纵使把女子名曰国香也是徒然的。

江端友

江端友（？—1134 年），字子我。开封（今河南开封市）人。以元祐党，隐居封丘门外。靖康初，以吴敏之荐，召见，为承务郎，赐进士出身，诸王宫教授。后因上书被贬。南渡后，寓居桐庐，后为太常少卿。

江端友的作品，旧有《七里先生自然庵集》七卷，已佚。今存载《能改斋漫录》《瀛奎律髓》等书中的逸诗四首。

九日

万里江河隔，　伤心九日来。〔一〕
蓬惊秋日后，　菊换故园开。〔二〕
楚欲图周鼎，　汤仍系夏台。〔三〕
东篱那一醉，　尘爵耻虚罍。〔四〕

【说明】

此诗作于南渡之后，如方回所云："此诗题目虽曰'九日'，而'周鼎''夏台'之句，乃是忠愤。"诗人在重九时伤心北望，中原的万里江河已不复在眼中，想到敌人的猖獗横行，二帝仍被囚禁在远方，自己又有什么心情在东篱下赏菊饮酒呢？

【注释】

〔一〕起二句笔重境阔，是极沉痛之语。

〔二〕上句以秋后的断蓬自喻，写自己漂流无定的生涯，下句与岑参《行军九日思长安故园》诗“遥怜故园菊，应傍战场开”字面相似而用意不同。一“换”字甚炼。两句写身世山河之恸。

〔三〕上句典出《左传·宣公三年》：“楚子伐陆浑之戎，遂至于雒，观兵于周疆。定王使王孙满劳楚子，楚子问鼎之大小轻重焉。”三代以九鼎为传国重器，楚子问鼎，有取而代之之意。本诗中以楚喻金国，谓金人欲图谋灭宋。次句事见《史记·夏本纪》：夏桀失德，“乃召汤而囚之夏台”。汤，即成汤，商族领袖，后一举灭夏，建立商朝。夏台，狱名，即均台，地在阳翟（今河南禹州）。诗中以汤喻徽、钦二帝，谓二帝仍被金人囚系着。刘克庄《后村诗话》评云：“事的切而语回互。”

〔四〕东篱：陶渊明曾在九日坐东篱下赏菊饮酒，后因用为九日之典。那：怎。尘爵：扑满灰尘的酒杯，谓空杯。虚罍（léi）：空酒坛，空壶。两句本陶渊明《九日闲居》诗“尘爵耻虚罍，寒华徒自荣”，空杯生尘是酒壶的耻辱。《诗·小雅·蓼莪》：“瓶之罄矣，惟罍之耻。”这两句意谓九日无酒，爵罍皆空，怎能图得一醉呢？

韩碑〔一〕

淮西功业冠吾唐，　吏部文章日月光。〔二〕
千载断碑人脍炙，　不知世有段文昌。〔三〕

【说明】

此诗是为时为事而发。唐宪宗元和十二年（817年），宰相裴度任用大将李愬，率兵讨平割据淮西的吴元济叛军。韩愈作《平淮西碑》，歌颂这一场反对藩镇割据、维护国家统一的战争。韩碑中突出赞美裴度决策统率之功。后来有人认为碑文不实，没有肯定李愬的功绩，于是向皇帝提出申诉。宪宗因命推倒此碑，磨去韩愈的碑文，由翰林学士段文昌重撰文勒石。本诗借韩碑之事以寄对北宋后期政治局面的深慨。《庚溪诗话》载，绍圣、元符间，党禁兴，毁东坡《上清储祥宫碑》，命蔡京别为之。江诗当有感此事而作。

【注释】

〔一〕韩碑：指韩愈《平淮西碑》。

〔二〕首句指出平淮西的重大意义。安史乱后，中央集权日益削弱，形成“天下尽裂于方镇”的局面，藩镇或互相争战，或起兵抗唐，人民遇到兵祸连年和残酷剥削之苦。淮西平后，河北藩镇非常恐慌，纷纷表态服从中央，唐王朝政权得到暂时的稳定。吏部：韩愈曾为吏部侍郎，故称。韩愈《调张籍》诗：“李杜文章在，光焰万丈长。”本诗亦以日月光比喻韩愈的文章。

〔三〕两句说，千百年来，韩愈的断碑依然脍炙人口，有谁知道世间还有段文昌的碑文呢？

牛酥行〔一〕

有客有客官长安，　牛酥百斤亲自煎。〔二〕
倍道奔驰少师府，　望尘且欲迎归轩。〔三〕

守阍呼语不必出，　已有人居第一先。〔四〕

其多乃复倍于此，　台颜顾视初怡然。〔五〕

昨朝所献虽第二，　桶以纯漆丽且坚。〔六〕

今君来迟数又少，　青纸题封难胜前。〔七〕

持归空惭辽东豕，　努力明年趁头市。〔八〕

【说明】

这是一首刻画官场丑态的讽刺诗。吴曾《能改斋漫录》载：“宣和初，有邓其姓者，留守西京，以牛酥百斤遗梁师成。江子我端友作《牛酥行》。”钱锺书谓此诗“语言还算利落，所讽刺的事情也好像前人诗里没写过”。

【注释】

〔一〕牛酥：牛酥酪，奶油制品。

〔二〕长安：汉唐以长安为西京，北宋以洛阳为西京，诗中因以长安代指洛阳。“亲自煎”三字，讽刺入骨。

〔三〕倍道：兼程而行，一日走两日的路程。少师：官名，与少傅、少保合称三少，为大官所加之衔，此指梁师成。梁为宋徽宗时宦官，为人阴贼险鸷，接受贿赂，鬻卖官爵，被称为六贼之一。望尘：晋潘岳谄事贾谧，每候其出，辄望尘而拜。轩：古代一种供大夫以上乘坐的轻便车。两句说，送礼的赶到梁师成家，碰巧主人不在，他就在门前恭候着车驾回来。

〔四〕守阍（hūn）：看门的人。出：拿出来。居第一先：意说抢在前头。

〔五〕台颜：指梁师成的面色。台，对贵人的敬词。怡然：愉快貌。两句说，居第一的那笔礼物，数量很多，梁师成起初看了很高兴。

〔六〕两句说，昨天又有人献礼，虽居于第二，但盛牛酥的漆桶坚固漂亮。

〔七〕两句说，现在你来迟了，数量又少，而且只用青纸包封，远比不上人家了。

〔八〕辽东豕：《后汉书·朱浮传》，“往时辽东有豕，生子白头，异而献之。行至河东，见群豕皆白，怀惭而还”。趁头市：赶头一轮交易，两句写送礼者自惭礼物菲薄，准备明年再备重礼抢先送来。

李　镎

李镎，字希声。曾官秘书丞，在馆中与韩驹等唱和。其佳句“绿净随时看上鱼”，深为王直方所赏。

李镎的作品，旧有《李希声集》一卷，已佚。《宋诗纪事》卷三十三从《画继》中辑得其逸诗四首。又有《李希声诗话》。

题宗室公震四时景〔一〕（四首选一）

九江应共五湖连，　尺素能开万里天。〔二〕

山杏野桃零落处，　分明寒食晓风前。〔三〕

【说明】

七绝四首，分咏春、夏、秋、冬的景物。这里选的是咏春景的一首。起二句境界远大，收句亦有余意。

【注释】

〔一〕宗室：皇族。公震：赵公震，名士雷，善画。所绘溪塘飞鸟，有诗人风致，能作山水、花竹、人物，清雅可爱。

〔二〕九江：长江水系的九条河。刘歆以流入彭蠡（今鄱阳湖）的湘汉九水为九江。五湖：太湖的别名。尺素：径尺的素绢，此指画幅。

〔三〕两句写暮春景色，杏桃零落在晓风之中，正是清明寒食时候。语淡而有凄婉之致。

吴则礼

吴则礼（？—1121 年），字子副，自号北湖居士。富川（今广西钟山县）人。以父泽入仕，曾为军器监主薄，官至直秘阁，知虢州（今属河南）。崇宁三年（1100 年），编管荆南。晚年留居江西。

吴则礼虽未被列入《宗派图》中，但其诗风实与江西诸子相近。他欣赏山谷“句法天下奇”“心摹手追”“力求推陈出新”以成峭拔的诗格。

吴则礼的作品，旧有《吴则礼集》十卷，已佚。今存《北湖集》五卷，其中四卷为诗集，收诗三百一十五首。

晓角

晓角催行鼓，　儒生也据鞍。〔一〕
辕门天汉入，　幕屋塞云蟠。〔二〕
驰山一骑落，　拔帜万人观。〔三〕
湖海鸥群老，　空余子夏冠。〔四〕

【说明】

歌咏武事的诗作，在北宋诗坛中并不多见。此诗雄健之气，拂拂云表。

【注释】

〔一〕行鼓：一种大鼓，跨于马上鼓之。据鞍：《后汉书·马援传》载，马援年老，尚能披甲上马，“据鞍顾盼，以示可用”。因用为年老壮志不减之典。

〔二〕辕门：军营营门，古以车为阵，辕相向为门，故称。天汉：银河。幕屋：指兵帐。两句写原野上的晨景，银河斜倾向辕门之中，塞上的浮云蟠结在营帐之上。

〔三〕拔帜：《史记·淮阴侯列传》载，汉将韩信击赵，背水陈兵，佯败，赵空营往追。汉轻骑疾入赵营，拔赵帜，立汉帜，遂大破赵兵。两句细致地描述军事演习的情况。

〔四〕鸥群：暗用“盟鸥”之典，表示自己归隐湖海的愿望。老，谓愿望长期得不到实现。子夏冠：子夏，汉朝杜钦的字。《汉书·杜钦传》载，钦制小冠，高广才二寸，京师称之为“小冠杜子夏”。苏轼《谢陈季常惠一揞巾》诗：“二寸才容子夏冠。”诗中以喻卓立独行之意。

入汴先寄韩子苍〔一〕

煮软芋魁初不饥，　天教吐出胸中奇。〔二〕
追随且裹子舆饭，　持似只有香岩锥。〔三〕
刺船迎客菊笑处，　觅句怀人霜落时。〔四〕
我辈阿冯真解事，　与侬细举南山诗。〔五〕

【说明】

此诗极力追摹山谷，句句生拗，意深而味永。尽管过的是贫寒的生活，但诗是不可无的，朋友的交谊是不可少的。

【注释】

〔一〕韩子苍：韩驹。见本书诗人小传。

〔二〕芋魁：芋根，芋头。苏轼《次韵黄鲁直画马试院中作》诗："那更陪君作诗瘦，不如芋魁归饭豆。"本诗反用此意，谓食饱了芋魁，便可作诗，吐出胸中奇气。

〔三〕子舆饭：朋友患难相助之典。《庄子·大宗师》："子舆与子桑友，而霖雨十日。子舆曰：'子桑殆病矣！'裹饭而往食之。"持似：持与。香岩锥：《景德传灯录》载，沩山为弟子香岩颂曰"去年贫未是贫，今年贫始是贫。去年无卓锥之地，今年锥也无"，因以形容极其贫困。

〔四〕刺舟：《庄子·渔父》载，有个渔父在江边，教训孔子一顿，然后"刺船而去，延缘苇间"。菊笑：菊花开放。两句谓在菊开时驾舟迎客，在霜落后作诗怀友。

〔五〕阿冯：指子侄辈。南山诗：韩愈有长篇五古《南山》诗，这里以喻韩子苍的诗作。两句谓同行的子侄能了解自己的情绪，特意一一举出友人的诗作以慰相思。

银城道中〔一〕

畴昔一丘安在哉，　马鸣笳响有奇怀。〔二〕

嫚嫚试遣雁催发，　濯濯已凭春唤回。〔三〕

独怜短槊横未已，　端恨长江扳不来。〔四〕

看取东风姹然笑，　北湖老眼为渠开。〔五〕

【说明】

北湖诗险拗而有奇气，笔势流走，无蹇涩之弊。此诗写银城道中所见所感，可见老诗人旷达的胸怀。

【注释】

〔一〕银城：故城在今江西德兴市东。

〔二〕畴昔：日前，往昔。一丘：一丘一壑，指隐居之地。笳：古管乐器，其声嘹亮苍凉。两句说，离开了旧时幽居之地，满怀豪情地乘马踏上征途。

〔三〕嬛嬛：同“茕茕”，孤独貌。濯濯：明净清新貌。两句说，飞雁像是派来催促孤独的旅人早点出发，芳春已把美好的景物重新召回了。

〔四〕上句暗用“横槊赋诗”之意。《旧唐书·杜甫传》：“曹氏父子鞍马间为文，往往横槊赋诗。”端恨：正恨。扳：挽，引。两句谓在马上吟哦不已，可惜长江不在眼前，未免减了豪兴。

〔五〕姹然：美好貌。渠：它，指春天的美景。

徐　俯

徐俯（1075—1141 年），字师川，号东湖居士。洪州分宁（今江西修水县）人。黄庭坚之甥。以父禧死国事，授通直郎，累官至司门郎。南渡后，被荐为右谏议大夫，中书舍人。绍兴二年（1132 年），赐进士出身，兼侍读。三年，迁翰林学士。擢端明殿学士，兼权参知政事。后知信州。奉祠归。

师川七岁能诗，深受其舅影响，但晚年却不承认其“渊源所自”，又不满列名于《江西诗社宗派图》中。他主张“作诗自立意，不可蹈袭前人”。师川本人的诗，有一部分是源出山谷的，然亦有“自为一家，不似渭阳（指舅父），高自标树，藐视一世”的。可以说，师川诗是江西诗派中的变体。其《东湖居士诗集》已失传。

次韵可师题于逢辰画山水〔一〕

江汉逾千里，　阴晴自一川。〔二〕
故山黄叶下，　梦境白鸥前。〔三〕
巫峡常云雨，　香炉旧紫烟。〔四〕
布帆无恙在，　速上泛湖船。〔五〕

【说明】

此诗清新可喜。颔联二语，信笔写来，自有幽渺之致。师川此类作品，真如山谷所谓“有意日新之功”者，然与山谷家法则相去颇远了。

【注释】

〔一〕可师：指祖可。见本书诗人小传。于逢辰：北宋画家，善画山水。

〔二〕江汉：长江和汉水。两句写于逢辰画境的阔大。次句犹王维《终南山》诗“阴晴众壑殊”之意，谓同一时间内，江汉之间阴晴也有不同。

〔三〕两句谓见画而生起归隐故山之意。次句暗用“盟鸥”之典，谓梦中也回到故乡与鸥鹭为伴。

〔四〕巫峡：长江三峡之一。西起今重庆市巫山县大宁河口，东至湖北巴东县官渡口，因巫山而得名。云雨：巫山巫峡，山高峡深，长年烟雾迷蒙，故云。又，宋玉《高唐赋》载，楚王梦巫山神女言：“妾在巫山之阳，高丘之阻，旦为朝云，暮为行雨。”香炉：香炉峰，庐山西北部的高峰。慧远《庐山记》：“（香炉山）孤峰秀起，游气笼其上，则氤氲若香烟。”紫烟：指日光照射水气反映出的紫色烟雾。李白《望庐山瀑布》诗：“日照香炉生紫烟。”

〔五〕布帆无恙：《晋书·顾恺之传》载恺之与殷仲堪笺，“行人安稳，布帆无恙”。两句写归乡之愿。

明皇夜游图〔一〕

歌吹开元曲，铅华天宝妆。〔二〕
苑风翠袖冷，宫露赭袍光。〔三〕
闺闼连阊阖，骅骝从骕骦。〔四〕
千门还欲晓，九陌乍闻香。〔五〕

【说明】

诗人曾亲自对曾季貍解释这首诗的用意，谓是借古讽今，以明皇喻徽宗，揭露其游宴无度的荒淫生活。（见《艇斋诗话》）此诗有注云："吕子广藏，画学博士李生所作。"同时诗人多有题咏，用意每相似，如李彭诗云："君臣玩狎乐莫比，清禁喜闻官漏长。""万里桥边行幸处，后世龟鉴怀苞桑。"诗人们已预感到一场巨大的劫难即将到来了。

【注释】

〔一〕明皇：唐玄宗李隆基。玄宗任用杨国忠等，政治腐败，爱好声色，奢侈荒淫，终于导致安史之乱。史书及小说均载明皇夜游之事甚详。

〔二〕歌吹：唱歌奏乐。吹，指竽、笛等管乐器的鼓吹。开元曲：指唐玄宗时的新乐，以《霓裳羽衣曲》为代表。天宝妆：指天宝年间的宫中新妆。《开元天宝遗事》："宫中嫔妃辈施素粉于两颊，相号为'泪妆'。"

〔三〕翠袖：此指宫中的妃嫔之服。赭袍：红袍，指帝王之衣。两句说，御苑的晚风吹得宫女们都有些冷意，宫阙的露水沾湿了皇帝的赭袍，闪着寒光。《艇斋诗话》评曰："可见其游宴达旦也。"

〔四〕闺闼：闺房的小门，指内室。阊阖：宫之正门，指宫殿。骅骝（huá liú）：赤色骏马。骕骦（sù shuāng）：骏马。两句写宫殿居室连成一片，帝妃侍从的车马连续不绝。《艇斋诗话》评曰："可见其宫禁与外无间也。"

〔五〕千门：指皇宫中众多的屋宇。杜甫《哀江头》诗："江头宫殿锁千门。"九陌：汉长安城中有八街九陌，此指京城大路。两句写清晨时宫中妃嫔梳妆，香满城中。

戊午山间对雪〔一〕

雪中出去雪边行，　屋下吹来屋上平。〔二〕
积得重重那许重，　飞来片片又何轻。〔三〕
檐间日暖重为雨，　林下风吹再落晴。〔四〕
表里江山应更好，　溪山已复不胜清。〔五〕

【说明】

方回颇不喜师川诗，《瀛奎律髓》中仅选三首，聊备一体，并谓师川"在江西派中，无甚奇也"。此诗为师川暮年之作，看来作者力求自然，避开山谷险拗一路，后来杨万里等亦从此入手，自成一家。姑且不论师川的改革是否成功，这种要求自立名世的精神是要胜于同时江西诸人的。纪昀抱有成见，对此诗大笔涂抹，谓"前四句殊恶"，"亦无可喜"，似亦过偏。

【注释】

〔一〕戊午：即宋高宗绍兴八年（1138 年）。

〔二〕两句对偶，流利自然，虽非佳句，亦自不恶。

〔三〕那许：奈许，怎么这样。上句写重重积雪之重，下句写片片飞雪之轻。方回谓此联即山谷雪诗“夜听疏疏还密密，晓看整整复斜斜”的遗意。

〔四〕两句说，檐间的积雪日暖时融化，像雨般洒下；林下的积雪被风吹卷，在晴空再次飘落。

〔五〕表里江山：外有江而内有山，谓有山川为屏障。语见《左传·僖公二十八年》，子犯称晋国“表里山河”。两句说，眼前溪山雪景已是这样清丽，宋朝的大好江山更应美好了。

陪李泰发登洪州南楼〔一〕

十年不复上南楼，　直为干戈作远游。〔二〕
满地江湖春入望，　连天章贡水争流。〔三〕
青云聊尔居金马，　紫气还应射斗牛。〔四〕
公是主人身是客，　举觞登望得无愁。〔五〕

【说明】

吴曾《能改斋漫录》谓此诗“绝类长卿，其间一联，如出一手也”。刘长卿《和樊使君登润州城楼》诗中领联云：“春草连天随北望，夕阳浮水共东流。”师川之句，虽自刘诗化出，然脱胎换骨，未全蹈袭前人用意，境界亦宏阔壮美，不失为佳作。

【注释】

〔一〕李泰发：即李光，北宋大臣。参看曾幾《李泰发参政得旨自便将归以诗迓之》诗及注。洪州：即今江西南昌市。

〔二〕起两句词气甚劲。诗人本洪州人，而十年不上南楼的原因是满地干戈，不能不漂流异地。诗中不从“重来”着笔，便有深意。次句一作“真为狂酋作远游”。

〔三〕章贡：章水和贡水。章水在赣县与贡水合流为赣江，因以章贡指赣江。两句有生气。

〔四〕青云：喻高官贵显。聊尔：姑且。金马：金马门。汉朝以铜铸大宛马像，立于鲁班门外，因称金马门，后用为官署的代称。紫气：祥瑞的光气。《晋书·张华传》载，“吴之未灭也，斗牛之间常有紫气，……华曰：‘是何祥也？’（雷）焕曰：‘宝剑之精，上彻于天耳。’”张华因补雷焕为豫章丰城令，在狱中得龙泉、太阿之剑。两句写李泰发，上句谓其入朝居于高位，下句以剑气设喻，谓李到洪州，其精光亦上彻于天。

〔五〕身：自称之词。得无：莫非，岂不是。末句见忧国之意，与上文“干戈”语接。

再次韵题于生画雁〔一〕

彭蠡何限秋雁，　此君胸次为家。〔二〕
醉里举群飞出，　着行排立平沙。〔三〕

【说明】

诗歌写出画家的胸襟。画中的秋雁是画家精神世界的一部分，它是画家创造出来的，也是永远活着的。

【注释】

〔一〕于生：于逢辰，北宋画家，善画山水。

〔二〕彭蠡：湖名，即今鄱阳湖。胸次：胸中。两句说，彭蠡湖中无数的秋雁，都在画家的心里安家了。诗歌所揭示的是艺术的道理，艺术家要把客观世界纳进自己的心中，才能创造出高于现实、美于现实的图画。

〔三〕两句说，啊，在画家醉后，它成群地从他心中飞出，一行行并立在平坦的沙滩上。两句是江西的活法，把现实与想象混在一起，写出画家的创作过程，也表达了诗人看画时的真切感受。

春游湖

双飞燕子几时回，　夹岸桃花蘸水开。〔一〕
春雨断桥人不渡，　小舟撑出柳阴来。〔二〕

【说明】

这也是选家常录之作。自《后村千家诗》选入之后，便为人传诵，赵鼎臣故有“解道春江断桥句，旧时闻说徐师川”（《和默庵喜雨述怀》）之句。此诗末二句更屡被后人摹拟。

【注释】

〔一〕两句泛写湖岸的景色。几时回，是见到燕子后的询问，便有情致。

〔二〕两句说，春雨涨波，把桥也淹没了，行人不能走过。只见柳阴之下，悠然地撑出一只小船来：它正招呼着人们过渡呢！南宋词人张炎的《南浦》词号称咏春水的“古今绝唱”，其名句“荒桥断浦，柳阴撑出扁舟小”，即从徐诗化出。

韩　驹

韩驹（？—1135年）字子苍。仙井监（今四川仁寿县）人。政和初，召试，赐进士出身，除秘书省正字。后为著作郎，校正御前文籍。宣和六年（1124年），迁中书舍人兼修国史。寻兼权直学士院。北宋亡，南渡。高宗即位，知江州。绍兴五年（1135年），卒于抚州。

韩驹之学，源出苏轼。后与徐俯同游，遂受知于山谷，深受山谷影响，王十朋说他“非坡非谷自一家”，可见韩诗还是有自己的特色的。

韩驹的诗作，今存《西江诗派韩饶二集》本《陵阳先生诗》四卷，为清末沈曾植据宋本重刊者，收韩驹诗三百四十四首。

某顷知黄州，墨卿为州司录。今八年矣，邂逅临川，送别二首〔一〕（选一）

盗贼犹如此，　苍生困未苏。〔二〕
今年起安石，　不用哭包胥。〔三〕
子去朝行在，　人应问老夫。〔四〕
髭须衰白尽，　瘦地日携锄。〔五〕

【说明】

诗人在靖康元年（1126年）出知黄州，绍兴四年（1134年），寓居临川。八年间，天地翻覆，重遇故人，尤增感怆。诗歌感情复杂，起两句写金兵的横行和人民的贫苦，颔联对朝廷寄予希望，后半微露失职不平之意。

【注释】

〔一〕黄州：今湖北黄冈。墨卿：待考。司录：谓作录事，掌管文书。临川：即今江西抚州。

〔二〕盗贼：此指金国。

〔三〕安石：谢安，字安石，晋朝大臣。东晋初年，他任宰相，加强对北方的防御。太元八年（383年），他使弟石与侄玄力拒前秦苻坚军队，获得淝水之战的胜利，并率军收复洛阳并北方一些州县，使晋朝“中兴”。诗中以谢安喻赵鼎。绍兴四年（1134年）八月，起用赵鼎知枢密院事，充川、陕宣抚处置使。十月，与赵鼎定策亲征。包胥：申包胥，春秋时楚国贵族，为伍子胥知交。楚昭王十年（前506年），吴用子胥计攻破楚国，申包胥求救于秦，在宫廷前痛哭七日七夜，使秦王感动，发兵救楚。两句说，朝廷起用赵鼎，可使宋朝免于覆亡，自己也不用作包胥之哭了。

〔四〕子：指墨卿。行在：天子行幸所至之地。南宋称临安为行在，表示不忘旧都汴梁而以临安为行都之意。两句说，您这回赴临安，人们就会向您问起我的情况来了。

〔五〕两句是诗人自答之语。诗意说，那么您就可以回答：他已年老体衰，髭须全白了，还在家中那几亩瘦田上日日携锄耕种呢。

次韵钱逊叔侍郎见简〔一〕

白头逢世难，　无地可推愁。〔二〕
晓日瞻天阙，　春风忆御沟。〔三〕
他年余老蜀，　万户子封留。〔四〕
尚记临川郡，　溪山烂漫游。〔五〕

【说明】

南渡之后，诗人饱经忧患，垂暮之年，总是在缅怀旧事，作品中常流露出无可奈何的悲感。此诗八句，每两句一意，转折变化，用笔颇佳。

【注释】

〔一〕钱逊叔：作者的友人，绍兴初年，在临川与曾公衮、韩子苍等时常唱和。见简：谓寄来书信、诗篇。

〔二〕推愁：排遣愁绪，宋人诗喜用此语，如王安石云“闭户欲推愁”，陈与义云“推愁了此段”，皆是。此言无地推愁，犹言“埋忧无地”。仲长统《述志》诗：“寄愁天上，埋忧地下。”两句写老年时遭逢国难，无处可以消忧。

〔三〕天阙：指帝王宫阙。御沟：指皇宫中的河道。两句追忆当年在汴京入朝的情景。又一转折。

〔四〕老蜀：老于蜀地，指归老故乡。万户：万户侯。子：指钱逊叔。封留：《史记·留侯世家》载，刘邦称赞张良“运筹策帷帐中，决胜千里外”，准备封齐三万户，而张良则“愿封留足矣”，遂封为留侯。诗中以张良喻钱，劝勉他为国立功。诗意再一转折。

〔五〕两句以追念同游之乐作结，便见深情。

夜泊宁陵〔一〕

汴水日驰三百里，扁舟东下更开帆。〔二〕
旦辞杞国风微北，夜泊宁陵月正南。〔三〕
老树挟霜鸣窣窣，寒花垂露落毵毵。〔四〕
茫然不悟身何处，水色天光共蔚蓝。〔五〕

【说明】

这是《陵阳集》中名作，向被论家所称道。纪昀谓其“纯以气胜”，而王士禛亦云此首“最佳”，集中“佳处乃无过此”(见《带经堂诗话·题识》)。贺裳又云：“宋人极称此诗，然亦闲于尽致，而减于气格。”(《载酒园诗话》卷五)吕居仁更特标出此诗，认为可作学诗之法。(见蔡正孙《诗林广记》引《小园解后录》)由此可见，此诗当为江西诗派的代表作之一。诗歌起句即气势甚劲，其如汴水般奔驰而下，次句写顺水扬帆，接得亦佳。颔联写船行船泊，情致悠然。颈联细写树花霜露之状，是在船中所见，与上联虚实、粗细配置甚妙。末二语有余不尽。全诗结构既严谨而又有变化，故《小园解后录》主张学诗者熟读此篇，则“思过半矣”，也是有道理的。

【注释】

〔一〕宁陵：县名，在今河南省东部。

〔二〕汴水：汴河，古运河名。宋人将自出河至入淮通济渠东段全流统称为汴水、汴河。方回云："'扁舟东下更开帆'，此是诗家合当下的句，只一句中有进步，犹云'同是行人更分首'也。"

〔三〕杞国：即北宋雍丘县，今河南杞县。自雍丘至宁陵约一百二十里，顺风一日可达。

〔四〕窣窣（sū）：象声词。毵毵（sān）：细长貌，这里形容寒花枝叶之状。

〔五〕两句写黄昏时苍茫的景色，使人产生迷惘的感受。前人不解此意，有妄加批评者，如曾季貍《艇斋诗话》云："汴水黄浊，安得蔚蓝也？"其实诗中的"蔚蓝"，是水面倒映天光的颜色，非汴水的本色。

次韵参寥〔一〕

此身不拟堕尘缘，　长恐惊鸿落响弦。〔二〕
踏尽世间千涧壑，　归来胸次一山川。〔三〕
深宫木末犹秋色，　故国天涯只暮烟。〔四〕
凭仗道人分石甃，　要看庭下玉龙旋。〔五〕

【说明】

范大士《历代诗发》评云："苦心磨淬之诗，无一字不惬。"韩驹晚年之作，多沉郁感怆之语，此诗三、四句见胸襟，见气概，无一毫衰飒之意。

【注释】

〔一〕参寥：即释道潜，俗姓何，杭州於潜人，北宋诗僧，与苏轼、秦观同游唱和。

〔二〕堕尘缘：佛认为色、声、香、味、触、法为六尘，是污染人心、使生嗜欲的根缘。落入人世间，被六尘污染，是谓堕尘缘。次句典出《战国策·楚策》：有鸿雁听到更赢扣响弓弦的声音，便惊恐坠落。更羸解释说："其飞徐而鸣悲。飞徐者，故疮痛也；鸣悲者，久失群也。故疮未息而惊心未至也。闻弦音，引而高飞，故疮陨也。"两句说，自己已是惊弓之鸟，故不准备再堕入尘世了。

〔三〕两句说，踏遍世间的千山万水归来，心胸就像山川那么豪壮宽广。

〔四〕木末：树梢。故国：指故乡。两句说，深宫中的树木呈现出一片萧瑟的秋色，遥望远在天涯的故里，只见黄昏时渺渺的苍烟。

〔五〕道人：指参寥。魏晋时称佛教徒为道人，道教徒为道士。石甃（zhòu）：石砌的井壁，这里指井水。玉龙：形容泉水。按，参寥好品茗，尝居于西湖智果精舍，汲泉钻火，烹黄檗茶。本诗亦写参寥汲井煮茶，与诗人共赏。

登赤壁矶〔一〕

缓寻翠竹白沙游，　更挽藤梢上上头。〔二〕
岂有危巢与栖鹘，　亦为陈迹但飞鸥。〔三〕
经营二顷将归老，　眷恋群山为少留。〔四〕
百日使君何足道，　空余诗句在江楼。〔五〕

【说明】

翁方纲《石洲诗话》谓"韩子苍诗，平匀中自有神味"，"游赤壁七律，直到杜、苏分际”。此为靖康元年（1126年）韩驹知黄州时作，诗人至黄州，三月而罢，故睹景物的变化而感人事的代谢，赋为此诗。

【注释】

〔一〕赤壁矶：亦名赤鼻矶，在黄州（今湖北黄冈）城西门外。苏轼贬居黄州时，常游此地，作前、后《赤壁赋》及《念奴娇·赤壁怀古》等名篇。

〔二〕两句写登矶的情况。上上头，前一字读上声，登上。

〔三〕两句说，赤鼻矶上，已不见苏轼当年赋中写到的危巢栖鹘了，一切都成为历史的陈迹，只有矶上的白鸥依然在飞翔着。按，苏轼在元丰五年（1082年）十月，重游赤壁，作《后赤壁赋》，有“攀栖鹘之危巢，俯冯夷之幽宫”的句子。韩诗言及鹘巢，借以寄怀东坡。张邦基《墨庄漫录》云：“靖康初，韩子苍知黄州，颇访东坡遗迹。常登赤壁而赋所谓栖鹘之危巢者，不复存矣，悼怅作诗而归。”吴曾《能改斋漫录》则谓此诗为“示何次仲（迂叟）”者，此二语作：“岂有危巢尚栖鹘，亦无尘迹但飞鸥。”

〔四〕两句说，我准备经营二顷田地，回到故乡终老，但又眷恋这里的山川，为之稍作逗留。二顷，用《史记·苏秦列传》“且使我有洛阳负郭田二顷，吾岂能佩六国相印乎”之语。古人常以二顷田作归隐之资。

〔五〕百日使君：使君，指太守。韩驹知黄州三月，故以“百日使君”自称。

和李上舍冬日书事〔一〕

朔风吹雪昼多阴，　日暮拥阶黄叶深。〔二〕
倦鹊绕枝翻冻影，　羁鸿摩月堕孤音。〔三〕
推愁不去如相觅，　与老无期苦见侵。〔四〕
游宦衣冠少时事，　病来无复一分心。〔五〕

【说明】

此诗为韩驹任秘书省正字时作，深为时人所推重，故李彭有建除体诗赠韩云："满朝以诗鸣，何独遗大雅。平生黄叶句，摸索便知价。"颔联尤为名隽，用工刻苦，真是戛戛独造之语，而颈联则以虚意出之，一密一疏，一实一虚，两两对比，正是宋人家法。明人学杜，无此本领，但从字面模仿，通篇皆密实无味了。

【注释】

〔一〕李上舍：疑即李錞，时与韩驹同在馆中，多有唱和。宋代太学有上舍、外舍、内舍等三舍，李錞曾上舍甲第释褐，故称。

〔二〕起二句写冬日景象，语亦自然。"朔风吹雪"，一作"北风吹日"。

〔三〕两句说，倦困的鹊鸟环绕着树枝飞翔，只见它瑟缩的影子在空中翻动着；而那寄食远方的鸿雁高高地要飞近月亮，不时飘落孤独的哀音。张邦基《墨庄漫录》评曰："诚佳句也，但太费工夫。"其实只要是佳句，太工何妨？潘德舆《养一斋诗话》又云："纯是筋骨，然皆语尽意中，唐人不肯为者。"所谓唐人不为，正是宋人独到之处。羁鸿，一作"飞鸿"。

〔四〕两句说，自己无法排解忧愁，它总是不时寻到心上；本来跟年老素无期约，而今也苦于它的侵袭了。言愁叹老，本是常意，而诗人却写得甚活。诚如方回所云："五、六前辈有此语，但锻得又佳耳。"苦，一作"稍"。

〔五〕游宦：到他乡做官。两句说，追求功名，本是少年人之事，自己病后，已没有一分心情了。贺裳《载酒园诗话》评云："前半写景，后半言怀，词气似随句而降，渐就衰飒，然恬让之致可掬。呜呼！独不可向伏枥者言耳。"

次韵耿龙图秣陵书事〔一〕

十月舟藏芦荻林，　客衣顿觉夜寒侵。〔二〕
乱离只有穷途泪，　勋业都无过去心。〔三〕
敢恨青鞋踏江浦，　近传黄屋渡淮阴。〔四〕
中兴气象须公等，　是日频闻正始音。〔五〕

【说明】

诗中描绘的是一幅国破家亡时的乱离图景，所抒发的是孤臣孽子痛苦的心情。但诗人还未绝望，他期待着家国的中兴。

【注释】

〔一〕耿龙图：耿延禧，开封人，时为龙图阁直学士。秣陵：即宋代江宁府，今江苏南京。

〔二〕十月：宋高宗建炎元年（1127 年）十月。两句写舟行江上的情景，一"藏"字见乱离之意。

〔三〕穷途泪:《世说新语·栖逸》注引《魏氏春秋》，谓阮籍常率意独驾，不由径路，车迹所穷，辄痛哭而返。后用以境遇艰困之典。两句说，在乱离中，只有独下穷途之泪，对待功绩事业，已失去过去的热心了。

〔四〕青鞋：青鞋布袜，为山野之人所服。黄屋：帝王车盖，以黄缯为盖里，故名。此指宋高宗。《宋史·高宗本纪》载，是年，“冬十月丁巳朔，帝登舟幸淮甸”。

〔五〕中兴：宋高宗南渡，在临安建立南宋政权，时人称为“中兴”。须：待。公等：你们，指朝中大臣。正始音：正始，三国魏齐王（曹芳）的年号。时魏晋之际，崇尚玄学清谈，后人称当时风尚言论为正始之音。《世说新语·赏誉》:“王敦为大将军，镇豫章，卫玠避乱，从洛投敦，相见欣然，谈话弥日。于时谢鲲为长史，敦谓鲲曰:‘不意永嘉之中，复闻正始之音。’”两句说，不少仁人志士，从北方来到江宁，投奔朝廷，到处是一片中兴气象。

抚州邂逅彦正提刑，道旧感叹，辄书长句奉呈〔一〕

忆在昭文并直庐，　与君三岁侍皇居。〔二〕
花开辇路春迎驾，　日转蓬山晚晒书。〔三〕
学士南来尚岩穴，　神州北望已丘墟。〔四〕
愁逢汉节沧江上，　握手秋风泪满裾。〔五〕

【说明】

诗人闲居抚州，每当昔日的朋友相过时，都勾起了很深的感慨。他总忘不了汴京繁华的往事，那春风得意的日子。一想到故国的沦亡，便不禁悲从中来，泪下如雨。诗歌不事雕琢，自以至情感人。

【注释】

〔一〕彦正：张纲，字彦正，丹阳人。徽宗朝曾为校书郎、中书舍人。因得罪秦桧，废置二十年。高宗朝累官权吏部尚书、参知政事。提刑：官名，提点刑狱公事的简称。张纲《华阳集》中，有诗题云：“与韩子苍别久，忽邂逅于临川，遭时乱离，道旧感叹，子苍有诗见赠，次韵奉呈二首。”即和韩驹此作。长句：泛指七言古诗和律诗，此指七律。

〔二〕昭文：昭文馆，掌四库图书修写校雠之事。宋元丰年间，张纲与韩驹均为秘书省校书郎、著作郎，校正御前文字。并直：指在秘书省共事。

〔三〕辇路：皇帝车马径行之路。蓬山：蓬莱仙山，旧诗文中常喻以帝王宫阙。两句描写当日在朝时的情景。晚晒书，一作“晓曝书”。

〔四〕学士：指张纲。张入太学，以上舍及第，释褐，三中首选，特除太学正，迁博士，除校书郎。岩穴：谓栖身岩穴之间，隐居山林。《庄子·让王》：“魏牟，万乘之公子也，其隐岩穴也，难为于布衣之士。”丘墟：废墟，荒地。《管子·八观》：“众散而不收，则国为丘墟。”两句写战乱之后的情景。次句感怀故国，沉痛悲凉。

〔五〕汉节：指朝廷的使节，暗用苏武持汉节之事。沧江：青苍色的江水，亦指乱后闲居之地。杜甫《秋兴》诗：“一卧沧江惊岁晚，几回青琐点朝班。”裾：衣襟，衣袖。两句写故友相逢，追思前事时的悲感。

十绝为亚卿作〔一〕（选二）

君住江滨起画楼，　妾居海角送潮头。〔二〕
潮中有妾相思泪，　流到楼前更不流。〔三〕

【说明】

宋人诗中，有关爱情的题材甚少。如钱锺书《宋诗选注·序》所指出的："宋人在恋爱生活里的悲欢离合不反映在他们的诗里，而常常出现在他们的词里。""宋代数目不多的爱情诗都淡薄、笨拙、套板。"故此，韩驹这组缠绵悱恻的情诗就更值得珍视了。

【注释】

〔一〕十绝：或题"九绝"。旧存九首，缪荃孙《艺风藏书记》据归安鲍氏藏《陵阳先生诗》四卷本补足，故应作"十绝"。亚卿：葛次仲，字亚卿，阳羡人，曾为大司成，有《集句诗》三卷。胡仔《苕溪渔隐丛话·后集》云："余以《陵阳集》阅之，子苍《十绝为葛亚卿作》，皆别离之词，必亚卿与妓别，子苍代赋此诗。"

〔二〕画楼：以彩绘作饰的楼，华美的楼房。海角：指江入海之处。

〔三〕两句自唐孙叔向《经昭应温泉》诗化出，孙诗云"虽然水是无情物，也到宫前咽不流"，然韩诗情致更佳。潘德舆《养一斋诗话》称其"与唐人声情气息不隔累黍"，"即以诗论，亦明珠美玉，千人皆见"。信焉。

妾愿为云逐画樯，　君言十日看归航。〔一〕
恐君回首高城隔，　直倚江楼过夕阳。〔二〕

【注释】

〔一〕画樯：犹言画船。樯，桅杆。两句是女子的话，意说，我愿意变作一朵云，随着你的画船远去，而你说，只要十天就可以看到船儿归来了。

〔二〕两句说，我恐怕你回望时被高高的城墙阻隔了视线，因而独倚江楼直到夕阳西下。按，程千帆、沈祖棻《古诗今选》云："是写女方到了那一天的期待之情，倚楼直到夕阳西下，暗示男方失约。"似非。回首，当指男子在船上回望，而不是十日后回来。全首皆送别之词。

次韵馆中上元游葆真宫观灯〔一〕（五首选一）

百千灯射水晶帘，　尚觉游人意未厌。〔二〕
多病只思田舍乐，　夜归烟火望茅檐。〔三〕

【说明】

陈鹄《耆旧续闻》记载了一则故事："宣和间，重华葆真宫（曹王南宫也）烧灯都下。癸卯上元，馆职约集，而蔡老（指蔡京）携家以来，珠翠阗溢，僮仆杂行，诸名士几遭排斥。已而步过池北，游人纵观，时少蓬韩驹子苍咏小诗……"怪不得这首小诗末两句竟作如此萧索之语。癸卯，即宣和五年（1123 年）。

【注释】

〔一〕上元：旧历正月十五为上元节，十五夜称元夜，古来有观灯的习俗。葆真宫：孟元老《东京梦华录》载，"葆真宫有玉柱、玉帘、窗隔灯”。

〔二〕水晶帘：即水精帘，形容质地精细而色泽莹澈的帘子。厌：此读平声，满足。

〔三〕两句表现诗人对田园生活的向往。多病，只是托词而已。

行至华阴呈旧同舍〔一〕

落日同骑款段游，倦依松石弄清流。〔二〕
蓬莱汉殿春分手，一笑相逢太华秋。〔三〕

【说明】

小诗洒落有致。王士禛谓“可追踪唐贤”，又谓《陵阳集》中“佳处乃无过此”，固然是偏重其“神韵”而言，然此诗所表现的胸怀、气度、意趣，也是比较高朗的。

【注释】

〔一〕华阴：地名，在今陕西东部、渭河下游，县南西岳华山，为名胜地。同舍：指学士馆中的同事。

〔二〕款段：马行迟貌。《后汉书·马援传》：“乘下泽车，御款段马。”两句说，在黄昏日落时，与友人骑马缓缓而行，游倦了，便在松间石下，玩弄清清的流水。

〔三〕蓬莱：蓬莱仙山，代指皇宫。太华：西岳华山。两句说，在春天时我和友人在朝廷中分手，可是秋天时又在华山相遇了，不禁欣然一笑。

梅花八首（选一）

云根细路绕溪斜，　日出烟销水见沙。〔一〕
只度关山魂已断，　何须疏雨湿梅花。〔二〕

【说明】

此诗末二语神韵独绝，写出诗人在流离道路时凄怆的心情。

【注释】

〔一〕云根：深山高远云起之处。日出烟销：柳宗元《渔翁》诗有“烟销日出不见人”。

〔二〕两句说，先是度越关山，已令人无限愁苦了，何况看到梅花在疏雨中片片飘零呢！意说，人看见雨中的梅花，更增流落之感。

又谢送凤团及建茶〔一〕（二首选一）

白发前朝旧史官，　风炉煮茗暮江寒。〔二〕
苍龙不复从天下，　拭泪看君小凤团。〔三〕

【说明】

此诗逼近山谷佳作，字字沉劲，有不尽之意，历来论者，均激赏之。吴曾《能改斋漫录》许其“语工”，而王士禛《池北偶谈》又谓其“可追踪唐贤”。在应酬咏物之作中寓家国之深忧，语意感怆动人，的确于宋人绝句中不多见。

【注释】

〔一〕凤团：印有凤纹的茶饼，作为贡茶。张舜民《画墁录》："丁晋公为福建转运使，始制为凤团，后又为龙团。"建茶：建溪（闽江上游）所产之茶，为宋朝贡茶之一。凤团为建茶中名品。

〔二〕前朝旧史官：韩驹在徽宗宣和六年（1124年），迁中书舍人兼修国史，故云。诗人从茶事中见家国的兴衰，故特拈出"史官"一语。风炉：煮茶的炊具。陆羽《茶经》："风炉，以铜铁铸之，如古鼎形。"

〔三〕苍龙：作者自注是"史官月赐龙团"。诗中语意相关，一是说自己不复有龙团之赐了，一是暗示宋徽宗已不再君临天下。

淮上书事

平楚尽积水，　长淮多奇峰。
萧条月曜夜，　浩荡风鸣冬。〔一〕
客行未可归，　敝裘那得重。〔二〕
寒气搜病骨，　清潭貌衰容。〔三〕
远游有滞念，　将老无欢悰。
故国渺万里，　去此嗟谁从。〔四〕

【说明】

诗人意态落寞，在北风呼啸的寒夜，仍踯躅于客途中。少年的欢乐，连同故国的繁华一起逝去了，还有什么值得自己留恋的呢？此诗当作于汴京失陷之后。

【注释】

〔一〕平楚：长满草木的平野。楚，丛木。谢朓《宣城郡内登望》诗："寒城一以眺，平楚正苍然。"曜：照耀。四句写淮上萧条的夜景。

〔二〕敝裘：破旧的衣裘。《战国策·秦策》载，苏秦说秦王，"书十上而说不行，黑貂之裘敝"，因以"敝裘"暗示处于窘境。两句写客游未归的艰困。

〔三〕两句说，寒气直透进我的病骨中，清潭又映出我衰老的容颜。"搜""貌"两动词颇炼。

〔四〕滞念：留滞之念，指定居下来的想法。欢悰：欢乐的心情。故国：指汴京。四句感叹身世，飘泊寡欢，怀思故国。

题王内翰家李伯时画太一姑射图二首〔一〕（选一）

太一真人莲叶舟，　脱巾露发寒飕飕。〔二〕
轻风为帆浪为楫，　卧看玉宇浮中流。
中流荡漾翠绡舞，　稳如龙骧万斛举。〔三〕
不是峰头十丈花，　世间那得叶如许。〔四〕
龙眠画手老入神，　尺素幻出真天人。
恍然坐我水仙府，　苍烟万顷波粼粼。〔五〕
玉堂学士今刘向，　禁直岧峣九天上。〔六〕
不须对此融心神，　会植青藜夜相访。〔七〕

【说明】

笃信道教的徽宗皇帝读到此诗，大喜，即赐韩驹进士及第除秘书省正字。自然，兼诗人、画家、书法家于一身的宋徽宗还是识货的，此诗被激赏，并不光是投合了这位“教主道君皇帝”迷信心理的缘故。《苕溪渔隐丛话》评曰：“子苍此诗，语意妙绝，真能咏尽此画也。”晁公武《郡斋读书志》谓此诗“盛传一世”。

【注释】

〔一〕李伯时：北宋著名画家，名公麟，舒州舒城人。晚年居龙眠山，号龙眠居士，擅绘人物故事画。太一姑射图：《苕溪渔隐丛话·前集》载，“李伯时画太一真人，卧一大莲叶中，手执书卷仰读，萧然有物外思”。此画原藏于王黼家，后来元好问、吴莱皆有诗题咏。

〔二〕太一：即太乙，古仙人。《春秋合诚图》载有黄帝问道于太乙之事。《真灵位业图》谓太一真人居玉清境，得策命学道，号令群真。脱巾露发：表示洒脱不羁之意。寒飕飕：暗写风吹发散之状。

〔三〕玉宇：天空。龙骧万斛：指大船。晋龙骧将军王濬受命伐吴，作大船可容二千余人，故后世以龙骧称大船。万斛，古以十斗为斛。苏轼《大风留金山两日》诗：“龙骧万斛不敢过，渔艇一叶从掀舞。”四句写真人莲舟在波浪中稳捷之状。

〔四〕峰头十丈花：指华山上的玉井莲花。韩愈《古意》诗：“太华峰头玉井莲，花开十丈藕如船。”两句写莲叶舟之大。

〔五〕尺素：径尺大的素绢。天人：神仙。坐我：使我置身于。四句赞美龙眠画境的逼真。

〔六〕玉堂：学士院的正厅。刘向：西汉学者，汉成帝时任光禄大夫，曾在天禄阁校阅群书，撰成《别录》。诗中以刘向喻王黼。按，据《宋史·王黼传》载，王“有口辩，才疏隽而寡学术，然多智善佞”，是宋徽宗时著名的“六贼”之一，曾为宣和殿学士，后官至宰相。韩驹诗中云云，未免有依附之嫌。禁直：指在宫禁中值夜。宋代设有学士院，置学士之官，学士须在禁中当值。岧峣：山高峻貌，这里形容宫禁的巍峨森严。九天上：喻朝廷。两句歌颂王黼为清贵之官。

〔七〕植青藜：拄着藜杖。两句致渴慕之意。范大士《历代诗发》评云：“因叶及花，因人及杖，总是无端幻想。”

武宁道中〔一〕

小滩嘈嘈大滩恶，　朝行羊肠暮鹿角。〔二〕
尽日拖舟不得前，　忽然笪断千寻落。〔三〕
上梁左侧石子多，　两舷与石鸣相摩。〔四〕
卧听溪师倚篙哭，　将如四十二滩何。〔五〕

【说明】

武宁山水，以奇丽甲于一方，而本诗却从另一个角度去写，在船夫心目中，那是恶滩急流，是无法躲开的痛苦和眼泪。

【注释】

〔一〕武宁：县名，在今江西西北部、修水中游。

〔二〕嘈嘈：形容杂乱的流水声。羊肠、鹿角：作者自注，“羊肠、鹿角、上梁，皆滩名”。

〔三〕笪（dá）：牵船索。缚竹木为筏。千寻：犹言千丈，古以八尺为寻。两句极写修水之急：上句写逆流而上的艰难，下句写顺流而落的迅猛。

〔四〕两句写船行滩中，船舷跟滩石摩擦，戛戛有声。

〔五〕溪师：指船夫。四十二滩：在武宁、修水境内。

题湖南清绝图

故人来从天柱峰，　手提石廪与祝融。
两山坡陀几百里，　安得置之行李中。〔一〕
下有潇湘水清泻，　平沙侧岸摇丹枫。
渔舟已入浦溆宿，　客帆日暮犹争风。〔二〕
我方骑马大梁下，　怪此物象不与常时同。〔三〕
故人谓我乃绢素，　粉墨妙手烦良工。〔四〕
都将湖南万古愁，　与我顷刻开心胸。
诗成画往默惆怅，　老眼复厌京尘红。〔五〕

【说明】

写湖南山川的景色，力从“清绝”二字着笔，但诗中并没有作过多的描绘，而是写诗人在看画时的感受。“开心胸”，是正面写；“厌京尘”，是侧面写：最后逼出“清绝”之意。

【注释】

〔一〕天柱峰：天柱、石廪、祝融均为南岳衡山的五峰之一。坡陀：不平貌。四句写故人携来绘有南岳名山的湖南清绝图。

〔二〕潇湘：犹言清深的湘水。浦溆：水边。四句正面描述画图。“渔舟”两句，当有寓意。歇宿在水边的渔舟与争风追路的客船，暗示着两种不同的生活态度，为下文“厌京尘”作铺垫。

〔三〕大梁：汴梁，北宋都城。两句说，我在京城中骑马到来，骤惊眼前的山水跟平常习见的不一样。诗意是说，自己错把画当成是真正的山水了。

〔四〕两句从山谷《题郑防画夹》诗化出，原诗云：“惠崇烟雨归雁，坐我潇湘洞庭。欲唤扁舟归去，故人言是丹青。”借故人之口点明是画，更见画的逼真。

〔五〕万古愁：谓古往今来无法消释的愁绪。李白《将进酒》诗：“与尔同销万古愁。”诗成画往：诗写成了，画也被带走了。京尘红：指京城的繁华及污浊。苏轼《次韵蒋颖叔钱穆父从驾景灵宫》诗：“软红犹恋属车尘。”自注：“前辈戏语，有西湖风月，不如东华软红香土。”

赠赵伯鱼

昔君叩门如啄木，　深衣青纯帽方屋。〔一〕
谓是诸生延入门，　坐定徐言出公族。〔二〕
尔曹气味那有此，　要是胸中期不俗。
荆州早识高与黄，　诵二子句声琅琅。〔三〕
后生好学果可畏，　仆常倦谈殊未详。〔四〕
学诗当如初学禅，　未悟且遍参诸方。〔五〕
一朝悟罢正法眼，　信手拈出皆成章。〔六〕

【说明】

赠后辈之诗，写得从容温厚，足见长者拳拳之意。末四句以禅喻诗，为历来诗论家引用。这也是江西诗派论诗的宗旨：先要“遍参诸方”，以古人为师，通过长期而艰苦的学习；然后“一朝悟罢”，觉悟到诗歌艺术的真旨；最后“信手拈出”，皆成超诣。

【注释】

〔一〕啄木：形容敲门声。啄，通“斫”，砍伐。韩愈《送僧澄观》诗：“丁丁啄门疑啄木。”青纯：青色的镶边。纯，衣服的边缘。方屋：方形而高耸。《宋史·陈希亮传》载，陈慥晚年隐于光、黄间，不与世相闻，人莫能识，“见其所着帽方屋而高”，似古方山冠，因号方山子。两句写赵伯鱼来访，衣冠古朴，有隐者高士之风。

〔二〕延：请。徐言：慢慢地说。公族：指王族，宋朝皇帝赵姓，故云。

〔三〕尔曹：你们，指常人。气味：谓情调、意趣。荆州：今湖北江陵。高与黄：指高荷和黄庭坚。黄在崇宁元年（1102年）在荆州有诗赠高荷。琅琅（láng）：诵书声。四句写赵伯鱼读书人的气味。

〔四〕上句语本《论语·子罕》：“后生可畏，焉知来者之不如今也？”下句是自谦之辞。

〔五〕两句可参看吴可《学诗》诗：“学诗浑似学参禅，竹榻蒲团不计年。”此论亦发自苏、黄。苏轼《夜直玉堂携李之仪端叔诗百余首读至夜半书其后》诗：“暂借好诗消永夜，每逢佳处辄参禅。”访问老宿，参究禅道，谓之参禅。

〔六〕正法眼：指佛教观察事物、认识真理的一种智慧，亦指用以观察问题的特种观点。吴可《学诗》诗：“直待自家都了得，等闲拈出便超然。”

张　扩

张扩（？—1147年），字彦实，一字子微。德兴（今属江西省）人。崇宁五年（1106年）进士。为秘书省校书郎，充馆职。南渡后，历知广德军、著作佐郎、祠部员外郎、礼部员外郎。绍兴十一年（1141年）为起居舍人，后为起居郎、权中书舍人。

张扩虽未列名《江西诗社宗派图》中，但他的诗作明显地受到黄庭坚的影响，夏倪称“张彦实诗出江西诸人”。

张扩的作品，今存《东窗集》四十卷，诗十卷。

戏成二毫笔绝句〔一〕

包羞曾借虎皮蒙，　笔阵仍推兔作锋。〔二〕
未用吹毛强分别，　即令同受管城封。〔三〕

【说明】

讽刺诗是不好随便写的，弄得丢官丢脑袋的大有人在。在这本集子中，我们读过山谷的《蚁蝶图》，那是议论政事的，冒的风险自然要大得多；而张扩这首小诗，只是讽刺一位老是请人代笔的同僚，也不免遭到免职的处分。《挥麈余话》载：“杨原仲与彦实并居西掖，代言多彦实与之润色。偶成《二毫笔绝句》，原仲以为诮己，诉之会之（秦桧），讹言路弹之，彦实罢为官祠。”

【注释】

〔一〕二毫笔：笔毫由两种不同的毛组成，常见的是狼、羊二毫笔。

〔二〕包羞：本有承受着羞辱之意，这里用它字面上的意思，谓包藏羞耻。二毫笔常以一种笔毫包裹着另一种笔毫。虎皮蒙：《左传·僖公二十八年》载晋侯次于城濮，“胥臣蒙马以虎皮，先犯陈蔡”。本诗话用此，有虚张声势之意。笔阵：谓写字运笔如阵。晋卫夫人有《笔阵图》。兔：兔毫。锋：语意双关，既指笔锋，亦谓前锋。两句说，这种二毫笔，以名贵的笔毫包裹在外边，包羞藏耻，虚张声势，可是到写字时，仍是以柔弱的兔毫来作笔锋。两句以“虎皮”喻己，以“兔锋”喻杨原仲。

〔二〕吹毛：用“吹毛求疵”的成语。管城封：封作管城子。韩愈的寓言散文《毛颖传》载：“秦皇帝使恬赐之汤沐，而封诸管城，号曰管城子。”后以管城子为毛笔的别称。两句讽刺杨原仲尸位素餐。

赠顾景繁〔一〕（二首选一）

虎头文字逼前辈，　衮衮颛蒙分尺素。〔二〕
天闲老骥日千里，　何用盐车追蹇步。〔三〕

【说明】

这是典型的江西派绝句，骨格嶙峋，中有一股抑塞之气。

【注释】

〔一〕顾景繁：作者的友人，浙西人。

〔二〕虎头：顾恺之，字长康，小字虎头，东晋画家。恺之多才艺，工诗赋、书法，有“才绝、画绝、痴绝”之称。衮衮：连续不断貌。颛（zhuān）蒙：愚昧。尺素：指文章书辞。两句赞美顾景繁的文学才华，并嘲笑那些愚蠢的剽窃者。

〔三〕天闲：天马的马厩。《周礼·夏官·校人》：“天子十有二闲，马六种。”盐车：运盐的车。蹇步：行走艰难。沈约《让五兵尚书表》：“驽足蹇步，终取蹶于盐车。”两句说，顾景繁就像天厩中的老骥，一日千里，这哪是拉盐车的驽马们所能追步的呢！

芮　烨

芮烨（1115—1173年），字国器，一字仲蒙。乌程（今浙江吴兴）人。绍兴十八年（1148年）进士，官左从郎，仁和县尉。历官御史、司业、祭酒。尝咏牡丹云“宁知汉社稷，变作莽乾坤”，得罪秦桧，坐窜化州。桧死，始召还。仲蒙虽名不列《江西诗社宗派图》中，后人亦视之为江西派中人。纪昀评其诗是江西派中之高雅者。吕祖谦为其婿，亦当声气相近。

罗浮宝积寺〔一〕

木落天寒山气沉，　年华客意共萧森。〔二〕
偶于佳处发深省，　其实宦游非本心。〔三〕
红日坐移钟阁影，　白云闲度石楼阴。〔四〕
还家莫话神仙事，　老不宽人雪满簪。〔五〕

【说明】

此诗为仲蒙谪化州时作，诗歌格调高朗，笔力甚健。在岭南佳山水中，得会事物穷通之理，故诗中亦不作愁怨之语。

【注释】

〔一〕罗浮：岭南名山，为岭南著名胜地。在东江北岸，增城、博罗、河源等区县间。主峰飞云顶，高一二八二米。山多瀑布流泉，风景优美。宝积寺：在罗浮山腰锡杖泉附近，为唐僧怀迪所建。近世已毁。

〔二〕起两句总束全篇，感慨甚大。纪昀评曰："起二句高耸。"

〔三〕二句是典型的江西句法。深省，是指对人世事物的彻悟。这自然是因过佛寺而发的了。"宦游非本心"，亦有两意：一是表明自己不欲仕宦的本心，一是对被贬谪的愤激。方回《瀛奎律髓》评云："诗三、四甚高雅。"

〔四〕钟阁：指宝积寺的中阁，怀迪所筑。石楼：罗浮山有大小石楼峰，二楼相去五里，其状如楼，有石门。相传登其顶能观沧海，夜半见日出。两句写山中闲适之情。

〔五〕神仙事：罗浮山为道教十大洞天之一，神仙传说甚多。两句谓求仙虚妄，老不饶人，自己已满头白发了。

吕本中

吕本中（1084—1145年），字居仁，号紫微，学者称东莱先生。寿州（今安徽寿县）人。幼而敏悟，以荫授承务郎。绍兴六年（1136年）特赐进士出身，擢起居舍人兼权中书舍人。屡有建白。迁中书舍人，兼直学士院。因得罪秦桧，被劾罢，提举太平观，卒。

吕居仁是《江西诗社宗派图》的作者，他虽然没有列名图中，但后来刘克庄已把他补进《江西诗派小序》里。他与江西派诸人如饶节、韩驹、洪炎等往还颇密，在诗歌创作上也受到山谷的影响。其论诗发展了山谷"以故为新"的诗法，主张"学诗当识活法"，对南宋诗人杨万里、陆游等均有较大的影响。

吕本中的作品，今存《东莱先生诗集》二十卷，收诗一千一百十七首。另方回《瀛奎律髓》中多收不见本集的诗八首。

海陵杂兴八首〔一〕（选一）

万事不如意， 自然添白须。〔二〕
极知少余韵， 何敢厌穷途。〔三〕

土俗尊鱼婢，生涯欠木奴。〔四〕
东行见李白，谁为致区区。〔五〕

【说明】

吕居仁少作，极近山谷、后山，虽然未形成个人的风格，但比起步趋黄、陈的李彭、吴则礼等却胜一筹，因为他还能用自己的声音说自己要说的话，而不是要黄、陈去代自己说。方回《瀛奎律髓》对本诗作了颇高的评价：“此诗在泰州为小官时作。为仕宦送迎无味，非其所乐，故首句有‘不如意’‘生白须’之语，自是名言。然应接尘俗，已无余韵，又不敢以穷途为厌也，意极婉曲。”此诗当作于徽宗政和五年（1115年）之后。

【注释】

〔一〕海陵：古县名，西汉置，五代以后为泰州治所，即今江苏泰州市。据李幼武《四朝名臣言行录》别集下卷七“吕本中”条载：“元符中复官，政和五年调兴仁济阴薄，继为泰州士曹。”《宋史》本传作“秦州”，误。

〔二〕两句是自然好语。时诗人才三十岁出头，便生白须，可见心情的恶劣。

〔三〕两句说，我也很知道，这种当小官的生涯是没有什么意味的，但既然已经出仕，又怎敢嗟怨穷途呢?

〔四〕鱼婢：即妾鱼，今称鳑鲏鲫。《尔雅·释鱼》“鱊鲟”注：“小鱼也，似鲋子而黑，俗呼为鱼婢，江东呼为妾鱼。”木奴：指橘。三国吴丹阳太守李衡于宅边种橘千株，临死谓其子曰：“吾州里有千头木奴，不责汝衣食，岁上一匹绢，亦可足用耳。”（见《三国志·吴书·三嗣主传·孙休传》注引《襄阳记》）上句写地方物产，下句谓自己生计清贫。方回评曰："'鱼婢''木奴'一联工，而'尊'字尤好。"

〔五〕上句出杜甫《送孔巢父谢病归游江东兼呈李白》诗："南寻禹穴见李白，道甫问讯今何如。"下句本繁钦《定情诗》："何以致区区。"区区，指爱慕、思念之意。两句说，有谁能东行见到我的朋友，为我致思念之意呢？

京城围困之初，天气晴和，军士乘城不以为难也，因成四韵〔一〕

贼马侵城急，　官军报捷频。〔二〕
民心皆欲斗，　天意已如春。〔三〕
魏阙方佳气，　王畿且战尘。〔四〕
不妨来往路，　经月绝行人。

【说明】

宋钦宗靖康元年（1126年）八月，金太宗发兵南侵，分兵两路，攻下太原、隆德府、泽州及真定府、临河、大名等地。闰十一月初，宗翰、宗望两军会合在汴京城下。本诗是记叙金军围城之初的情况，诗中充满着胜利的信心，在这点上，居仁比徽、钦二宗及当时的投降派官员强得多了。

【注释】

〔一〕乘城：登上城头，谓在城墙上作战。

〔二〕两句写作战双方的情况，金军攻城，宋钦宗及投降派官员唐恪、何栗等惊恐万状，但守城的军民仍勇敢作战，多次击退敌人的进攻。《宋史·钦宗本纪》载，“金人攻通津门，范琼出兵焚其寨”，“金人攻善利门，统制姚仲友御之”。

〔三〕两句写出北宋人民抗金斗争的士气。闰十一月初，天气晴和，有利抗战。可惜的是，不久便苦寒雨雪，金兵乘大雪攻城，宋兵在城头寒颤不能执兵器，城遂破。

〔四〕魏阙：古代宫门外的阙门，代称朝廷。佳气：象征祥瑞的光彩，吉兆。王畿：古称天子领地为畿内，因以王畿泛指京师地区。且：尚。

丁未二月上旬四首〔一〕（选二）

丞相忧宗及，编氓恐祸延。〔二〕
乾坤正翻覆，河洛倍腥膻。〔三〕
报主悲无术，伤时只自怜。〔四〕
遥知汉社稷，别有中兴年。〔五〕

【说明】

宋钦宗靖康二年丁未（1127年），是一个多灾多难的年头，徽宗、钦宗在京师破后，被掳到金人军中，宋王朝已到危急存亡的最后关头了。诗中充满着痛苦、悲愤，但仍未失去希望。纪昀评曰：“题原有得失，诗故不失风格。”

【注释】

〔一〕丁未二月：据《宋史·钦宗本纪》载，城破后，“金人索金银急”，“下含辉门剽掠，焚五岳观”。而宋钦宗被囚在青城。

〔二〕宗及：古代宗法制度，规定帝系王室的继承法则，称为宗及。宗，指祖先、宗族。及，继承。按，《宋史·钦宗本纪》载，丁未二月，“金人令推立异姓，孙傅方号恸，乞立赵氏，不允”。孙傅时为同知枢密院事（即丞相）。编氓：编入户籍的普通人民。两句写朝中大臣和庶民的想法，丞相担忧王朝的绝灭，人民恐怕祸延子孙。

〔三〕乾坤：天地。乾坤翻覆，喻世界发生巨大的变迁。河洛：黄河和洛水之间的地区。腥膻：肉臭和羊臭，秽恶的气味，古时常用作北方民族的蔑称。

〔四〕两句悲叹自己无力回天，比杜甫《江上》诗“时危思报主，衰谢不能休”之语消沉。

〔五〕汴京城被困时，钦宗命康王（即后来的宋高宗）为天下兵马大元帅，开大元帅府于相州。两句寄希望于康王“中兴”。

厄运虽云极，　群公莫自疑。〔一〕
民心空有望，　天道本无知。〔二〕
野帐留黄屋，　青城插皂旗。〔三〕
燕云旧耆老，　宁识汉官仪。〔四〕

【注释】

〔一〕两句说，国家的厄运虽已到极点，还希望在朝衮衮诸公不要失去信心。莫自疑，是劝勉之词。

〔二〕两句真是怨天尤人之语。所谓“天道”，是中国古代常用的哲学名词，被认为是支配人们命运的天神的意志。《尚书·汤诰》谓“天道福善祸淫”，就是善有善报，恶有恶报之意。在人们心目中，天道向来是“有知”的，说它“无知”，是怨愤之词，可见其心中的悲愤。

〔三〕野帐：郊野中的帐幕，指金人的兵帐。黄屋：天子的车盖，以黄缯为里，故称，这里代指天子。青城：地名，在汴京城南。汴京城被金人攻破后，宋钦宗先被囚在青城，靖康二年（1127年）二月，金人又逼徽宗、皇后、皇太子入青城。皂旗：黑旗，金人的旗帜。《金史·仪卫志》：“皂纛，旗十二，旗一人。”

〔四〕燕云：指燕、云十六州。后晋石敬瑭时割让给契丹，北宋时一直未能收复。金朝建国后，向辽（契丹）进攻，徽宗和蔡京、童贯密谋，联金灭辽，企图乘机收复燕、云。后来金兵攻下燕京，把劫掠一空的破城交给宋朝，并索一百万贯燕京代租钱。耆老：谓年高有德者，此指故国遗民。汉官仪：指朝廷威仪。《后汉书·光武帝纪》载，光武平王莽，长安百姓谓“不图今日复见汉官威仪”。两句重提燕云之事，深为宋朝失策联金而嗟惜。

兵乱后自嬉杂诗（二十九首选四）

晚逢戎马际，处处聚兵时。〔一〕
后死翻为累，偷生未有期。〔二〕
积忧全少睡，经劫抱长饥。〔三〕
欲逐范仔辈，同盟起义师。〔四〕

【说明】

宋钦宗靖康二年（1127年）春，金兵掳徽宗、钦宗二帝北去。四月，金兵退尽，诗人回到汴京，眼见昔日繁华的城市已成一片废墟，无限感怆，写下了杂诗二十九首，写兵乱后的情景和个人沉痛的心情。可惜这组诗没有收进《东莱先生诗集》中，方回《瀛奎律髓》选入五首。

【注释】

〔一〕晚：晚年。按，居仁是年四十四岁。戎马：兵马，代指战争、动乱。两句说，老来碰上兵荒马乱的时候，到处都集结着军队。

〔二〕翻：反而。两句说，自己虽然没有在乱中被杀，但死迟了反而觉得活受罪，像这样苟且偷生，不知什么时候才能了结。

〔三〕两句说，忧虑积压在心中，晚上也睡不着觉；经历兵乱，长期过着忍饥挨饿的日子。

〔四〕逐：追随。范仔（zī）：作者自注，“近闻河北布衣范仔起义师”。两句说，真想跟随范仔这班人，结成同盟，兴起义军去抗击敌人。

羽檄连朝暮，　戎旃匝迩遐。〔一〕
未教知死所，　讵敢作生涯。〔二〕
东郭同逃户，　西郊类破家。〔三〕
萍蓬无定迹，　屡欲过三巴。〔四〕

【注释】

〔一〕羽檄（xí）：檄，官府用以征召、申讨的文书。若有急事，则插上羽毛，称为羽檄。类后世的鸡毛信。戎旃（zhān）：指金人的兵帐。旃，同“毡”，指毡幕。匝：围绕。迩遐：近远。两句写战事的紧急。

〔二〕教：叫，使。死所：死处。两句说，连明天死在那里都不知道，怎敢想到好好地过活呢。

〔三〕逃户：逃亡的人家。破家：破产之家，被毁坏的人家。两句写汴京城中家破人亡的悲惨景象。

〔四〕萍蓬：浮萍和蓬草，喻人的行踪漂流不定。三巴：地名，指巴郡、巴东、巴西，即今巴县、云阳、阆中一带。时中原残破，不少人士入巴蜀避乱，故诗人也有这样的想法。

万事多反复，萧兰不辨真。〔一〕
汝为误国贼，我作破家人。〔二〕
求饱羹无糁，浇愁爵有尘。〔三〕
往来梁上燕，相顾却情亲。〔四〕

【注释】

〔一〕反复：同“翻覆”，翻覆变化。萧兰：《楚辞》中常以兰蕙等香草喻贤人君子，以萧艾等恶草喻小人奸臣。《离骚》：“户服艾以盈要兮，谓幽兰其不可佩……何昔日之芳草兮，今直为此萧艾也。”两句写乱中世事变化，好人坏人难以分辨。

〔二〕两句悲极愤极之辞，不假修饰，怒斥当时主和误国的贼臣。

〔三〕糁（sǎn）：指煮熟的米粒。《说苑·杂言》：“七日不食，藜羹不糁。”爵：古代酒器，相当于后世的杯子。两句说，羹汤中没有米饭，难以求得一饱；酒杯里扑满灰尘，无法消除愁绪。

〔四〕两句以飞燕的“情亲”反衬自己的寂寞。

蜗舍嗟芜没，　孤城乱定初。〔一〕
篱根留敝履，　屋角得残书。〔二〕
云路惭高鸟，　渊潜羡巨鱼。〔三〕
客来阙佳致，　亲为摘山蔬。〔四〕

【注释】

〔一〕蜗舍：喻房屋之小。芜没：淹没于杂草之中。两句写乱后的荒凉。

〔二〕敝履：破鞋子。两句写乱后的残破。

〔三〕两句有人不如鱼鸟之感。钱锺书谓此用唐僧元览题竹诗“大海从鱼跃，长空任鸟飞”意，悲叹自己已无路可走，语实本陶潜《始作镇参军经曲阿作》诗：“望云惭高鸟，临水愧游鱼。”

〔四〕佳致：美好的情趣。两句说，客人到来，彼此心情不好，亲自摘点野菜来招待招待吧。

还韩城三首〔一〕（选一）

乍喜全家脱，　虚疑匹马奔。〔二〕
乾坤德盛大，　盗贼尔犹存。〔三〕
稻垄秋仍旱，　溪流晚自浑。〔四〕
素冠兼白发，　愁绝更谁论。〔五〕

【说明】

诗人全家逃出沦陷了的汴京，辗转来到韩城，劫后生还，喜悲交集。此诗格调逼肖杜甫，甚至直用杜句，可见诗人此时与杜甫丧乱诗中的感情是相通的。纪昀评云："风格老重。"

【注释】

〔一〕韩城：镇名，在今河南宜阳县西。

〔二〕两句说，正欣喜全家脱难，忽听到风声便又策马奔逃——原来是一场虚惊。

〔三〕两句说，天地之德是盛大的，盗贼故得以存留下来。

〔四〕上句写秋旱，禾稻长得不好，意味着饥荒的到来。下句写溪水浅而浑浊，补足"旱"意。

〔五〕素冠：素练制的帽子，此为凶服。《礼记·曲礼》："大夫士去国，逾竟（境），为坛位，乡（向）国而哭，素衣、素裳、素冠。"论：议论。两句写去国的悲感。

送常子正赴召二首〔一〕（选一）

属者居闲久，　今来促召频。〔二〕
但能消党论，　便足扫胡尘。〔三〕
众水因归海，　殊途必问津。〔四〕
如何彼黠虏，　敢谓汉无人。〔五〕

【说明】

宋诗好发议论，议论发得好，也不失为佳作。宋诗之法，原不必以唐诗律之。如此诗中间两联，切中时弊，"有少陵风骨"（方回《瀛奎律髓》卷二十四），当时专搞朋党倾轧之辈读之，能无深愧？

【注释】

〔一〕常子正：名同，邛州临邛（今四川邛崃）人。政和八年（1118 年）进士，绍兴元年（1131 年）知柳州，三年，召还。本诗即送常同赴召之作。

〔二〕属者：近时。促召：召命催促。

〔三〕党论：朋党之论。胡尘：指金国。《宋史·常同传》载，常同召还，首论朋党之祸，指出在北宋后期，"上下蔽蒙，豢成夷虏之祸"，如今国步艰难，必须破除倾邪不正之论，使邪正分而朋党破。两句说，要消除朝廷内部分裂，才能扫灭敌人。

〔四〕两句说，当消除朋党之后，人心所向，就如众多的河流趋归大海那样，走在不同道路上的人，也必然会探问正确的途径而走到一起。

〔五〕黠虏：狡猾的敌人，指金国。汉：代指宋朝。

九日晨起〔一〕

渐歇驱蚊手，　真成把酒天。〔二〕
长河印晓月，　老木聚荒烟。〔三〕
了了江山梦，　区区文字缘。〔四〕
南阶两三菊，　极意作今年。〔五〕

【说明】

此诗平淡深稳，是老成之作。全诗只从"江山梦"三字见意。

【注释】

〔一〕九日：九月九日，重阳节。

〔二〕驱蚊：打蚊。两句说，天气渐渐凉快，可以歇歇那不停地打蚊子的手了；而今真是个把酒赏菊的好日子。起句颇有谐趣。

〔三〕上句描写晓月倒映在河中，一“印”字颇炼。《性命圭旨》：“惟此一物，湛兮独存，如清渊之印月。”诗中亦以喻自己明澈的心境。次句写烟树荒凉的景象。

〔四〕了了：清清楚楚。区区：犹言“悫悫”，愚朴。两句说，自己还清楚地记得故国的江山，如今只能与文字结下不解之缘了。

〔五〕两句说，南阶下的两三株菊花，正尽情地为今年的重阳而开放。

春日即事二首（选一）

病起多情白日迟，　强来庭下探花期。〔一〕
雪消池馆初春后，　人倚阑干欲暮时。〔二〕
乱蝶狂蜂俱有意，　兔葵燕麦自无知。〔三〕
池边垂柳腰支活，　折尽长条为寄谁。〔四〕

【说明】

这是居仁的力作，抒情写景，皆优美自然，真所谓“清水出芙蓉”者。颔联二语，为历来论者所称道。

【注释】

〔一〕白日迟：《诗·豳风·七月》有“春日迟迟”，意谓春天的日子过得很缓慢，多情的白日也迟迟不忍西坠。强：勉强，与“病起”呼应。探花期：探看花开得怎样。

〔二〕两句对仗流畅自然，宋张九成《横浦日新录》云：“此自可入画。人之情意，物之容态，二句尽之。”

〔三〕钱锺书《宋诗选注》对此有颇精到的解释：“这一联很像李商隐《二月二日》：‘花须柳眼各无赖，紫蝶黄蜂俱有情’；参看杜甫《风雨看舟前落花》：‘蜜蜂胡蝶生情性’，又《白丝行》：‘落絮游丝亦有情’。刘禹锡《再游玄都观》诗的‘引’里说：‘荡然无复一树，唯兔葵燕麦动摇于春风耳’；‘自无知’是说‘兔葵燕麦’没有花那样的秀气‘解语’。”

〔四〕腰支活：谓垂柳随风摆动，如舞女灵活的腰肢。长条：指柳枝。古有折柳赠别的习俗。末句呼应“人倚阑干”句，微露怀人之旨。

喜雨

天乞幽人一夜凉，　故教微雨送斜阳。〔一〕
暝阴笼树山更好，　爽气侵人土自香。〔二〕
多病不眠唯药裹，　居闲长坐只绳床。〔三〕
五年谬作江湖客，　几对鲈鱼忆故乡。〔四〕

【说明】

崇宁五年（1106年），诗人客居宿州时作。在这几年中，因受到党祸的牵连，很是失意，真想回到故乡中，重新过着读书作文的悠闲生活。

【注释】

〔一〕乞：给予。幽人：幽居之人，诗人自指。两句字面显浅，而行文已作曲折。“一夜凉”，是预想之辞。

〔二〕两句写出久晴初雨时的感受。暮色笼罩着树林，远山更觉美好，凉爽的空气沁进肌肤，泥土散出芳香。

〔三〕药裹：药包、药袋。蝇床：即胡床，交椅，古时一种可折叠的靠背椅。两句写闲居生活的无聊。

〔四〕两句说，五年来，作客江湖之上，总感到不是味儿。多少回啊，看到鲈鱼，便想念起故乡来了。末句用张翰思归之典，《晋书·张翰传》：“翰因见秋风起，乃思吴中菰菜、莼羹、鲈鱼脍，曰：‘人生贵得适志，何能羁宦数千里，以要名爵乎？’遂命驾而归。”因用作辞官归乡之典。

春晚郊居

柳外楼高绿半遮， 伤心春色在天涯。〔一〕
低迷帘幕家家雨， 淡荡园林处处花。〔二〕
檐影已飞新社燕， 水痕初没去年沙。〔三〕
地偏长者无车辙， 扫地从教草径斜。〔四〕

【说明】

此真可谓“圆美流转如弹丸”者，仿佛《商山早行》的格调。

【注释】

〔一〕两句说，柳树浓密的绿叶遮蔽着高楼，最伤心的是，美好的春色已远去天涯了。

〔二〕上句脱胎于杜牧《题宣州开元寺水阁阁下宛溪夹溪居人》诗："深秋帘幕千家雨。"次句脱胎于苏轼《山村》诗："春入山村处处花。"写春晚郊景甚美。

〔三〕社燕：燕子春社来，秋社去，故称。两句说，燕子飞回人家檐下，新涨的春水已淹没了江上的沙洲。

〔四〕上句典出《史记·陈丞相世家》，陈平"家乃负郭穷巷，以弊席为门，然门外多有长者车辙"。诗中反用其意，谓无人来访。次句谓所处荒僻，生满杂草。

柳州开元寺夏雨〔一〕

风雨翛翛似晚秋，　鸦归门掩伴僧幽。〔二〕
云深不见千岩秀，　水涨初闻万壑流。〔三〕
钟唤梦回空怅望，　人传书至竟沉浮。〔四〕
面如田字非吾相，　莫羡班超封列侯。〔五〕

【说明】

方回评曰："居仁在江西派中，最为流动而不滞者，故其诗多活。"纪昀又云："五、六深至，不似江西派语。"可见吕诗的确是江西的变体。因此，此诗得到派内派外以至后世对江西派不满的诗评家一致的称赏。诗当作于诗人逃离北方，避乱广西之时。

【注释】

〔一〕柳州：今广西柳州市。

〔二〕两句写雨过凉生，僧寺中闭门幽寂的情景。

〔三〕上句说暮云遮蔽了秀丽的山岩，下句说雨后听到涧壑淙淙的泉声。颔联是所谓“清致”的“秀句”。

〔四〕上句写寺钟惊破了还乡的好梦，醒来倍觉怅惘；下句说亲友的音信全无，更令人焦急。竟沉浮，暗用殷洪乔传书之典。《晋书·殷浩传》载，殷洪乔出为豫章太守，京中人士托其传书，殷皆投之水中，曰：“沉者自沉，浮者自浮，殷洪乔不为致书邮。”诗意谓想不到捎信人竟把书信失落了。这是百无聊赖中心的怨望之词。方回谓此句“绝佳”，查慎行《初白庵诗评》亦谓其“题外见作意”。钱锺书说：“这一联极真切细腻地写出来流亡者想念家乡和盼望信息的情境。”

〔五〕面如田字：《南齐书·李安民传》载，宋明帝目安民曰，“卿面方如田，封侯状也”。后安民在齐高帝时封为康乐侯。班超：东汉名将。《后汉书·班超传》：“相者指曰：‘生燕颔虎颈，飞而食肉，此万里侯相也。’”班超后被封为定远侯。诗中合用李安民和班超之典，意说自己不是飞黄腾达的材料。方回评曰：“末句乃是避地岭外，闻将相骤贵者，亦老杜秦蜀、湖湘之意也。”

西归舟中怀通泰诸君〔一〕

一双一只路旁堠，　乍有乍无天际星。〔二〕
乱叶入船侵破衲，　疾风吹水拥枯萍。〔三〕
山林何谢难方驾，　诗语曹刘可乞灵。〔四〕
酒碗茶瓯俱不厌，　为公醉倒为公醒。〔五〕

【说明】

对此诗有两种截然不同的评价。方回说："起句十四字乃早行诗，次一联言景物而工，又一联言情况而不胜其高矣。诗格峥嵘，非晚学所可及也。"而纪昀则说："似老而粗，江西派之不佳者。后联突接，究少头绪。殊不见高。"这正是江西派最具特色的作品，好处在此，恶处亦在此，问题是在各人的领会罢了。

【注释】

〔一〕通泰：通州和泰州，居仁曾于此做小官。

〔二〕堠（hòu）：封堠，古代记里程的土堆，设置在路旁。韩愈《路傍堠》诗："堆堆路傍堠，一双复一只。迎我出秦关，送我入楚泽。"两句写舟中所见。路旁堠，意味着长远的途程；天际星，暗示故人的遥远。

〔三〕衲：指用碎布补缀过的衣服。两句写荒凉的景象，表现诗人失意之情。

〔四〕何谢：何长瑜、谢灵运。方驾：两车并行，喻不相上下，并驾齐驱。曹刘：曹植和刘桢，建安诗人。两句说，自己跟友人们游赏山林的癖好，即使是何、谢也难以相比；写成了诗篇，自抒胸臆，怎肯乞灵于曹、刘呢？

〔五〕两句说，饮酒也好，喝茶也好，无论在醉中还是在醒时，我都是在怀思着朋友们的。结句有情。清人贺裳《载酒园诗话》评"吕居仁诗亦清致，惜多轻率"，并举出此诗，云："不无秀句，卒付颓然，韵度虽饶，终有缓骨孱筋之恨，亦大似其国事也。此种皆韩子苍流弊。"

吕本中

雨后至城外

日日思归未就归，　只今行露已沾衣。〔一〕

江村过雨蓬麻乱，　野水连天鹳鹤飞。〔二〕

尘务却嫌经意少，　故人新更得书稀。〔三〕

鹿门纵隐犹多事，　苦向人前说是非。〔四〕

【说明】

纪昀谓“此居仁最雅洁之作”，又云“吕公难得此深稳之作”。无论写景抒情，均清新隽美，但其中又有一股劲气，这是以江西家法杂以东坡诗风而得来的。后世人学宋诗，提倡所谓“宋骨唐面”，也是源于居仁这类诗作。

【注释】

〔一〕行（háng）露：大路上的露水。《诗·召南·行露》：“厌浥行露，岂不夙夜，谓行多露。”首句先点“思归”，次句谓虽出门而非归乡，并暗示“尘务”的忙碌。

〔二〕鹳鹤：古人认为是能“知风雨”的鸟。李宙《奉和圣制喜雨赋》：“鹳鹤鸣叫兮有清音。”两句写城外所见的景物。纪昀评云：“三、四清远。”

〔三〕尘务：指世间的事务。上句说无心处理世务，下句谓故人信少，实致思慕之意。

〔四〕鹿门：鹿门山，在襄阳。东汉时的高士庞德公曾携妻子登此山采药，不返。唐代诗人孟浩然又隐居于此。两句对古来隐士颇有揶揄之意。纪昀评云：“七、八沉着。”

试院中作〔一〕

职事侵人畏作官，　略偷身去不能还。〔二〕
树移午影重帘静，　门闭春风十日闲。〔三〕
尚有文书遮病目，　却无尘土犯衰颜。〔四〕
故人何处篷笼底，　看尽江南江北山。〔五〕

【说明】

此诗颔联，魏庆之列为“宋朝警句”，《苕溪渔隐丛话》亦称其“清快可爱”，全诗铢两悉称，语语有味。

【注释】

〔一〕试院：吕本中为中书舍人，兼直学士院，时参加太学试院中点检试卷的工作。

〔二〕两句说，繁琐的职务困扰着自己，真是怕做官了，仿佛整个身子都被掳去了，无法摆脱出来。

〔三〕两句写进入试院，暂得清闲。按，宋代试进士时，封锁太学，参与有关工作的人员皆在试院中食宿，不能外出。故诗中有门闭十日之语。

〔四〕两句说，在试院中，虽然不免要用昏花的病眼去检阅文书，但已不用拖着衰疲的身体在风尘中奔走了。

〔五〕篷笼：指船篷，因其以竹篾编织如笼状，故称。两句对在江船上悠闲看山的老朋友致忻慕之意，以故人的自由自在跟自己的辛劳困锁作对比，用意便深蕴有味。

送文潜归因成一绝奉寄〔一〕

水天空阔片帆开， 野岸萧条送骑回。〔二〕
重到张公泊船处， 小亭春在锁青苔。〔三〕

【说明】

居仁怀友之诗，多自然好语，情真意切，具见诗人的情性。

【注释】

〔一〕文潜：张耒，字文潜，淮阴人，苏门四学士之一。

〔二〕上句写文潜乘船离去，下句写自己骑马寂寞归来。骑，读去声，一人一马的合称。

〔三〕张公：指张耒。两句写归来所见，人去亭空，青苔深闭，益增惆怅之感。

正月末雪中小酌

柳着河冰雪着船， 小桃应误取春怜。〔一〕
床头有酒须君醉， 又废蒲团一夜禅。〔二〕

【说明】

飞雪漫天，小桃花冒寒开放，诗人想起了同心好友，最好这时能一起喝酒消寒，共度这漫漫长夜，等着等着，不知不觉又到了清晨。

【注释】

〔一〕小桃：桃花的一种，上元前后即着花，状如垂丝海棠。次句说，应时开放的桃花，料不到会遇上这场风雪。取春怜，谓得到芳春的怜爱，领受艳阳天的温暖。

〔二〕须：等待。蒲团：蒲草织成的圆形坐垫，坐禅时用。诗谓废禅，是说没有参禅，暗示自己一夜喝酒，想念朋友。

连州阳山归路三绝〔一〕（选一）

稍离烟瘴近湘潭，　疾病衰颓已不堪。〔二〕
儿女不知来避地，　强言风物胜江南。〔三〕

【说明】

写丧乱流离之情，语语深挚，时诗人离开岭南北归，途中作此。

【注释】

〔一〕连州：宋代州名，辖境约今连州、连南、连山、阳山等市县。

〔二〕烟瘴：谓岭南山岚瘴气之地。

〔三〕避地：因避乱而移居他地。两句与杜甫《月夜》诗“遥怜小儿女，未能忆长安”用意相似。

木芙蓉〔一〕

小池南畔木芙蓉，　雨后霜前着意红。
犹胜无言旧桃李，　一生开落任东风。〔二〕

【说明】

曾季貍《艇斋诗话》评此诗云："极雍容含不尽之意，盖绝句之法也。"我们可以联想到唐人高蟾"芙蓉生在秋江上，不向东风怨未开"的佳句。

【注释】

〔一〕木芙蓉：即木莲，秋开白、黄或淡红花。

〔二〕无言旧桃李：《史记·李将军列传》有"桃李无言，下自成蹊"，诗中活用其字面。两句谓小桃在秋日冒寒而开，要胜于桃李在春风中无言开落，表现了诗人的风骨节操。

怀京师

北风作霜秋已寒，　长江浪生船去难。
客愁不断若江水，　朝思莫思在长安。〔一〕
长安外城高十丈，　此地岂容胡马傍。
亲见去年城破时，　至今铁马黄河上。〔二〕
小臣位下才则拙，　有谋未献空惆怅。
汉家宗庙有神灵，　但语胡儿莫狂荡。〔三〕

【说明】

吕本中的古诗流畅自然，不类山谷后山之作。此诗作于高宗建炎二年（1128年）秋，诗人时正离开汴梁，乘船沿着长江东下。诗歌抒发了对故京的怀念之情，并为自己位卑言轻、无力回天而发出无可奈何的感叹。诗歌的基调虽是比较低沉，但诗人对国家的前途还没有失去希望。

【注释】

〔一〕长安：代指汴京。李白《长相思》诗：“长相思，在长安。……天长地远魂飞苦，梦魂不到关山难。长相思，摧心肝。”四句写在流亡途中思念故京。

〔二〕四句说，汴梁城墙高固，一国之都怎容得敌人侵入？在去年亲见金兵攻破京城，至今敌人的铁骑还蹂躏着黄河两岸。

〔三〕汉家：代指宋朝。两句说，宋朝的祖宗有灵，保佑着王朝不使倾覆，警告金人，你们不要再猖獗横行了。

曾　幾

曾幾（1084—1166年），字吉甫，号茶山居士。赣州（今属江西）人，徙居河南。徽宗时考试优等，赐上舍出身，除校书郎。南渡后历任江西、浙西提刑，因主张抗金，得罪秦桧，被排斥。后召为秘书少监，官至敷文阁待制，以左通议大夫致仕。卒谥文清。

曾幾虽不列名《宗派图》中，但他很推重黄庭坚，又曾向韩驹、吕本中请教诗法，得知句律。所以刘克庄把他续吕本中“附宗派之后”。茶山诗，“格高韵远，可上接香山（白居易），下开放翁（陆游）”，对杨万里以及江湖派诸诗人都有较大的影响。

曾幾的作品，现存《茶山集》八卷，收诗五百六十一首。另有馆臣漏辑之诗九首。

岭梅〔一〕

蛮烟无处洗，　梅蕊不胜清。〔二〕
顾我已头白，　见渠犹眼明。〔三〕
折来知韵胜，　落去得愁生。〔四〕
坐久江南梦，　园林雪正晴。〔五〕

【说明】

此诗着力写梅之神理，无描形画角之语，用古人语如同己出，故深稳有味。纪昀评曰："无一字切梅，而神味恰似，觉他花不足以当之。"茶山集中咏梅之作甚多，无此高情远致者。方回谓此为茶山将诣桂林时诗。

【注释】

〔一〕岭梅：南岭中的梅花。古时大庾岭上多梅，称梅岭。

〔二〕蛮烟：指南方的瘴烟。两句说，自己来到南方，满身烟瘴，无处可洗。忽然看到这不胜清洁的梅花，便更觉得它可贵了。

〔三〕渠：它，指梅花。两句暗用杜甫《和裴迪登蜀州东亭送客逢早梅相忆见寄》诗："江边一树垂垂发，朝夕催人自白头。"意谓如今独下蛮荒，年老头白，可是一见到这高洁的梅花，便心明眼亮了。两句格高。

〔四〕两句亦用上引杜诗："幸不折来伤岁暮，若为看去乱乡愁。"意谓折下梅花，欣赏它的高情胜韵，可是当它零落时，便勾动自己的乡愁。

〔五〕两句怀念江南故乡。因眼前的梅花而联想起江南园林的晴雪，甚妙。

仲夏细雨

霡霂无人见，　芭蕉报客闻。〔一〕
润能添砚滴，　细欲乱炉熏。〔二〕

竹树惊秋半， 衾裯惬夜分。〔三〕
何当一倾倒， 趁取未归云。〔四〕

【说明】

方回评曰："三、四已工。第六句'惬'字当屡锻改，乃得此字。"纪昀亦云："此字微妙，此评亦得其甘苦。""惬"字是所谓句中诗眼，夏雨夜凉，轻衾独拥，非此字不能尽其妙。试与作者《雨夜》诗"枕簟冷生秋"相较，意境便有高下之别。

【注释】

〔一〕霡霂（mài mù）：小雨。"无人见"三字，极写雨之"细"。"芭蕉"一语，写雨之声。一"客"字，点出诗人身份。

〔二〕两句说，细雨飘进室中，湿润的空气在墨砚中凝成了点点水珠；如轻雾般的细雨与袅袅炉烟难以分辨。写细雨的情态，可与杜甫《春夜喜雨》诗"随风潜入夜，润物细无声"媲美。

〔三〕衾裯：泛指被褥。衾，被；裯，单被。惬（qiè）：快意，满足。两句说，听到竹树沙沙作响，忽地一惊，仿佛已是凉秋将半了。半夜时躺在暖和的被褥中，真是十分惬意。以秋写夏，真能尽凉夜之美。

〔四〕何当：何时。倾倒：形容大雨。两句更进一层，谓趁雨云未归，最好下一场倾盆大雨。

悯雨〔一〕

梅子黄初遍， 秧针绿未抽。〔二〕
若无三日雨， 那复一年秋。〔三〕

薄晚看天意，　今宵破客愁。〔四〕
不眠听竹树，　还有好音不。〔五〕

【说明】

茶山集中，雨诗甚多，每有佳句，如“压低尘不动，洒急土生香”（《晚雨》）、“窗昏愁细字，檐暗乱疏更”（《苦雨》）、“衣润香偏着，书蒸蠹欲生”（《秋雨排闷十韵》）等，皆工致可诵。然本诗颔联二语，全去色泽，自以真切动人，仁人长者之怀，蔼然如见。纪昀评云“语不必深，而缠绵笃至”，甚是。冯舒素不喜茶山诗，亦以“淡老”许此。

【注释】

〔一〕悯雨：悯，哀怜。此则谓悯农而望雨。

〔二〕秧针：初抽出来的秧苗。两句写春旱的情景，已到黄梅时节，禾秧长势不好。

〔三〕两句说，这时候，如果没有三天透雨，那就难保今年的秋收了。若无、那复，虚字转折颇妙。

〔四〕薄晚：挨晚，黄昏时候。两句说，傍晚时出门看看天色：老天爷想下雨了吧——今夜也许能破除我的愁绪了。两句极写盼雨的心情。

〔五〕两句写一夜不眠，倾听窗外的竹树，不知是否有雨声传来。后一“不”字，读平声，意同“否”。

种竹

近郊蕃竹树，　手种满庭隅。〔一〕
余子不足数，　此君何可无。〔二〕
风来当一笑，　雪压要相扶。〔三〕
莫作封侯想，　生来鄙木奴。〔四〕

【说明】

茶山是位“竹癖”，集中竹诗甚多，如《新种竹有笋》《竹轩出笋》《似贤斋竹》《所种竹鞭盛行》等诗，均写竹以寄意。此诗亦借咏竹表明自己正直的品格和高尚的志节。方回盛称此诗，谓为“学山谷诗得三昧”之作。纪昀亦评云：“玲珑脱洒。”

【注释】

〔一〕蕃：蕃衍，滋生。两句点题。

〔二〕余子：指平庸之辈。《后汉书·祢衡传》：“常称曰：‘大儿孔文举（融），小儿杨德祖（修），余子碌碌，莫足数也。’”上句用此语，谓除竹之外，其余草木都不值重视。刘克庄谓此句所用“虽非竹事，不觉牵强”(《后村诗话》)。此君：指竹。《世说新语·任诞》：“王子猷（徽之）尝暂寄人空宅住，便令种竹。或问：‘暂住，何烦尔？’王啸咏良久，直指竹曰：‘何可一日无此君？’”因以“此君”为竹的代称。

〔三〕两句写对竹的关怀和爱护。风吹竹动，清越可听。方回评云：“曲尽竹态。”

〔四〕封侯想：语本《史记·货殖列传》：“渭川千亩竹，及名国万家之城……此其人皆与千户侯等。”原意谓种竹的收入很高，本诗反用此意。木奴：橘的别名。两句用事甚妙，表现了诗人的高节。

寓广教僧寺〔一〕

似病元非病，　求闲方得闲。〔二〕
残僧六七辈，　败屋两三间。〔三〕
野外无供给，　城中断往还。〔四〕
同参木上座，　与汝住茶山。〔五〕

【说明】

曾幾受到秦桧的迫害，去职归乡，寓居上饶茶山的僧寺中，自号茶山，以读书为乐。此诗为初至茶山时作。诗人欣幸从险恶的政途上脱身出来，他甘愿终老于此了。年青的陆游曾在茶山追随曾幾学诗，后来作诗追怀他的老师说：“律令合时方帖妥，工夫深处却平夷。”这说明陆游对曾幾的诗是领会甚深的。如此诗，字面平淡无奇，无警句可摘，无诗眼可挑，然用意深刻，情味隽永，这断非浅尝者可以做到的。

【注释】

〔一〕广教僧寺：在上饶茶山中，时曾幾寓居于广教寺东轩，陆游亦在此向曾幾学诗。

〔二〕两句意颇愤激，诗人去官乡居，故云“似病”。

〔三〕两句写寓所的环境。韦居安《梅磵诗话》载：“公（指曾幾）平生清约，不营尺寸之产，所至寓僧舍，萧然不蔽风雨。”

〔四〕两句写生活清苦和朋交断绝。

〔五〕同参：佛教徒称同事一师为同参。木上座：上座，本为寺院最高的职位。僧人戏称手杖为木上座。《景德传灯录》：“夹山又问：‘阇梨与什么人为同行？’师曰：‘木上座。’”两句说，今后将长住茶山，扶杖出游。

苏秀道中，自七月二十五日夜大雨三日，秋苗以苏，喜而有作〔一〕

一夕骄阳转作霖，　梦回凉冷润衣襟。〔二〕
不愁屋漏床床湿，　且喜溪流岸岸深。〔三〕
千里稻花应秀色，　五更桐叶最佳音。〔四〕
无田似我犹欣舞，　何况田间望岁心。〔五〕

【说明】

这是茶山的力作，意足景真，把喜雨的心情表现得淋漓尽致，从这里可看到诗人与人民的思想感情是共通的。颔联全出杜诗，然能生能活，换骨夺胎，自成佳句。纪昀评曰：“精神饱满，一结尤完足酣畅。”

【注释】

〔一〕苏秀：苏州和秀州（今嘉兴）。

〔二〕两句写自晴转雨，从“梦回”二字见惊喜之意。

〔三〕上句用杜甫《茅屋为秋风所破歌》：“床头屋漏无干处。”下句用杜甫《春日江村》之一：“春流岸岸深。”置“不愁”“且喜”

二语，意便生新。冯舒评曰“流便”。

〔四〕钱锺书《宋诗选注》评云：“在古代诗歌里，秋夜听雨打梧桐照例是个教人失眠添闷的境界……曾幾这里来了个旧调翻新：听见梧桐上的潇潇冷雨，就想像庄稼的欣欣生意；假使他睡不着，那也是‘喜而不寐’……”方回评云：“下得‘应’字、‘最’字，有精神。”

〔五〕望岁：盼望好年成。《左传·昭公三十二年》：“闵闵焉如农夫之望岁。”上句是想象之辞，下句是心情写照。诗中声明家里无田，他的欢欣鼓舞便有更深的意义——诗人与农民在田间盼望丰收的心情是一致的。

南山除夜

薰风吹船落江潭，　日月除尽犹湖南。〔一〕
百年忽已度强半，　十事不能成二三。〔二〕
青编中语要细读，　蒲团上禅须饱参。〔三〕
儿时颜状听渠改，　潇湘水色深挼蓝。〔四〕

【说明】

这是所谓的“吴体”，句句皆拗，音节自妙。方回谓其“近追山谷，上拟老杜”，如颔联二语，真吐尽奇崛不平之气。收句亦有远致。茶山在南渡后，沉浮宦海，此时徙荆湖南路，无所作为。“虽益左迁，然于进退从容自若，人莫能窥其涯”（陆游《曾文清公墓志铭》），但诗人的内心始终是抑郁和愤激的。

【注释】

〔一〕薰风：和风，初夏时的东南风。江潭：江边。《楚辞 · 渔父》："屈原既放，游于江潭，行吟泽畔，颜色憔悴，形容枯槁。"除尽：度尽，过尽。两句写自己左迁湖南，虚度岁月。

〔二〕强半：过半。白居易《冬夜对酒寄皇甫十》诗："十月苦长夜，百年强半时。"两句用散文句式，是黄、陈惯用之法。

〔三〕青编：以青丝编成的简册，泛指古代记事之书，史书。蒲团：用蒲草编成的圆垫，为僧人坐禅及跪拜时所用。饱参：领略甚多。诗谓"禅须饱参"，意说要认真领略佛理。

〔四〕渠：它。潇湘：犹言清深的湘水。挼（ruó）蓝：犹言揉蓝、染蓝，形容水色。秦观《临江仙》词："千里潇湘挼蓝浦。"两句说，看到水色清深的潇湘，也悟到人生变灭的道理，那就一任自己少年的容颜变成老丑吧。上句典出《楞严经》：波斯匿王儿时见恒河水，至老时复经，颜状已改而河无异昔时。

寓居吴兴〔一〕

相对真成泣楚囚，　遂无末策到神州。〔二〕
但知绕树如飞鹊，　不解营巢似拙鸠。〔三〕
江北江南犹断绝，　秋风秋雨敢淹留。〔四〕
低回又作荆州梦，　落日孤云始欲愁。〔五〕

【说明】

茶山南渡后，不忘恢复，而朝中大臣徒有故国山河之思，而无北进中原之策，诗人北望中原，感愤无限。刘人杰主编《中国文学史》，特录此诗，说作者“确是一个爱国者”，“不时结合着国事和个人的忧患，发而为诗歌”。此诗作于绍兴十二年（1142年），时诗人寓居湖州、宜兴。

【注释】

〔一〕吴兴：郡名，南宋时称湖州，治所在乌程（今属浙江湖州）。

〔二〕楚囚：本指楚人之被俘者，后用以比喻处境窘迫的人。《左传·成公九年》载，晋侯在军府中见到“南冠而絷”的楚囚。《晋书·王导传》载：“过江人士，每至暇日，相要出新亭饮宴。周𫖮中坐而叹曰：‘风景不殊，举目有江山之异！’皆相视流涕。惟导愀然变色曰：‘当共戮力王室，克服神州，何至作楚囚相对泣邪！’众收泪而谢之。”末策：微末之策，小办法。神州：代指中原大地。两句写南渡诸人对恢复中原之事束手无策，既是指斥朝廷大臣，亦有自责之意。

〔三〕绕树如飞鹊：曹操《短歌行》有“月明星稀，乌鹊南飞。绕树三匝，何枝可依”，本诗用此，谓自己南渡后转徙不定。拙鸠：《禽经》谓“拙者莫如鸠，巧者莫如鹊”，又谓“鸠拙而安”。晋张华注：“《方言》云：‘蜀谓之拙鸟，不善营巢，取鸟巢居之，虽拙而安处也。’”时诗人流寓湖州，未有固定的居所，故以此自嘲。李群玉《洞庭驿楼雪夜宴集奉赠前湘州张员外》诗“贱子迹未安，谋身拙如鸠”，与此同意。

〔四〕上句谓与江北中原的亲友音讯断绝，下句谓自己不能在吴兴久留了。两句用黄庭坚《次元明韵寄子由》诗“春风春雨花经眼，江北江南水拍天”句法。

〔五〕荆州：南宋江陵府（今湖北江陵）。诗人曾提举荆湖北路茶盐公事，后又再起提举湖北茶盐，故诗云“又作荆州梦”。落日：荆州在吴兴之西，故见落日而梦荆州。孤云：亦喻寒士。

食笋

花事阑珊竹事初，　一番风味殿春蔬。〔一〕
龙蛇戢戢风雷后，　虎豹斑斑雾雨余。〔二〕
但使此君常有子，　不忧每食叹无鱼。〔三〕
丁宁下番须留取，　障日遮风却要渠。〔四〕

【说明】

姚鼐谓此诗绝似涪翁，当指其诗法及用意与山谷相近。笋本小物，而诗中却以龙蛇虎豹、风雷雾雨形容之，甚奇。五、六两句亦庄亦谐，颇有意趣，结二语又作转折，寄意自深。

【注释】

〔一〕阑珊：衰落，将尽。殿：殿后。两句说，春日赏花之事虽快结束了，而有关竹之事却刚刚开始，竹笋的一番特殊风味，真可看作是春蔬的殿后。“竹事”一词甚新，与“花事”连用，便有趣致。

〔二〕龙蛇：古诗文中每以龙蛇喻竹，又有竹杖化龙的神话传说。《后汉书·费长房传》载，仙人与费长房一竹杖，长房骑归，投杖葛陂中，顾视则龙也。又，韩愈《和侯协律咏笋》诗：“蛇虺首掀掀。”戢戢（jí）：聚集貌。韩愈咏笋诗：“戈矛头戢戢。”风雷：俗谓雷过笋生。苏轼《和黄鲁直食笋次韵》诗：“朝来忽解箨，势迫风雷噫。”虎豹斑斑：以虎豹身上的花纹形容笋皮。韩愈咏笋诗：“看皮虎豹存。”雾雨：《列女传》载，南山有玄豹，雾雨七日而不下食，欲以泽其毛而成文章。诗中暗用此，谓笋在雾雨中成长，与作者《竹轩出笋》诗“文章藏雾豹”意同。两句把一些互不相干的典故混合起来，赋予新的意义，这也是江西诗派的诗法。

〔三〕此君：指竹。有子：古人称羡人家有佳儿时，常说：“某某有子矣！”诗中喻竹有笋。作者《新种竹有笋》诗“此君非俗物，今岁有佳儿”，与此同意。下句典出《战国策·齐策》，战国时冯驩为齐孟尝君食客，曾弹铗而歌：“长铗归来乎，食无鱼。”两句所用之典，点化甚妙，意思是说，如果竹常有笋，则不忧食无佳肴了。

〔四〕丁宁：一再吩咐。两句说，下一回就应把笋留着，让它长成竹子，以作遮蔽风日之用。

发宜兴

老境垂垂六十年，　又将家上铁头船。〔一〕
客留阳羡只三月，　归去玉溪无一钱。〔二〕
观水观山都废食，　听风听雨不妨眠。〔三〕
从今布袜青鞋梦，　不到张公即善权。〔四〕

【说明】

秦桧当权后，主战的大臣陆续被斥逐。茶山自荆湖南路，迁为主管台州崇道观。投闲置散，依然从容不迫，此诗表现了作者旷达的胸怀。陈衍《宋诗精华录》评云：“茶山诗长处，有手挥目送之乐，如此诗第三联是也。”这种游心自得的境界，是饱经忧患的人在“悟道”之后才能达到的。

【注释】

〔一〕垂垂：渐渐。将：带着。铁头船：船头上裹有铁皮的船。两句写携家归回故乡。

〔二〕阳羡：古县名，即今江苏宜兴。玉溪：水名，在江西玉山东，流入上饶。按，茶山被斥逐后，寓居上饶七年，读书赋诗，准备终老于此。

〔三〕上句写对山水的热爱，下句写心境的泰然。

〔四〕布袜青鞋：指游山的常服。张公：张公洞，在宜兴禹峰。相传张道陵、张果老皆在此修道，故名。善权：善权洞，今名善卷洞，在宜兴螺岩山。善权洞与张公洞、灵谷洞被称作宜兴“三奇”，为著名游览胜景。茶山集中有《游张公善权二洞》诗四首。两句说，自己归江西之后，定然会梦到张公洞、善权洞去游赏。

壬戌岁除作明朝六十岁矣〔一〕

禅榻萧然丈室空，　薰销火冷闭门中。〔二〕
光阴又似烛见跋，　学问只如船逆风。〔三〕
一岁临分惊老大，　五更相守笑儿童。〔四〕
休言四十明朝过，　看取霜髯六十翁。〔五〕

【说明】

诗人年届花甲，壮志未衰，尽管新置放闲曹，依然努力向上，这种精神是可贵的。陈衍《宋诗精华录》虽选入此诗，又谓“第七句不可解”，可见他对茶山此诗的深意尚未能真正领会。

【注释】

〔一〕壬戌：绍兴十二年（1142 年）。

〔二〕禅榻：僧床。时茶山寓居广教寺中。萧然：清静冷落之状。丈室：方丈之室，长宽各一丈的狭小的房子。薰销：香烟销尽。

〔三〕跋：烛跋蜡，烛烧剩的末端。上句谓一年将尽，如烛之见跋，亦谓自己年老，来日无多。陈衍评云："妙喻。"下句谓求学之道，如船逆风艰难而行，不进则退。方回评云："茶山清名满世，年且六十，犹曰'问学只如船逆风'，后生可不勉诸！"

〔四〕两句说，一年将尽，为年岁老大而暗自心惊；守岁到五更，又被晚辈儿童所笑。古时除夕家人共坐，终夜不眠，送旧岁，迎新岁，叫守岁。笑儿童，当谓自己老态龙钟，故为小儿窃笑。

〔五〕上句本杜甫《杜位宅守岁》诗："四十明朝过，飞腾暮景斜。"杜诗颇有颓唐之意，而茶山诗紧接"六十翁"语，意谓四十岁尚说不上是什么"暮景斜"了。在作者心目中，重要的是道德学问，愿意"逆风"行船的人并不把老年到来看得太严重。

李泰发参政得旨自便将归以诗迓之〔一〕

苦遭前政堕危机，　二十余年咏式微。〔二〕
天上谪仙皆欲杀，　海滨大老竟来归。〔三〕
故园松竹犹存否，　旧日人民果是非。〔四〕
最小郎君今弱冠，　别时闻道不胜衣。〔五〕

【说明】

宋高宗绍兴年间，秦桧出任宰相，前后执政十九年，主张投降，为高宗所宠信。他把主张抗金的宰相赵鼎、参政李光、编修胡铨贬逐海外，又书其姓名于格天阁下，必欲杀之。赵鼎在海南，被秦桧胁迫不已，不食而死。桧死后，李光、胡铨始得免归。本诗即为迎李光之归而作，风骨高骞，蕴含深远，是《茶山集》中名作。

【注释】

〔一〕李泰发：李光（1078—1159 年），字泰发。上虞人。崇宁五年（1106 年）进士。知常熟县。绍兴元年（1131 年），擢吏部侍郎，历官至参知政事。因忤秦桧，后被谪至昌化军（今属海南儋州）。桧死，复朝奉大夫。有《庄简集》。

〔二〕前政：指秦桧之政。《宋史·李光传》载，秦桧初定和议，欲借李光的声望签押，李光反对，在高宗前面叱秦桧："观桧之意，是欲壅蔽陛下耳目，盗弄国权，怀奸误国，不可不察。"桧大怒，遂谪李光。二十余年：李光于绍兴八年（1138 年）被谪，十一年安置藤州（今属广西梧州）。越四年，移琼州（今属海南海口）。居琼州八年，移昌化军。桧死，内迁郴州。又三年，回朝复官。式微：式，发语词；微，衰落。《诗·邶风》有《式微》篇，《诗序》谓黎侯流亡于卫，随行臣子作此劝他归国。后人因用作思归之典。

〔三〕谪仙：指李光。贺知章称李白为"谪仙人"，称誉其才行高迈，非人间所有。又，杜甫《不见》诗怀念李白，有句云："世人皆欲杀，吾意独怜才。"本诗用此，既切李光的姓，又与其身世相合。海滨大老：亦指李光。大老，对年高望重者的敬称。次句着一"竟"字，见惊喜之情。

〔四〕上句本陶渊明《归去来兮辞》："三径就荒，松菊犹存。"

化为问句，便觉情深。次句用丁令威事，《搜神后记》载，辽东人丁令威，学道于灵虚山，后化鹤归辽。于城门华表柱歌曰：“有鸟有鸟丁令威，去家千年今始归。城郭如故人民非，何不学仙冢累累?”谓李光海上归来，恍如隔世。

〔五〕最小郎君：作者原注“谓孙婿文授”。按，李孟传，字文授，李光幼子，光南迁时，才六岁。后官至太府丞，娶曾幾的长孙女。弱冠：弱，年少。古代男子二十岁行冠礼，因称男子二十岁左右的年龄为弱冠。不胜衣：谓幼小，弱不胜衣。

雪中陆务观数来问讯，用其韵奉赠〔一〕

江湖迥不见飞禽， 陆子殷勤有使临。〔二〕
问我居家谁暖眼， 为言忧国只寒心。〔三〕
官军渡口战复战， 贼垒淮壖深又深。〔四〕
坐看天威扫除了， 一壶相贺小丛林。〔五〕

【说明】

此诗充满了抗金斗争必胜的信心。茶山对晚辈诗人陆游，总是亲切地教导，热诚地勉励，不仅传授诗法，还不倦地灌输爱国思想。陆游后来追忆他的老师说：“忆在茶山听说诗，亲从夜半得玄机。”（《追怀曾文清公呈赵教授赵近尝示诗》）又说：“绍兴末，贼亮（指金主完颜亮）入塞，时茶山先生居会稽禹迹精舍。某自敕局罢归，略无三日不进见，见必闻忧国之言。先生时年过七十，聚族百口，未尝以为忧，忧国而已。”（《跋曾文清公奏议稿》）

【注释】

〔一〕陆务观：陆游，字务观，号放翁。山阴（今浙江绍兴）人。青年时曾从茶山学诗，得传诗法。

〔二〕迥：远。飞禽：指雁，古人谓雁能传书。两句说，自己处江湖之远，无人寄信到来，而陆游却好几次来殷勤问讯。

〔三〕暖眼：亲热看待，与“冷眼”相对。杜甫《与严二郎奉礼别》诗：“别君谁暖眼，将老病缠身。”上句是陆游的问讯，下句是作者的答语。茶山对国事感到寒心，而别人的冷暖眼却可置之不理。按，时金主亮南侵，宋高宗欲乞和。茶山病卧，闻之奋起上疏曰：“遣使请和，增币献城，终无小益而有大害。为朝廷计，当尝胆枕戈，专务节俭，整军经武之外，一切置之。如是虽北取中原可也。”（《宋史·高宗纪》）

〔四〕淮壖：指淮河边地，淮河是南宋和金国的界河。上句写南宋军队抗击金主亮的战斗。绍兴三十一年（1161 年），完颜亮大举攻宋。十月，陷庐州、滁州、和州、扬州，宋将王权兵败。十一月，金主亮兵至长江，准备南渡。下句写金兵的营垒森严。

〔五〕天威：指朝廷之威，军威。小丛林：作者自注，“务观所结庵，号小丛林云”。两句说，等待朝廷彻底打败敌人，我们一起喝酒庆贺。

雪后梅花盛开折置灯下

满城桃李望东君，　破腊江梅未上春。〔一〕
窗几数枝逾静好，　园林一雪倍清新。〔二〕

已无妙语形容汝，　不用幽香触拨人。〔三〕
迨此暇时当举酒，　明朝风雨恐伤神。〔四〕

【说明】

此是茶山集中情韵俱佳之作。诗人咏梅，妙在不落言诠，而自得梅之神理。三复是诗，便觉前人“度帘拂罗幌，萦窗落梳台”（鲍泉《咏梅花》）、“叶开随足影，花多助重条”（阴铿《雪里梅花》）等为辞费意尽了。

【注释】

〔一〕东君：指春神。破腊：指阴历十二月底。未上春：春犹未到。两句说，满城的桃李树等待着春天到来，可是江上的梅花早在腊月就开放了。

〔二〕窗几：谓在窗间案上。几，几案，小桌。上句点出折枝梅，下句逆笔，谓园林经雪之后，梅花倍觉清新。方回评云：“‘静好’二字佳，‘园林一雪倍清新’，尤为佳句。”

〔三〕触拨：触动，撩乱，谓扰乱人的心绪。两句是诗人对梅花之语，活用山谷“坐对真成被花恼”之意。

〔四〕迨：及。两句说，应该趁这闲暇之时饮酒赏花，明朝风雨花落，恐怕不免神伤了。

曾宏甫分饷洞庭柑〔一〕

黄柑送似得尝新，　坐我松江震泽滨。〔二〕
想见霜林三百颗，　梦成罗帕一双珍。〔三〕

流泉喷雾真宜酒，　带叶连枝绝可人。〔四〕
莫向君家樊素口，　瓠犀微齼远山颦。〔五〕

【说明】

张景星《宋诗百一钞》于茶山七律中，独选此首，当赏其新美的韵趣。中间两联，笔势流动，颇近东坡的格调。

【注释】

〔一〕曾宏甫：曾惇，字宏甫，江西南丰人，丞相曾布之孙。洞庭柑：太湖洞庭山所产之柑。

〔二〕送似：送与，送给。尝新：吃应时的新食品。坐我：置我于。松江震泽：松江，即吴淞江，古称笠泽，为太湖支流三江之一。震泽，即太湖。两句说，老朋友送来黄柑让我尝新，仿佛使我置身于松江太湖之滨了。

〔三〕上句本王羲之帖："奉橘三百枚，霜未降，未可多得。"又韦应物《答郑骑曹青橘绝句》诗："书后欲题三百颗，洞庭须待满林霜。"下句作者自注："东坡柑诗云：'一双罗帕未分珍，林下先尝愧逐臣。'"按，苏诗原注云："故事，赐近臣黄柑，以黄罗帕包之。"

〔四〕流泉喷雾：形容尝柑时的情状，汁水在齿舌间如泉般流淌，柑皮裂迸，油腺如雾般喷溅。可人：使人满意。两句亦本苏轼《食柑》诗："清泉蔌蔌先流齿，香雾霏霏欲噀人。"

〔五〕樊素：白居易的侍妾。白诗有"樱桃樊素口"之语，这里指曾宏甫家的姬妾。瓠犀：瓠，葫芦。瓠犀，瓠中子，以洁白整齐，用以比喻美人之齿。《诗·卫风·硕人》："齿如瓠犀。"齼（chǔ）：齿牙酸软。远山：形容女子之眉。《西京杂记》载，卓文君眉目姣好，望之若远山。颦：颦眉，皱眉。两句想象之词，写女子尝柑畏酸的情景。

雪作

卧闻微霰却无声，起看阶前又不能。〔一〕
一夜纸窗明似月，多年布被冷于冰。〔二〕
履穿过我柴门客，笠重归来竹院僧。〔三〕
三白自佳晴亦好，诸山粉黛见层层。〔四〕

【说明】

茶山晚年诗，工夫深到，骨格清苍，看似毫不费力，而实已到炉火纯青之高境。此诗被方回誉为“南渡雪诗之冠”。纪昀评云“不甚作意，比苏、黄诸作却自然”，“浅语却极自然，熟语却不陈腐，此为老境”。

【注释】

〔一〕霰（xiàn）：水蒸气在高空中遇冷凝成的小冰粒，在下雪前往往降霰。上句写似有还无的雪声，下句谓卧后不能到阶前观看。

〔二〕上句写雪先映在窗前，景自清美，贺裳《载酒园诗话》评其“亦不雕琢而工”。下句从杜甫《茅屋为秋风所破歌》“布衾多年冷似铁”化出，换“铁”成“冰”，与题相称。

〔三〕履穿：《史记·滑稽列传》载，“东郭先生久待诏公车，贫困饥寒，衣敝，履不完。行雪中，履有上无下，足尽践地”。苏轼雪诗“败履尚存东郭指”，亦用此典。上句写贫寒的高士冒雪来访，下句写荷笠的和尚踏雪归去。

〔四〕三白：雪的别称。苏轼《次韵王觌正言喜雪》诗："行当见三白，拜舞欢万岁。"两句写雪后天晴，遥望远近诸山，层层如施粉黛。

癸未八月十四日至十六夜月色皆佳〔一〕

年年岁岁望中秋，　岁岁年年雾雨愁。〔二〕
凉月风光三夜好，　老夫怀抱一生休。〔三〕
明时谅费银河洗，　缺处应须玉斧修。〔四〕
京洛胡尘满人眼，　不知能似浙江不。〔五〕

【说明】

这是诗人暮年之作，语言平淡，笔力老健，翁方纲谓"茶山诗较放翁浑成自然"(《石洲诗话》)，"盖其精诣，政恐放翁有不能到者"(《七言律诗钞》)，当以此等诗而言。贺裳素恶茶山诗，仍谓其集中唯此"一篇可观"(《载酒园诗话》)。纪昀亦谓此诗"纯以气胜，意境亦阔"。此诗佳处，在有言外之旨、味外之味，借写月色，以抒发自己对故国的怀念以及收复中原使金瓯无缺的渴望。

【注释】

〔一〕癸未：宋孝宗隆兴元年（1163 年），时茶山年八十。

〔二〕雾雨：喻当时的政治形势。两句谓年年岁岁，中秋无月，令人愁生。

〔三〕两句说，如今连续见到了三夜美好的月色，可是我这一生的希望也完结了。这里用平淡的语句表达沉重的心情。宋孝宗在这年六月即位，诗人盼望新皇帝能有所作为，而自己已到耄耋之年，恐怕不能亲眼见到国家的统一了。

〔四〕明时：语意相关，既指月明，亦指时势清明。银河洗：谓以银河之水洗净月亮，实暗用杜甫《洗兵马》“安得壮士挽天河，净洗甲兵长不用”之意。玉斧修：神话传说，汉吴刚曾以斧伐月中桂（见《酉阳杂俎》），因有“玉斧修月”之说。意谓尽管采石之战打败了敌人，可是北方的失地还有待收复。

〔五〕京洛：此指汴京，亦泛指中原沦陷之地。浙江：时诗人在临安，为左太中大夫。两句谓中原胡尘满眼，不知那里的月色能像浙江这样美吗？

书徐明叔访戴图〔一〕

小艇相从本不期，　剡中雪月并明时。〔二〕
不因兴尽回船去，　那得山阴一段奇。〔三〕

【说明】

王子猷雪夜访戴安道之事，经千百年来的诗人辗转引用，已成套语。茶山此作，以故为新，味在酸咸之外。陈衍《宋诗精华录》激赏之，评曰：“晋人行径，宁矫情翻案，决不肯人云亦云。”读此诗此评，可以悟用事之法。

【注释】

〔一〕访戴图：绘着王子猷访戴之事的图画。《世说新语·任诞》

载："王子猷（徽之）居山阴，夜大雪，眠觉，开室，命酌酒。四望皎然，因起彷徨，咏左思《招隐诗》。忽忆戴安道（逵），时戴在剡，即便夜乘小船就之。经宿方至，造门不前而返。人问其故，王曰：'吾本乘兴而行，兴尽而返，何必见戴？'"

〔二〕不期：没有约定。剡（shàn）：剡溪，水名，曹娥江上游，在浙江嵊州南。后人以其有访戴故事，亦名之曰"戴溪"。两句写雪夜访戴之情与景。

〔三〕山阴：即今浙江绍兴。两句说，若不是当时王子猷兴尽回船而去，哪能留下山阴这一段佳话呢！

陈与义

陈与义（1090—1139年），字去非，号简斋居士。洛阳（今河南洛阳）人。政和三年（1113年）登上舍甲第，授文林郎，开德府教授。擢为太学博士、著作佐郎。南渡后，流离湖广一带。后被召任兵部员外郎，累官至参知政事。

简斋是北、南宋之交最杰出的诗人，方回把他奉为江西诗派“三宗”之一。

简斋推重苏轼，诗学黄、陈。对黄、陈的句法、句眼，领会尤深，造句力求烹炼，用字力求生新。靖康事变之后，力学杜甫感时忧事，以及沉郁顿挫的艺术风格。诗歌气势雄浑，意境深阔，音节宏亮，格调甚高。简斋诗无论从思想内容还是艺术风格上都接近杜诗。可以说，其爱国主义精神、风格雄浑的诗歌，开了宋代最杰出的爱国主义诗人——陆游的先路。

简斋的作品，今存《简斋诗集》三十卷，为南宋胡穉笺注。中华书局一九八二年出版的《陈与义集》，为较完备之本，收诗六百二十六首。

雨

潇潇十日雨，　稳送祝融归。〔一〕
燕子经年梦，　梧桐昨暮非。〔二〕
一凉恩到骨，　四壁事多违。〔三〕
衮衮繁华地，　西风吹客衣。〔四〕

【说明】

这是典型的江西派诗，时人每举出以为宋诗的代表作。缪钺《论宋诗》对本诗有极精到的见解："凡雨时景物一概不写，务以造意胜，透过数层，从深处拗折，在空际盘旋。"唐诗中习见的体物描写全都撇去，独写雨中人的感受，纵有"燕子""梧桐"等物，亦不过作为人的精神世界的反映而已，故纪昀称其"妙在即离之间"，读之可以药俗。颈联二语，尤为深峭。作于徽宗政和八年（1118年），时简斋闲居京师。

【注释】

〔一〕潇潇：形容风雨之声。《诗·郑风·风雨》："风雨潇潇。"祝融：火神，主夏。两句说，十日连雨，夏日归去了。

〔二〕两句说，在风雨声中，燕子又做着经年之梦，梧桐一叶叶掉下来，更不同于昨夜了。秋后，燕子将要南飞，一别半年，故不无怀旧之感；梧桐叶落，引动诗人迟暮之悲：人与物已融合无间了。

〔三〕两句说，雨后凉生，人们再不受炎夏之苦，可谓恩深到骨了；家徒四壁，任何事情都跟自己的意愿相违。两句为简斋独造之语，对偶似不甚工，如刘辰翁所云："此今人所谓偏枯失对者，安知妙意正阿堵中。”真得老杜之法，扫弃陈言，意味深永。

〔四〕衮衮（gǔn）：连续不绝貌。杜甫《醉时歌》：“诸公衮衮登台省，广文先生官独冷。”后以“衮衮诸公”称众多的显宦，含有贬义。繁华地：指京城。韦应物《拟古诗》：“京城繁华地。”两句活用杜意，两相对照，真有“冠盖满京华，斯人独憔悴”之感。

试院书怀〔一〕

细读平安字，愁边失岁华。〔二〕
疏疏一帘雨，淡淡满枝花。〔三〕
投老诗成癖，经春梦到家。〔四〕
茫然十年事，倚杖数栖鸦。〔五〕

【说明】

清新、淡美，而以老笔出之，五律于后山外又得此体。胡仔《苕溪渔隐从话》盛称其颔联，许为“平淡有功”。其实全诗均铢两悉称，如纪昀所云：“通体清老，结亦有味。”陈衍指出，清人厉鹗“五律最高者亦学此种”。

【注释】

〔一〕试院：考试院。宣和五年（1123年）八月，简斋为考官，次年闰三月，除司勋员外郎，为省闱考官。本诗即作于此时，

〔二〕平安字：指报平安的家信。胡注：“今试院有‘平安历’。”疑本诗中兼用两意，故次句云“失岁华”。

〔三〕二语淡雅而有味，写景中有无限韵致。

〔四〕投老：临老，到老。白居易《醉后重赠晦叔》诗：“各以诗成癖。”次句活用卢纶《长安春望》诗“家在梦中何日到”之意。

〔五〕十年事：简斋在政和三年（1113 年）以释褐赐上舍甲第，授文林郎。十年来沉屈下僚，因有此慨。数栖鸦，有百无聊赖之意。

雨

沙岸残春雨，　茅檐古镇官。〔一〕
一时花带泪，　万里客凭栏。〔二〕
日晚蔷薇重，　楼高燕子寒。〔三〕
惜无陶谢手，　尽力破忧端。〔四〕

【说明】

此诗情景交融，以残春之景，表现迁客之情，丝丝入扣。纪昀云：“深稳而清切，简斋完美之篇。”

【注释】

〔一〕古镇官：古镇，指陈留镇。宣和六年（1124 年），简斋因其保荐人王黼得罪去官，受到连累，被谪监陈留酒税。居于茅屋，可见官职卑小。

〔二〕上句承“沙岸”句，下句承“茅檐”句。花上之雨，在诗人看来，点点是逐臣之泪；凭栏北望，何处京华？

〔三〕蔷薇、燕子，亦诗人的写照。日暮而春雨未收，蔷薇含雨低垂，“重”字犹杜甫“花重锦官城”字意。凭栏于高楼之上，不胜春寒，因而想象到燕子也觉寒冷。

〔四〕陶谢：指陶渊明和谢灵运。杜甫《江上值水如海势聊短述》诗："焉得思如陶谢手，令渠述作与同游。"忧端：忧愁。杜甫《自京赴奉先县咏怀五百字》诗："忧端齐终南。"两句说，可惜自己没有陶谢那样的大手笔，能够借吟咏消除愁绪。

发商水道中〔一〕

商水西门语，　东风动柳枝。〔二〕
年华入危涕，　世事本前期。〔三〕
草草檀公策，　茫茫杜老诗。〔四〕
山川马前阔，　不敢计归时。〔五〕

【说明】

靖康元年（1126年）正月，金兵向宋进攻。简斋自陈留避地出商水，由舞阳而至南阳。此诗为道中所作。这是诗人在逃难中的第一首诗，从此简斋的创作进入了最旺盛的时期。如刘克庄《后村诗话》所云："避地湖峤，行路万里，诗益奇壮。"赋到沧桑，真是语语皆工。

【注释】

〔一〕商水：河流名，亦县名，故城在今河南商水县南二十里。

〔二〕西门：指县城西门。两句写出发时情景，时诗人西行向舞阳。

〔三〕危涕：哀伤涕泣。江淹《恨赋》："或有孤臣危涕，孽子坠心。"两句说，用悲愤之泪迎来新的一年，而世事本来也是有前因的。两句忧国伤时，并指责统治者没有及时做好御敌工作。

〔四〕檀公：檀道济，南朝宋将领。《南史·王敬则传》："檀公三十六策，走是上计。"茫茫：浩大貌，此指兵事。杜甫《南池》诗："干戈浩茫茫。"又《惜别行送刘仆射判官》诗："九州兵革浩茫茫。"上句指斥宋朝廷的逃跑政策，次句谓目前景象与老杜丧乱诗中描写的无异。按，是年春正月，金将斡离不攻破相州，渡黄河。徽宗出奔亳州，军民多潜遁，金兵进犯汴京。至二月，金人始退兵，京师解严。读此诗可想见当时仓皇出奔的情状。

〔五〕两句说，现在只有继续策马前行，不知什么时候才能回去。

春雨

花尽春犹冷，　羁心只自惊。〔一〕
孤莺啼永昼，　细雨湿高城。〔二〕
扰扰成何事，　悠悠送此生。〔三〕
蛛丝闪夕霁，　随处有诗情。〔四〕

【说明】

靖康元年（1126年）春，诗人西奔南阳，居于陋室，始以简斋自号。此诗为春尽时作。中间两联，一景一情，一实一虚，闲淡中自寓深感。

【注释】

〔一〕两句从"冷"字、"惊"字见意。政治气候依然寒冷迫人，作客他乡只有暗自心惊。

〔二〕永昼：长日，终日。纪昀谓此二语不减刘长卿《海盐官舍早春》“柳色孤城里，莺声细雨中”之句。其实陈诗在写景中有寓意，我们可以想象到，那终日哀啭欲绝的孤莺，不正是诗人形象的写照吗？

〔三〕扰扰：纷乱貌。悠悠：忧思貌。两句感慨深长，表现出下位者无可奈何的心情。

〔四〕两句情境极佳。诗人像一位画家似的，敏锐地观察自然景物，细致入微。被雨水沾湿了的蛛丝，在夕阳余晖中闪闪发光，引动了悠然的诗思。纪昀云：“结有闲致。若再承感慨说下，便入窠臼。”

感事

丧乱那堪说，　干戈竟未休。〔一〕
公卿危左衽，　江汉故东流。〔二〕
风断黄龙府，　云移白鹭洲。〔三〕
云何舒国步，　持底副君忧。〔四〕
世事非难料，　吾生本自浮。〔五〕
菊花纷四野，　作意为谁秋。〔六〕

【说明】

宋钦宗靖康二年（1127年）春夏之间，徽、钦二帝被掳北迁，囚于中京。是年重九，诗人居邓州城西，作此诗以纪家国之恸。五言排律，自杜甫以后，佳构不多，此诗在格调上力学李商隐《感事》之作，而李诗亦源于老杜，故纪昀云：“此诗真有杜意，乃气味似，非面貌似也。”

【注释】

〔一〕丧乱:《诗经·大雅·桑柔》有“天降丧乱”。起句笔力自重。

〔二〕左衽:衽,衣襟。中国古代少数民族的服装,前襟向左,不同于中原人民的右衽。《论语·宪问》:“微管仲,吾其被发左衽矣。”因以指受外族的统治。两句说,朝中的公卿正为国土沦亡而危惧,但人们深信,像江河东流入海那样,天下大势是改变不了的。次句本《尚书·禹贡》:“江汉朝宗于海。”“危”“故”二字,为句中诗眼。

〔三〕黄龙府:治所在今吉林农安县,为金国后方要地。白鹭洲:在南京西南长江中。上句写二帝被囚金国,下句写朝廷准备南迁。

〔四〕国步:国家的命运。舒国步,使国运顺利进展。底:什么。副:分。

〔五〕上句谓眼前之事,早在意料之中,徽宗昏庸无能,任用奸人,导致国家的灾难。下句为自伤之语。《庄子·刻意》:“其生若浮,其死若休。”谓人生在世,虚浮无定。

〔六〕两句本杜甫《九日寄岑参》诗:“是节东篱菊,纷披为谁秀?”国事如此,还有什么心情去欣赏四野盛开的菊花呢?

雨

霏霏三日雨,　蔼蔼一园青。〔一〕
雾泽含元气,　风花过洞庭。〔二〕
地偏寒浩荡,　春半客竛竮。〔三〕
多少人间事,　天涯醉又醒。〔四〕

【说明】

方回《瀛奎律髓》选简斋五律为雨而作者，得十九首，可见诗人对雨有特别深刻的感受。简斋雨诗每首的写法均有不同，此诗写避乱天涯，伶俜作客，感情更深沉郁抑，可与前选数首参读。本诗作于建炎三年（1129年）春。

【注释】

〔一〕蔼蔼：茂盛貌。一园青：时诗人借郡守王摭的后圃居住，自号园公。青，谓园中草木。

〔二〕雾泽：雾霭笼罩的大泽。泽，云梦泽，古代在大江南北的沼泽。元气：天地未分前混一之气，此指天地之气。上句犹孟浩然《望洞庭湖上张丞相》诗“气蒸云梦泽”句意，下句写春风飘送着落花，荡漾在洞庭湖上。

〔三〕地偏：陶渊明《饮酒》诗有“心远地自偏”，岳阳与汴京相比，则又为“偏”。竛竮（líng pīng）：同“伶俜”，形容孤独。寒，是自然之寒，也是诗人心中的寒冷。两句并写身世与家国之感。

〔四〕两句写忧愤之意。醉又醒，中含无限的痛苦。

次韵乐文卿北园〔一〕

故园归计堕虚空，　啼鸟惊心处处同。〔二〕
四壁一身长客梦，　百忧双鬓更春风。〔三〕
梅花不是人间白，　日色争如酒面红。〔四〕
且复高吟置余事，　此生能费几诗筒。〔五〕

【说明】

此诗内容虽是一般的故园之思、蹉跎之感，没有很深刻的意义，但写来却似用狮子搏兔之力，一笔不肯放松，自见高格，正是简斋学杜、黄有得之处。

【注释】

〔一〕乐文卿：待考，简斋集中有《以纸托乐秀才捣治》诗，或即此人。

〔二〕两句说，归去故园的想法已不可能实现了，处处听到啼鸟声音，更觉心惊。堕虚空，犹韩愈《卢郎中云夫寄示送盘谷子诗两章歌以和之》诗“坐令再往之计堕眇芒”意。惊心，本杜甫《春望》诗：“恨别鸟惊心。”

〔三〕两句说，家徒四壁立，孑然一身，长期作客在外，只有在梦中才能回到故园；饱经各种各样的忧患，如今春风吹着双鬓，又迎来新的一年了。纪昀评曰：“绝有笔力。三、四江西调，然新而不野。”

〔四〕两句说，凌寒的梅花，不同于人间普通的洁白；而春初的日色，又怎及得酒面的艳红呢？上句以高洁脱俗的梅花自况，下句谓借酒以消忧。陈衍《宋诗精华录》评云：“五、六濡染大笔，百读不厌。”

〔五〕余事：胡穉注，“班固《宾戏》：‘著作者，前列之余事。’”诗筒：唐潘远《纪闻谈》，“元微之守浙东，白乐天牧苏台，常以竹筒着唱和诗，令驿吏递之，号‘诗筒’”。白居易有《醉封诗筒寄微之》诗云：“为向两州邮吏道，莫辞来去递诗筒。”两句说，姑且把余事放下，与友人遥相唱和，以遣此生。

雨晴

天缺西南江面清，　纤云不动小滩横。〔一〕
墙头语鹊衣犹湿，　楼外残雷气未平。〔二〕
尽取微凉供稳睡，　忽搜奇句报新晴。〔三〕
今宵绝胜无人共，　卧看星河尽意明。〔四〕

【说明】

简斋“雨”诗颇多，不乏佳制。此诗则专写雨过新晴的情景，烘托出诗人欣喜之情。颔联尤为论者所赏，贺裳谓“陈简斋诗以趣胜”，“其俊气自不可掩”，特举此联，认为“可观”。

【注释】

〔一〕天缺：谓雨过云开，露出一角青天。纤云：细云，此指夏日雨过后的卷云，出现在高空，故云“不动”，与雷雨时出现的积雨云不同。两句写雨过后江天之景。

〔二〕两句说，在墙头喳喳乱叫的乌鹊，羽毛还是湿漉漉的，小楼外还传来阵阵残雷之声。“气未平”三字生新。

〔三〕两句写人的动态。雨过凉生，大可安稳入睡，却还要寻觅诗句，以报谢新晴。

〔四〕绝胜：非常美妙的情境。雨后天晴，星河更为明耀。末联景中着情。

对酒

新诗满眼不能裁，鸟度云移落酒杯。〔一〕
官里簿书无日了，楼头风雨见秋来。〔二〕
是非衮衮书生老，岁月匆匆燕子回。〔三〕
笑抚江南竹根枕，一樽呼起鼻中雷。〔四〕

【说明】

方回极赏此诗，云："此诗中两联俱用变体，各以一句说情，一句说景，奇矣。"以"簿书"对"风雨"、"是非"对"岁月"、"书生"对"燕子"，均极灵动，故方回谓"此非深透老杜、山谷、后山三关不能也"，视"云对雨，雪对风"之类的村学究诗法，何止上下床之别。

【注释】

〔一〕两句是倒装法，见"鸟度云移"，而触动诗兴，但又难以表达出来，与《春日》诗"忽有好诗生眼底，安排句法已难寻"、《题酒务壁》诗"佳句忽堕前，追摹已难真"用意相似。

〔二〕簿书：指官府的文书。上句写对繁重案牍的厌倦心情，下句在写景中见苍凉之意。吴曾云："或者曰：此东坡'官事无穷何日了，菊花有信不吾欺'耳。予以为本唐人罗邺《仆射坡晚望》诗：'身事未知何日了，马蹄唯觉到秋忙。'"(《能改斋漫录·沿袭》）方回又谓其出于东坡词："官里事，何时毕？风雨外，无多日。"其实诗人用意，常有与前人暗合处，非徒因袭也。

〔三〕衮衮：相继不绝。上句接"官里"句，下句接"楼头"句。

〔四〕两句说，不如痛快地喝个醉，在江南竹根枕上熟睡吧。

对酒

陈留春色撩诗思，　一日搜肠一百回。〔一〕
燕子初归风不定，　桃花欲动雨频来。〔二〕
人间多待须微禄，　梦里相逢记此杯。〔三〕
白竹扉前客醉舞，　烟村渺渺欠高台。〔四〕

【说明】

宣和六年（1124年）冬，简斋自符宝郎谪监陈留酒税，此诗作于次年春。诗中所写的是陈留美好的春色，实际上是寄寓了自己被贬时的心情。“风不定”“雨频来”，可作北宋末年政治局面的写照。方回论诗，每提出一个“响”字，亦谓此诗“响得自是别”，纪昀认为“简斋风骨高秀，实胜宋代诸公”，方回之评“却非阿好”之言。

【注释】

〔一〕陈留：旧县名，在今河南开封东南。搜肠：竭力思索，强作诗词。卢仝《走笔谢孟谏议寄新茶》诗：“三碗搜枯肠，唯有文字五千卷。”简斋《感怀》诗亦云：“搜诗空费九回肠。”

〔二〕两句写足陈留春色，山谷《次韵王定国扬州见寄》“垂上青云却佐州”之句可为注脚。简斋自从以墨梅诗受知徽宗之后，一两年间，由著作佐郎升为省闱考官、符宝郎，皇帝召对，让他重九预宴群臣，正当春风得意之时，突然被贬，这对他无疑是个沉重的打击，因而心中充满着抑郁不平。

〔三〕两句似浅而实曲。酒监是卑微的官职，姑且在此等待时机吧，他年梦里，定然还记得此时对酒的情景。同时写的《种竹》诗亦云“他时梦中路，留眼记所更”，用意相似。诗人在这前后写的诗中，多作“梦”语，如《将赴陈留寄心老》诗“三年成一梦，梦破说梦中”，《至陈留》诗“等闲为梦了，闻健出关来”，可见此时迷惘的心情。

〔四〕白竹扉：指客舍简陋的门。李商隐《梦令狐学士》诗：“山驿荒凉白竹扉。”高台：指可供登临之台。古人常登台游观，起舞作乐。两句谓，唯有在客舍门前醉舞，而无高台可以登临纵目了。

登岳阳楼〔一〕（二首选一）

洞庭之东江水西，帘旌不动夕阳迟。〔二〕
登临吴蜀横分地，徙倚湖山欲暮时。〔三〕
万里来游还望远，三年多难更凭危。〔四〕
白头吊古风霜里，老木沧波无限悲。〔五〕

【说明】

建炎二年（1128 年）秋，简斋自均州，经石城，抵岳州，寓居岳阳。方回云：“简斋登岳阳楼凡三诗……皆悲壮激烈。……近逼山谷，远诣老杜。”纪昀亦称此作“意境宏深，真逼老杜”。简斋自避地之后，其诗已臻成熟高境了。

【注释】

〔一〕岳阳楼：岳阳城西门楼。

〔二〕上句写岳阳楼的形势，下句写登楼。“帘旌不动”，写楼上闲寂之景。

〔三〕吴蜀横分地：岳州地处吴、蜀之间，故云。句意从老杜“吴楚东南坼”化出。徙倚：徘徊。两句境界宏远。

〔四〕三年：简斋自靖康元年（1126年）春自陈留避乱南奔，至此时已近三年。凭危：凭高，谓登楼。句意亦从老杜“万方多难此登临”化用。

〔五〕白头：简斋时年始三十九岁，已作此语，心境可知。老木沧波，是历史的见证；吊古生悲，实是对现实的无限哀感。

巴丘书事〔一〕

三分书里识巴丘，　临老避胡初一游。〔二〕
晚木声酣洞庭野，　晴天影抱岳阳楼。〔三〕
四年风露侵游子，　十月江湖吐乱洲。〔四〕
未必上游须鲁肃，　腐儒空白九分头。〔五〕

【说明】

简斋此作，高华壮浪，无一庸笔弱笔，置于古来名作之林，自无愧色。中间两联，写景精绝，结处以历史对应现实，用意尤为沉着深厚。论者每赞此诗下字奇警，亦仅皮相而已。

【注释】

〔一〕巴丘：即巴陵，今湖南岳阳。

〔二〕三分：指魏、蜀、吴三国三分天下。诸葛亮《出师表》：“今天下三分。”书：指《三国志》，晋陈寿著的纪录三国历史的史书。胡：指金人。两句说，自己从《三国志》中认识到巴丘是个要地，如今临老时避乱南来，才有相会到此一游。

〔三〕两句说，入夜时风吹万木，声满洞庭之野；岳阳楼高高耸立，如被晴空环抱着。影，指日影。高步瀛评曰：“雄秀。”

〔四〕四年：宣和六年（1124 年）十二月，简斋坐累被贬陈留，至作此诗时恰四年。上句概括自己被贬后流亡的生涯，下句写眼前景色。高步瀛云：“言水落而洲出也，‘吐’字下得奇响。”

〔五〕鲁肃：三国吴大臣，字子敬。《三国志·吴书·吴主传》：“（建安十九年）使鲁肃以万人屯巴丘，以御关羽。”腐儒：见解迂腐的读书人。古时一些不合时宜的读书人常自嘲为腐儒。杜甫《江汉》诗：“江汉思归客，乾坤一腐儒。”两句说，尽管巴丘是个要地，但朝廷未必会派一个像鲁肃那样有能力的人来防守，我这个书呆子枉自把头发急白了九成，又有什么用呢？

再登岳阳楼感慨赋诗

岳阳壮观天下传，　楼阴背日堤绵绵。〔一〕
草木相连南服内，　江湖异态栏干前。〔二〕
乾坤万事集双鬓，　臣子一谪今五年。〔三〕
欲题文字吊古昔，　风壮浪涌心茫然。〔四〕

【说明】

这是一首拗律，用杜甫《白帝城最高楼》诗格，第二、四、八句均作三平调，音节特美。诗歌写迁客逐臣在国家丧乱时的感慨，沉郁深厚，不可作一般登临山水之作读。

【注释】

〔一〕壮观：大观，形容奇伟可观的风景。岳阳楼西南临洞庭湖，北倚长江，楼外水边有长堤，故云。

〔二〕南服：南方偏远之地。周王朝将京城之外的地方按其远近分为九服。颜延年《始安郡还都与张湘州登巴陵城楼作》诗：“衡巫奠南服。”江湖异态：长江水色黄浊，洞庭湖水色清碧，故云。两句写楼上所见的景色。刘辰翁云：“时事隐约。”

〔三〕两句说，天地间发生的一切事情，都仿佛反映到自己的苍苍双鬓上，而我一经贬谪，至今已五年了。万事，包括家国、个人之事。陈衍《宋诗精华录》云：“五、六学杜而得其骨者。”

〔四〕两句说，古来不少登上岳阳楼的人，都会作诗文凭吊古事，如今我来时只见风起浪涌，反而茫然难以下笔了。刘辰翁云：“写得至此，气尽语达，乃不复可加。”

除夜

城中爆竹已残更，朔吹翻江意未平。〔一〕
多事鬓毛随节换，尽情灯火向人明。〔二〕
比量旧岁聊堪喜，流转殊方又可惊。〔三〕
明日岳阳楼上去，岛烟湖雾看春生。〔四〕

【说明】

此诗作于建炎二年（1128 年）除夕。诗人流落湖湘，在岳阳暂得安身之地。一年将尽，回首前尘，浑如梦寐。个人迁谪之恨，国家兴衰之悲，触绪纷来，故诗意特为深厚，而诗人以精警灵动之笔致出之，便无板重之弊。纪昀云：“气机生动，语亦清老，结有神致。”

【注释】

〔一〕爆竹：《荆楚岁时记》载，“正月一日，……鸡鸣而起，先于庭前爆竹，以辟山臊恶鬼”。残更：将尽的打更声。已过子夜，当是新年了。朔吹：北风。次句当以“朔吹翻江”喻金人南侵的声势，“意未平”始有着落。

〔二〕两句说，由于家国多事，自己的鬓发也随着节令变白了，可是灯火却通夜尽情地向着人照耀。上句写自己忧国之情，下句微露不满之意，中原犹在乱离之中，而此地却依然一片承平景象。故吴汝纶评云：“句句奇创。”

〔三〕比量：比较。殊方：异地，他乡。两句说，跟去年除夕相比起来，勉强算得是可喜的，但一想起流落转徙在他乡的时候，又不免感到心惊。

〔四〕岛：指君山，为洞庭湖中一小岛，与岳阳楼隔水相对。纪昀云：“末二句闲淡有味。”在艰难困厄之中，而不作衰飒之语，诗人对未来还是有着希望的。“看春生”三字，有无限远致。

陪粹翁举酒于君子亭，亭下海棠方开〔一〕

世故驱人殊未央，　聊从地主借绳床。〔二〕
春风浩浩吹游子，　暮雨霏霏湿海棠。〔三〕
去国衣冠无态度，　隔帘花叶有辉光。〔四〕
使君礼数能宽否，　酒味撩人我欲狂。〔五〕

【说明】

建炎三年（1129年）春，简斋在岳阳，从郡守王摭借后圃君子亭居之，自号“园公”。此诗为于亭下饮酒赏花之作，写景抒情，均有微妙之意。

【注释】

〔一〕粹翁：王摭的字。王摭为王岩叟之子，时为岳州守。

〔二〕世故：指世间的变故。是年正月，岳阳大火，焚简斋居舍，故云。未央：未了。绳床：即胡床，交椅。两句说，世间的灾祸把自己一再驱赶，没完没了，如今只好向当地的主人借来一榻安身之地。次句又见《秋日客思》诗，重用旧句，可见感慨之深。

〔三〕两句写景写情，自有难传之意。或谓从杜甫《醉歌行》“风吹客衣日杲杲，树搅离思花冥冥”化出，然比杜诗用意更为微妙。

〔四〕去国：离乡，离开本在的郡国。衣冠：衣冠之士，指世族、士绅，此是诗人自指。方回云：“此诗中四句皆变，两句说己，两句说花，而错综用之，意谓花自好人自愁耳。”

〔五〕使君：太守，指王摭。礼数：礼节。杜甫《严公仲夏枉驾草堂兼携酒馔得寒字》诗：“自识将军礼数宽。”两句说，希望太守能原谅我酒后的狂态。诗人的“狂”，是“世故驱人”“游子去国”所致。

雨中对酒庭下海棠经雨不谢

巴陵二月客添衣，　草草杯觞恨醉迟。〔一〕

燕子不禁连夜雨，　海棠犹待老夫诗。〔二〕

天翻地覆伤春色，　齿豁头童祝圣时。〔三〕

白竹篱前湖海阔，　茫茫身世两堪悲。〔四〕

【说明】

简斋在岳阳，甚多佳作。经历着一场巨大劫难的诗人，胸中激情奔涌，语语皆有至味。杜甫《伤春》诗云："天下兵虽满，春光日自浓。"美好的春色，虽与诗人目前的心境不称，但春天毕竟是春天，它生气蓬勃，象征着希望，象征着未来，那经雨不谢的海棠，不正是诗人的写照吗?

【注释】

〔一〕添衣，谓春寒难耐。草草，写客里情怀。王安石《示长安君》诗"草草杯盘供笑语"，无此深感。

〔二〕两句以燕子跟海棠作比：瑟缩的燕子，受不了连夜的寒雨；可是海棠仍冒雨盛开，像在等待着诗人吟咏。纪昀云："意境深阔。题外燕子对题内海棠，不觉添出，用笔灵妙。"

〔三〕天翻地覆：唐刘商《胡笳十八拍》诗有"天翻地覆谁得知，如今正南看北斗"，此以喻社会巨大的变乱。齿豁头童：语见韩愈《进学解》，谓牙齿残缺，头发脱落，形容人的衰老。两句写金兵南侵和自己的希望。

〔四〕两句说，自己身在白竹篱前，而所关心的是国家的命运。无论是个人还是国家，都是前途茫茫，每念及此，便暗自生悲。

次韵尹潜感怀〔一〕

胡儿又看绕淮春，　叹息犹为国有人。〔二〕
可使翠华周宇县，　谁持白羽静风尘。〔三〕
五年天地无穷事，　万里江湖见在身。〔四〕
共说金陵龙虎气，　放臣迷路感烟津。〔五〕

【说明】

金人攻破汴京之后，步步进逼，分兵据两河州县，陷河间府、同州、汝州，入西京，破潼关，又掠邓州，陷唐州、蔡州、房州。建炎三年（1129 年）春，金兵东陷徐、泗、楚、扬诸州。宋高宗惊慌失措，到处奔逃，自扬州奔镇江，经常州、吴江、秀州诸地，最后到达杭州。诗人有愤于敌人的猖獗，又为朝廷无力抗御而深感忧伤。方回评曰：“此诗壮哉！”

【注释】

〔一〕尹潜：周莘的字。周为岳州决曹掾，能诗，“有老杜气骨”，常与简斋唱和。

〔二〕胡儿：指金人。绕淮春：淮水周围的春色。次句用贾谊《治安策》语，谓国事“可为长太息者六”，又谓“犹为国有人乎”？金兵于建炎二年（1128 年）冬曾扰徐州、泗州，攻扬州，次年春再至，故言“又看”。两句说，敌人的兵锋已到淮河流域，你像贾谊那样悲愤叹息，可见国中还是有爱国的人的。这里亦指斥朝臣误国。

〔三〕可使：岂使。反诘之语，言不可使。翠华：以翠羽为饰之旗，皇帝车驾所用，因指皇帝的行踪。周宇县：周游天下，谓宋高宗避敌奔逃。白羽：白羽扇。相传诸葛亮常手持白羽扇，指挥军事。静风尘：扫清兵尘。两句盼望能有英雄出现，扫灭敌人，使朝廷不再播迁。

〔四〕五年：指自宣和七年（1125 年）至建炎三年（1129 年）。见在：现在。两句说，五年间天翻地覆，发生了许多的事，自己万里飘零，流落江湖，幸得保存性命。纪昀评曰："警动。"

〔五〕金陵：即江宁府，今南京市。龙虎气：《寰宇记》载诸葛亮对孙权说，"钟山龙蟠，石城虎踞，真帝王都也"。放臣：被贬逐的臣子，诗人自指。两句说，人们都谈起金陵气象雄伟，真是帝王之都，我这个逐臣本来正担忧前途迷茫，现在也看到出路了。《陈与义年谱》："《系年要录》卷二十一云：'五月己卯，诏：金人已退，当进幸江宁府，经理中原。'时汪（伯彦）、黄（潜善）已罢，以朱胜非为相，有进幸江宁之诏，故诗云'共说金陵龙虎气'，盖谓此也。"

伤春〔一〕

庙堂无策可平戎， 坐使甘泉照夕烽。〔二〕
初怪上都闻战马， 岂知穷海看飞龙。〔三〕
孤臣霜发三千丈， 每岁烟花一万重。〔四〕
稍喜长沙向延阁， 疲兵敢犯犬羊锋。〔五〕

【说明】

建炎三年（1129 年）冬，金兵渡过长江，攻占了建康（今南京），宋高宗乘船浮海逃亡。此诗作于次年春。诗歌一开头就把批判的矛头指向最高统治集团，谴责皇帝的逃跑政策，指斥奸臣误国殃民，而对英勇抗敌的爱国军民热情地歌颂。程千帆指出：“读此诗，要细玩其用笔顿挫处。如首联平叙，而次联动荡；三联方叹烟花之无知，而尾联又赞疲兵之敢战。亦忧亦喜，一往情深。”

【注释】

〔一〕伤春：古人常以此为题，表现忧国忧民的感情。杜甫有《伤春》诗，李商隐也说杜牧“刻意伤春”。伤春，实际是哀时念乱。

〔二〕庙堂：朝廷。平戎：谓击败入侵的金人。坐使：导致。甘泉：汉朝行宫名，在甘泉山（今陕西淳化）。《汉书·匈奴传》：“胡骑入代句注边，烽火通于甘泉、长安。”两句借汉朝故事以写现实，说报警的烽火把行宫都照红了。

〔三〕上都：京城，此指北宋首都汴京。穷海：僻远的海上。飞龙：代指皇帝。两句说，初时为汴京中听到战马的嘶鸣而感到惊怪，如今怎料到连皇帝也出亡到海上了。

〔四〕上句用李白《秋浦歌》：“白发三千丈，缘愁似个长。”下句出杜甫《伤春》诗：“关塞三千里，烟花一万重。”诗人——这位被贬逐的孤臣，为忧国而头发变白；而春日的繁花却不知人意，依然开得密密层层。

〔五〕向延阁：指向子諲。向字伯恭，李纲的政友，原为秘阁直学士。诗中借用汉代史官的称呼（延阁）来称他。犬羊锋：指金人的兵锋。按，是年二月，金兵攻长沙，长沙太守向子諲“率军民死守”，英勇抗敌，故诗人为之“稍喜”。以“疲兵”抗击强敌之“锋”，故更值得歌颂。

雨中再赋海山楼诗〔一〕

百尺栏干横海立，一生襟抱与山开。〔二〕
岸边天影随潮入，楼上春容带雨来。〔三〕
慷慨赋诗还自恨，徘徊舒啸却生哀。〔四〕
灭胡猛士今安有，非复当年单父台。〔五〕

【说明】

此诗笔力排奡，表现了诗人在国难当头时强烈的忧愤。绍兴元年（1131年），诗人复向南游，发临贺，溯康州、封州而入广州。登广州城南海山楼，赋诗二首。

【注释】

〔一〕海山楼：《嘉庆一统志》，“海山楼在南海县东门外，楼下即市舶亭，宋嘉祐时经略魏炎建”。故址在广州镇南门珠江边。《广东考古辑要》云：“山川拱揖，百越伟观，此为第一楼。”

〔二〕海：古时珠江江面宽阔，土人呼之为“海”。山：白云山，在广州城北。两句既写粤中山河的壮观，也写出作者的抱负。杜甫《奉侍严大夫》诗“一生襟抱向谁开”，逊此豪情。

〔三〕上句写珠江江天开阔之景，下句写岭南雨中的春色。

〔四〕舒啸：放声呼啸。古人常撮口作啸声，以舒胸中之气。两句谓赋诗舒啸，都不能排解心中的哀愁。

〔五〕单父台：在密州（今山东单县）。杜甫《昔游》诗：“昔者与高李，晚登单父台。……猛士思灭胡，将帅望三台。”杜诗本指安禄山未叛前讨平奚、契丹之事，而陈诗活用其意，谓今日登海山楼，已不复当年杜甫登单父台之意了，哪里还能找到灭金的猛士呢！

怀天经智老因访之〔一〕

今年二月冻初融，　睡起苕溪绿向东。〔二〕
客子光阴诗卷里，　杏花消息雨声中。〔三〕
西庵禅伯还多病，　北栅儒先只固穷。〔四〕
忽忆轻舟寻二子，　纶巾鹤氅试春风。〔五〕

【说明】

简斋前以墨梅诗受知于徽宗，后以此诗被高宗倾赏，晚年之诗更被称为“新体”。其实这“新体”也是来自山谷、后山的。如本诗“客子”一联，历来为人传诵，它之所以新，就是不拘于一字一语的工巧，而着重上下句意的关联和变化，两句融成完整的意境。江西诗派这种诗法，后来被杨万里、陆游等继承下来，加以发展。读陆游名句“小楼一夜听春雨，深巷明朝卖杏花”，便可得个中消息。

【注释】

〔一〕天经：叶懋的字。智老：即大圆洪智，一位和尚。

〔二〕苕溪：河名，经湖州流入太湖。两句说，今年二月，冰初融化的时候，一夜之间，醒来便见满溪绿水，都向东流。

〔三〕方回评此二语云：“以‘客子’对‘杏花’，以‘雨声’对‘诗卷’，一我一物，一情一景，变化至此。乃老杜‘即今蓬鬓改，但愧菊花开’，贾岛‘身事岂能遂，兰花又已开’，翻窠换臼，至简斋而益奇也。”颇能道出二语句法之妙。上句写客况无聊，吟诗度日，下句写雨中杏花开放，正是诗人所寻求的最美的诗境，情与景遇，一拍而合。

〔四〕西庵：洪智所居，在乌镇。禅伯：精研佛理的人。北栅（zhà）：天经所居，亦在乌镇，在湖州东南九十里。儒先：儒生。先，先生。固穷：安处穷困，不失气节。《论语·卫灵公》："君子固穷。"两句分写两位友人。

〔五〕纶（guān）巾：有青丝带的头巾。鹤氅（chǎng）：以鸟类羽毛制的大衣。晋名士谢万喜着白纶巾、鹤氅裘，因以为名士的常服。时简斋居青镇，与乌镇隔苕溪相对。因怀二友，乘轻舟在春风吹拂中访问他们。末两句点正题意。

和张规臣水墨梅五绝〔一〕（选四）

巧画无盐丑不除，　此花风韵更清姝。〔二〕
从教变白能为黑，　桃李依然是仆奴。〔三〕

【说明】

组诗五首，是简斋成名之作。据胡穉《简斋先生年谱》宣和五年（1123年）条载，时简斋任太学博士，"既而徽宗见先生所赋《墨梅》诗，善之，亟命召对，有见晚之叹"。宋徽宗是位杰出的画家，对诗中写到的画理自然是深有会意的。

【注释】

〔一〕张规臣：一作张矩臣，字元东，作者的表兄。

〔二〕无盐：即钟离春，战国齐女，无盐（今山东东平县东）人。

据说她容貌丑陋，但有德行，曾向齐宣王自荐，被立为后。（见《列女传》）清姝（shū）：清秀美丽。两句说，丑陋的女子，即使画得再巧妙，也除不了她的丑，可是，张规臣用墨来画梅，却更显出它风韵清丽。诗意是说，丑和美，在于事物的本质，而不在于形式。

〔三〕上句用《楚辞·九章·怀沙》语："变白以为黑兮，倒上以为下。"只取其字面意。下句本苏轼梅诗："天教桃李作舆台。"两句说，纵使在画家笔下，梅花变白而为黑，但桃李花依然只能是它的奴仆。诗人认为，梅花颜色变了，但本质不变，它依然象征着高尚的气节，凌寒而放，这就远胜于春天才开的桃李了。两句寓意深刻。

粲粲江南万玉妃，别来几度见春归。〔一〕
相逢京洛浑依旧，唯恨缁尘染素衣。〔二〕

【注释】

〔一〕粲粲：鲜明貌。玉妃：比喻白梅花。韩愈《辛卯年雪》："白霓先启途，从以万玉妃。"洪迈《容斋随笔》称此诗"语意皆妙绝"。

〔二〕句本陆机《为顾彦先赠妇》诗："辞家远行游，悠悠三千里。京洛多风尘，素衣化为缁。"谢朓《酬王晋安》也有"谁能久京洛，缁尘染素衣"之句。意为玉妃自江南作客京华，如今相逢时一切依旧，可惜的是，京洛风尘太多，使她的白衣裳也变黑了。

含章檐下春风面，造化功成秋兔毫。〔一〕
意足不求颜色似，前身相马九方皋。〔二〕

【注释】

〔一〕含章：汉代长安宫殿名。春风面：指女子美丽的脸。《杂五行书》载，宋武帝寿阳公主，人日卧含章檐下，梅花落额上，成五出花。造化：创造，化育，指大地，自然界。秋兔：指兔毫笔。两句说，画家用他的画笔，成功地描绘了美丽的梅花，重现了造化之功。

〔二〕九方皋：春秋时善相马者。他曾为秦穆公出外求马，不大管马的颜色和雌雄，却能掌握马的内在品质，求得真正的好马。可参看山谷《过平舆怀李子先时在并州》诗注。两句说，画家像是九方皋转世，只求意足而不求颜色相似，遗貌取神，写出梅花的本质。

自读西湖处士诗，　年年临水看幽姿。〔一〕
晴窗画出横斜影，　绝胜前村夜雪时。〔二〕

【注释】

〔一〕西湖处士：指宋诗人林逋。他长期隐居于西湖孤山之中，种梅养鹤，有“梅妻鹤子”之誉。其咏梅花诗有“疏影横斜水清浅，暗香浮动月黄昏”及“雪后园林才半树，水边篱落忽横枝”之语，尤为世所传诵。处士，指不做官的读书人。两句谓受到林逋《梅花》诗的感染，年年都到水边欣赏幽洁的梅花。

〔二〕两句说，在晴窗间映画出梅枝横斜之影，真比前村夜雪中的早梅要胜多了。一“画”字，语意双关，可指屋外的梅枝映在窗间，也可指画幅挂在窗上，此是诗人用字精微之处，不可滑眼看过。“前村”之语，用僧齐己《早梅》诗：“前村深雪里，昨夜一枝开。”

中牟道中二首〔一〕

雨意欲成还未成，　归云却作伴人行。〔二〕
依然坏郭中牟县，　千尺浮屠管送迎。〔三〕

【说明】

宣和四年（1122年）夏七月，简斋被擢为太学博士，入京，过中牟赋此。写炎夏的旅况，久晴不雨，风沙盈路，可想见农村的破敝。

【注释】

〔一〕中牟：县名，在今河南中部、黄河南岸。

〔二〕两句以虚笔写景，淡而有致。

〔三〕坏郭：破敝的城郭。浮屠：即佛塔，梵语音译，亦作浮图。两句说，中牟县中的宝塔，像在迎我到来又送我离去。

杨柳招人不待媒，　蜻蜓近马忽相猜。〔一〕
如何得与凉风约，　不共尘沙一并来。〔二〕

【注释】

〔一〕两句写杨柳、蜻蜓的动态，生动而有风趣，有似后来诚斋的绝句。

〔二〕风起则尘沙并来，诗人之“约”只不过是一厢情愿罢了。

春日二首（选一）

朝来庭树有鸣禽，　红绿扶春上远林。〔一〕
忽有好诗生眼底，　安排句法已难寻。〔二〕

【说明】

陈衍《宋诗精华录》谓此诗“已开诚斋先路”，杨万里诗的理趣，每可于东坡、山谷、茶山、简斋诗中觅得。刘克庄更谓其真得吕本中“所谓活法”。读简斋此诗，可知“活法”非一家之言，乃江西诗派心传之法。

【注释】

〔一〕“扶春”二字甚新，红花绿叶，仿佛把春光“扶”上林中。

〔二〕两句每为诗论家所引用。胡注引苏轼和王苏州诗：“安排诗律追强对。”其实，这种感受是每个诗人都会有的。唐庚《春日郊外》诗“疑此江头有佳句，为君寻取却茫茫”，苏轼《和〈归园田居〉六首》“春江有佳句，我醉堕渺莽”、《腊日游孤山访惠勤惠思二僧》“作诗火急追亡逋，清景一失后难摹”等，皆是。诗人们捕捉灵感，是迫不及待的，天然的好语，稍纵即逝。江西诸人讲究句法，着意安排，转失自然之致了。叶寘《爱日斋丛钞》评此语云：“静中置心，真与见闻无毫末隔碍，始得此妙。”

春寒

二月巴陵日日风，　春寒未了怯园公。〔一〕

海棠不惜胭脂色，　独立蒙蒙细雨中。〔二〕

【说明】

小诗风致极佳，诵之令人低回不能自已。钱锺书《宋诗选注》特赏此诗，谓简斋“暮雨霏霏湿海棠”，比不上此诗的意境；宋祁“海棠经雨胭脂透”、王雱“海棠着雨胭脂透”，没有此诗的风致。

【注释】

〔一〕巴陵：即巴丘，岳阳的别名。园公：作者自注，“借居小园，遂自号园公”。可参看《陪粹翁举酒于君子亭，亭下海棠方开》诗注。胭脂：喻花的颜色。杜甫《曲江对雨》诗：“林花着雨胭脂湿。”“不惜”二字有味。

罗江二绝〔一〕（选一）

荒村终日水车鸣，陂北陂南共一声。〔二〕
洒面风吹作飞雨，老夫诗到此间成。〔三〕

【说明】

此诗写独游荒村时的感受，真是“随处有诗情”。时建炎四年（1130年），简斋移居邵阳紫阳山中。

【注释】

〔一〕罗江：在今湖南邵阳。

〔二〕陂（bēi）：山旁水塘。

〔三〕两句说，水车溅起的水花，被风吹散，像飘飞的细雨洒在人的面上——我的诗便写成了。

牡丹

一自胡尘入汉关，十年伊洛路漫漫。〔一〕
青墩溪畔龙钟客，独立东风看牡丹。〔二〕

【说明】

牡丹是简斋故乡洛阳的名产。诗人离开故乡亦已整整十年了。十年中，天地之间发生过多少可惊可愕的事，北望中原，风尘迷漫，何时才能重返故园啊！绍兴五年（1135年）夏，简斋因病辞官，卜居青墩芙蓉浦上。此诗为次年暮春作。

【注释】

〔一〕胡尘：指金兵南侵的战尘。伊洛：伊水和洛水，泛指中原地区。简斋故乡洛阳亦在伊、洛间。漫漫：长远貌。

〔二〕青墩：在桐乡北二十五里。《嘉庆一统志》：“陈与义宅在桐乡县青镇广福院后芙蓉浦上。”龙钟：行动不灵活，形容老态。简斋是年始四十七岁。末二语感慨苍凉，掩卷犹令人低回不已。

夏日集葆真池上，以“绿阴生昼静”赋诗，得“静”字〔一〕

清池不受暑，幽讨起予病。
长安车辙边，有此荷万柄。〔二〕
是身惟可懒，共寄无尽兴。
鱼游水底凉，鸟宿林间静。〔三〕
谈余日亭午，树影一时正。
清风不负客，意重百金赠。〔四〕
聊将两鬓蓬，起照千丈镜。
微波喜摇人，小立待其定。〔五〕

梁王今何许，柳色几衰盛。
人生行乐耳，诗律已其剩。〔六〕
邂逅一樽酒，他年五君咏。
重期踏月来，夜半啸烟艇。〔七〕

【说明】

洪迈《容斋随笔》载：“（简斋）尝以夏日偕五同舍集葆真宫池上避暑，取‘绿阴生昼静’分韵赋诗，陈得‘静’字，……诗成出示，坐上皆诧为擅场。朱新仲时亲见之，云：‘京师无人不传写也。’”此诗诗境峻洁澄澈，继承了谢灵运、柳宗元五言山水诗的传统，既注意炼字炼句，又注意章法的完整，写景数语，观察细密，运思深窃，饱含诗意。范大士《历代诗发》称其为“精细入微，含毫渺然之作”。一起一结，逼肖老杜。

【注释】

〔一〕葆真池：《诗说隽永》，“京师葆真宫，垂杨映沼，有山林之趣”。绿阴生昼静：韦应物《游开元精舍》诗句。简斋此诗，亦有韦诗风调。

〔二〕不受暑：杜甫《陪李北海宴历下亭》诗有“修竹不受暑”。幽讨：探幽访胜。起予病：使我病起。四句写游池赏荷。“长安”二语，见惊喜之情：不意在热闹的长安城中，居然有这万枝荷花的清池。

〔三〕上两句谓偷闲来游，以寄无尽之兴致。下两句以鱼、鸟之安静，衬托游人的心境。

〔四〕亭午：正午。四句说，与友人谈余已是中午时分，炎日当头，树影端端正正地映在地上。清风也不愿辜负游客的兴致，轻轻吹来，仿佛像给人百金的厚赠。末句套用李白《古风》“意轻千金赠”句式，反用其意。

〔五〕蓬：蓬草，喻鬓发之乱。千丈镜：喻池水。四句写水边照影，情韵极佳，为世所传诵。《诗说隽永》认为“盖有深意寓也”。潘德舆《养一斋诗话》亦谓其“词意新峭可喜，虽西江风格，而能药俗”。吴师道《吴礼部诗话》则谓“微波”二句与柳宗元“微风一披拂，林影久参差”之句“语有所见，而意不同”。

〔六〕梁王：胡注云，“汴都，故大梁也。《史记》：‘魏惠王三十一年徙都大梁。’世传葆真池即梁王故沼”。“人生”句，出汉杨恽《报孙会宗书》：“人生行乐耳，须富贵何时。”四句说，昔日煊赫的梁王，今复何在？池边的柳色也经历了几度兴衰，人生所求的不过是及时行乐罢了，讲求诗律已经是次要的事。

〔七〕五君咏：南朝宋颜延之作。颜被出为永嘉太守，其怨愤，乃作《五君咏》以述竹林七贤。五君，指嵇康、向秀、刘伶、阮籍、阮咸。七贤中山涛、王戎以贵显不列。简斋此游，同行者五人，故云。两句说，今日与友人邂逅，樽酒相欢，好留作他年赋咏。希望还能踏月重来，夜半时在池上泛舟吟啸。

出山道中

雨歇淡春晓，　云气山腰流。
高崖落绛叶，　恍如人世秋。〔一〕
避地时匆匆，　出山意悠悠。〔二〕
溪急竹阴动，　谷虚禽响幽。〔三〕

同行得快士，　胜处频淹留。〔四〕
乘除了身世，　未恨落房州。〔五〕

【说明】

建炎二年（1128年）春暮，简斋离南山返房州，出山道中作此。写春景如秋，可见作者暗淡的心情。简斋五古，每“寄至味于淡泊”，与韦应物、柳宗元相近。

【注释】

〔一〕四句写春雨过后，山中云流叶落，浑似秋光。

〔二〕避地：因避灾祸而移居他处。忽忽：倏忽，形容时间过得很快。悠悠：悠闲。

〔三〕两句写景，真得柳宗元笔意。

〔四〕快士：豪爽的人。时简斋与孙信道、夏致宏、张巨山等同聚山中。胜处：佳境，景色特别好的地方。淹留：停留。

〔五〕乘除：一乘一除，仍为原数，因有抵消之意。诗意谓祸福相抵。房州：今湖北房陵。两句说，自己的身世遭遇也是祸福相抵的，这回因避兵祸而到山中，饱游胜处，看尽美景，所以也不恨流落房州了。

夜赋

泊舟华容县，　湖水终夜明。
凄然不能寐，　左右菰蒲声。〔一〕
穷途事多违，　胜处亦心惊。

三更萤火闹，　万里天河横。〔二〕
阿瞒狼狈地，　山泽空峥嵘。
弱强与兴衰，　今古莽难平。〔三〕
腐儒忧平世，　况复值甲兵。
终然无寸策，　白发满头生。〔四〕

【说明】

建炎三年（1129年）五月，京西贼贵仲正自鄂犯岳州，破城。简斋避寇，复转徙湖中，移舟华容，直至贵仲正降后始还岳州。此诗即为流离道路时作。刘克庄《后村诗话》评曰："造次不忘忧爱，以简洁扫繁缛，以雄浑代尖巧。第其品格，故当在诸家之上。"

【注释】

〔一〕华容：在今湖南省北部，洞庭湖畔。在岳州西一百五十里。菰蒲：两种水中植物名。四句写夜泊所见所闻。

〔二〕穷途：指境遇困窘，走投无路。胜处：名胜之地，指华容。三更，暗示忧国不寐。萤火闹，疑有寓意。

〔三〕阿瞒：曹操的小字。赤壁之战后，曹操船舰被孙、刘联军所烧，引军从华容道步归，遇泥泞，道不通，人马陷泥中，死者甚众。故诗中称华容道为"狼狈地"。四句感赤壁战事，意谓强弱兴衰不是绝对的，即如孙、刘当时是较弱的一方，也能战胜强大的曹军。诗人念及此，更心事难平了。

〔四〕腐儒：诗人自指。平世：政治清明的时代。四句说，读书人即使在清平的时世也应为国运而担忧，何况是遇到战乱呢？可是由于地位低微，毫无办法，只能徒然生起满头白发罢了。

赵　蕃

赵蕃（1143—1229年），字昌父，号章泉。本郑州（今属河南）人，后迁信州（今江西上饶）。少从刘清之受学，后为太和主簿，调辰州司理参军。理宗朝官至奉议郎，以秘阁正郎聘之，未至而卒。

赵蕃推崇山谷、后山，力学黄、陈诗风，其诗“能瘦能淡，能不拘对，又能变化而活动”。

赵蕃的作品，今存《乾道稿》一卷，《淳熙稿》二十卷，《章泉稿》五卷。收诗三千六百八十余首。另栾贵明辑有逸诗十六首。

雨中不出呈斯远兼示成父〔一〕

湖外频年客，江东迩日归。〔二〕
欲知年事迫，看取鬓毛非。〔三〕
寄意虽梅柳，关心在蕨薇。〔四〕
今予倒芒屦，须子叩柴扉。〔五〕

【说明】

纪昀谓此诗“体格虽略似后山，老杜则远”。章泉集中与斯远唱酬诗甚多，每有真挚之语。此诗写与友人相思过从的情况，表现了两人深切的交谊。

【注释】

〔一〕斯远：徐文乡。成父：作者之弟。

〔二〕湖外：指鄱阳湖以西。迩日：近日。两句写久别归来，故思友之心益切。

〔三〕年事：岁数，年纪。两句说，彼此年岁已老，鬓毛斑白，来日无多，更应抓紧时间交往。

〔四〕寄意：徐斯远曾以梅诗二首寄昌父，昌父和之。复通夕不寐，再成梅诗五首以怀斯远，有句云“昔人思故人，往往托风月。我今故人思，因梅念高节”，可见其所寄之意。蕨薇：两种植物，其嫩苗可食。《史记·伯夷列传》载，伯夷、叔齐隐居首阳山中，采蕨薇而食。诗中亦以蕨薇喻隐居之志。

〔五〕芒屦：芒鞋，一种草鞋。倒芒屦，谓热情迎客。古人家居，脱屦席地而坐，客人来，急于出迎，把屦倒穿。《三国志·魏书·王粲传》：“（蔡邕）闻粲在门，倒屣迎之。”须子：待子，等你。两句盼望友人到来。

严先辈诗送红梅次韵〔一〕

尽道梅花白，　能红又一奇。〔二〕

浑疑丹换骨，　不是酒侵肌。〔三〕

看此敷腴色，　思侬少壮时。〔四〕
盛年虽不再，　犹拟岁寒知。〔五〕

【说明】

纪昀激赏此诗，谓其“撇手游行，脱尽窠臼”，“后四句不即不离，玲珑巧妙”。咏物而融进作者的身世感受，物我一体，方为高作。《淳熙稿》中咏梅五律十余首，无逾此者。

【注释】

〔一〕严先辈：作者的长辈。待考。

〔二〕两句信笔点出红梅，毫不着力，自有本领在。

〔三〕丹换骨：道家语，谓学仙者为服金丹，换凡骨为仙骨，方能成仙。两句说，红梅之红，不像酒醉那样暂时脸红，而是服金丹换凡骨那样彻底改变。

〔四〕敷腴：神采焕发貌。鲍照《拟行路难》之五：“意气敷腴在盛年。”两句从鲍照诗化出，见梅花的丰采而想起自己红颜少壮之时。

〔五〕盛年：少壮之年。岁寒：《论语·子罕》，“岁寒，然后知松柏之后凋也”。梅因耐寒开花，与松、竹并称岁寒三友。诗意说，自己虽不能重返壮年时代，但还要在艰困的环境中保持志节。

送赵成都二首〔一〕（选一）

蜀道当谋帅，　维城孰愈公。〔二〕
夷陵护江左，　斜谷顾关中。〔三〕

北虏雄貔虎，　南蛮势蚁蜂。〔四〕

守攻虽有异，　镇抚不妨同。〔五〕

【说明】

纪昀评曰："此首老重。"淳熙十二年（1185年），赵汝愚上疏言事，谓："吴氏（指吴璘、吴玠）四世专蜀兵，非国家之利，请及今以渐抑之。"（《宋史·赵汝愚传》）遂进直学士，为四川制置使兼知成都府。组诗为作者送行之作，典雅堂皇，功力老到。

【注释】

〔一〕赵成都：赵汝愚（1140—1196年），南宋大臣，字子直。饶州余干（今属江西）人。乾道进士。孝宗时为权吏部侍郎兼太子右庶子。后知成都府，故称赵成都。

〔二〕蜀道：此指蜀境。维城：连城以卫国。《诗·大雅·板》："怀德维宁，宗子维城。"赵汝愚是宋宗室，故用此语甚切。两句说，四川是守边重地，应好好考虑选用主帅的问题。维城卫国的责任，有谁人能像您那样担当得起呢！

〔三〕夷陵：县名，故城在今湖北宜昌东南，扼长江西陵峡口，为川、鄂咽喉之地。江左：长江下游以东地区。斜谷：在今陕西眉县东南，为古褒斜道的一部分，为自蜀入陕的要道。关中：古地区名，一般指函谷关以西的秦故地。两句写蜀地的重要性，东可保护江左，北可照顾关中。

〔四〕北虏：指金国。貔虎：喻强敌、勇猛的战士。南蛮：指西南诸族。两句说，北敌金国兵强马壮，南方的蛮族势如蚁蜂。

〔五〕两句说，对北敌和南蛮的攻守虽有所区别，但并不妨同样采取镇压和安抚这两种办法。按，据《宋史·赵汝愚传》载，“诸羌蛮相挺为边患，汝愚至，悉以计分其势。孝宗谓其有文武威风”。

白水道间〔一〕

一源曲折几成桥，　稻陇蔬畦高下浇。
水碓暗鸣蛙吠草，　绿云乱点鹭侵苗。〔二〕
谁云斗粟可相挽，　到处佳山如见招。〔三〕
东亩拔秧南亩莳，　乐哉安得助长谣。〔四〕

【说明】

刘宰谓赵蕃作诗，“援笔立成，不经意而平淡有趣”(《章泉赵先生墓表》)。此诗流畅自然，仿佛茶山的格调，唯收句太率，未除江西结习。

【注释】

〔一〕白水：在浙江余姚西南六十里，有白水山，有山泉曲折而下，是曰白水。

〔二〕水碓（duì）：利用水力舂米谷的设备。蛙吠：蛙鸣。以“吠”谓蛙声，甚新警。绿云：喻茂密的农作物。两句写山乡景色如画。

〔三〕斗粟：喻做官的低微的俸禄。萧统《陶渊明传》：“渊明叹曰：‘我岂能为五斗米，折腰向乡里小儿？’”两句说，自己并不是做官的薪俸所能挽留的，所到之处的美好山水好像在召唤着我呢。

〔四〕莳（shì）：移栽，此指莳秧。长谣：长歌。

赵 蕃

二月十日喜雨，呈季纯教授、去非尉曹〔一〕

沧浪一夜起鸣雷， 雨阵因之续续来。〔二〕
所病农家成久旱， 未论花事有新开。〔三〕
书生狂妄常忧国， 圣代飘零岂弃才。〔四〕
儒馆尉曹俱国士， 好为诗赋咏康哉。〔五〕

【说明】

诗歌借喜雨为题，抒忧国之思，如纪昀所云“纯是寓愤之作”。

【注释】

〔一〕季纯：徐季纯。去非：于革，字去非。

〔二〕沧浪：水青苍色，此指水。雨阵：密雨，成阵之雨。两句说，一夜从水上传来隆隆雷声，随着便下起连续的大雨。

〔三〕病：患苦。论：此读平声。意说自己喜雨，是苦于农家的久旱，而不是为了好雨催花。纪昀评：“三、四句已透到忧国之意。”

〔四〕上句说，自己一介书生，时刻忧国忧民，未免太狂妄了。下句谓，在这圣明的时代，自己身世飘零，怎敢说人才被朝廷所弃啊！

〔五〕儒馆：谓县学。时徐季纯为县学教授，是职位低微的学官。尉曹：县尉，指于去非。国士：国中才能出众的人。咏康哉：《尚书·益稷》载，舜君臣作歌，有“元首明哉，股肱良哉，庶事康哉”之语，称颂君明臣良，诸事安宁。因以咏“康哉”为歌颂时事安宁之语。何晏《景福殿赋》：“家怀克让之风，人咏康哉之诗。”两句说，尽管你们职位低微，但都是国家杰出的人才，那就好好地吟诗歌颂清平吧！两句故作劝勉语，实寓深愤。

十一月五日晨起书呈叶德璋司法

卧闻落叶疑飘雨，起对空庭盖卷风。〔一〕
政自摧颓同病鹤，况堪吟讽类寒虫。〔二〕
忽思有客浑如我，却念题诗不似公。〔三〕
已分齑盐终白首，可因霜雪愧青铜。〔四〕

【说明】

方回评曰：“读此诗，句句是骨，非晚唐装贴纤巧之比。”然纪昀又云：“意求古健而笔力不足以振之。”纪氏所评似嫌过苛。此诗一起即有力，颔联用意衰颓而骨格自老，颈联纯用江西诗法，古硬得神，末二语意在言外，含蓄有味。

【注释】

〔一〕上句以雨声喻落叶声，犹唐释无可“听雨寒更尽，开门落叶深”诗意。下句“空庭”一语见意，惜“盖”字生硬。

〔二〕政自：正自。摧颓：衰败之状，亦形容鸟羽散乱零落。应场《侍五官中郎将建章台集诗》：“远行蒙霜雪，毛羽日摧颓。”寒虫：秋虫，以其鸣声凄切，故喻诗人之吟咏。

〔三〕两句说，忽然想到，老朋友跟自己同样地衰颓，可是自己的诗却远不如他了。

〔四〕齑盐：齑，切碎的腌菜或酱菜。齑盐，素食，喻贫寒的生活。霜雪：喻白发。青铜：指镜子。两句说，自己已甘愿过着清苦的生活一直到老了，怎会因满头白发而愧对镜子呢？

赵　蕃

哭蔡西山〔一〕

鹃叫春林复递诗，　雁回霜月忽传悲。〔二〕
兰枯蕙死迷三楚，　雨暗云昏碍九疑。〔三〕
早岁力辞公府檄，　暮年名与党人碑。〔四〕
呜呼季子延陵墓，　不待镵辞行可知。〔五〕

【说明】

哭友人之诗，沉郁悲愤，情文相生，为章泉集中风骨遒上之作。《柳溪诗话》谓当时哭西山之诗，推此篇为首。

【注释】

〔一〕蔡西山：蔡元定，字季通，建州建阳（今属福建）人。南宋宁宗时学者，曾读书西山，学者尊之曰西山先生。

〔二〕上句写春天时还接到西山寄来的诗作，秋天却听到他去世的噩耗。

〔三〕兰、蕙：《楚辞》中常以喻贤人君子。三楚：地名。战国楚地，有西楚、东楚、南楚之分。九疑：山名，即九嶷山，在湖南南部。

〔四〕檄：此指官府征召的文书。上句谓西山力辞朝廷征聘。《宋史·蔡元定传》载，“太常少卿尤袤、秘书少监杨万里联疏荐于朝，召之，坚以疾辞。筑室西山，将为终焉之计”。党人碑：宋徽宗崇宁元年（1102年），蔡京为宰相，乃籍元祐反新法诸臣自司马光、文彦博而下一百二十人，等其罪状，立碑于端礼门；三年，增至三百零九人，又立碑于各郡。时称元祐党籍碑，亦称党人碑。

〔五〕季子延陵：即季札，春秋时吴王诸樊之弟，多次推让君位。封于延陵（今江苏常州），称延陵季子，被视为高尚慕义之士。镵辞：指在墓碑上刻辞。《柳溪诗话》载："朱晦庵（熹）书西山墓碣云：'呜呼有宋蔡季通父之墓。'效夫子之书延陵墓也。"诗中亦以季子喻蔡元定，谓朱熹亲为书墓碣，已可知元定的高行了。

韩　淲

韩淲（1159—1224年），字仲止，号涧泉。信州（今江西上饶）人。韩元吉之子，幼承家学，出仕不久即归。与赵蕃齐名，并称“二泉”。

韩淲诗亦受黄、陈影响，但较清快。有《涧泉集》二十卷，收诗二千六百零二首。另栾贵明补辑九首。

子功过别

细酌林亭久，　风烟起近钟。〔一〕
苍苍虽暮色，　淅淅是秋容。〔二〕
老眼浑相对，　幽怀不易逢。〔三〕
人生几两屐，　小榼尚能供。〔四〕

【说明】

涧泉诗传江西一脉，然渐趋和婉清淡。此诗写与友人相聚之乐，在平淡中自有真挚的感情。

【注释】

〔一〕两句写与子功在林亭中对饮，不觉时间过去，在迷漫的烟霭里传来邻近寺院的钟声。

〔二〕苍苍：形容暮色。刘长卿《送灵澈上人》诗“苍苍竹林寺，杳杳钟声晚”，为本句所从出。淅淅：风声。上句点“烟”，下句点“风”。秋容，既指秋色，亦指自己与友人的将老之容。

〔三〕两句写与知己朋友深切的交谊，彼此幽怀与共，故相对忘言。

〔四〕上句用晋阮孚蜡屐故事，可参看黄庭坚《咏猩猩毛笔》诗注解。小榼（kē）：古时盛酒的器皿，小酒杯。两句说，人的一生需求有限，这小杯淡酒还是能供应得起的。含意是，请您再来一起喝喝酒吧。

七月（四首选一）

地僻稀人迹，　重林日自虚。〔一〕
鸟飞晨气外，　蝉噪晚凉初。〔二〕
余润从侵屦，　浮埃倦整书。〔三〕
樵渔时上下，　闭户又何居。〔四〕

【说明】

此诗作于宋宁宗嘉定十三年（1220年），诗人隐于乡中，读书自乐，与渔樵为伍。组诗四首，写家居生活的情趣，虽无深意，情景自幽雅可喜。方回评云：“老笔劲健，非江湖近人饾饤可及。”

【注释】

〔一〕上句写自己的居处荒僻，次句写树林开始落叶。

〔二〕两句写朝暮之景，上句从视觉写，下句从听觉写，甚工。

〔三〕两句说，自己随意而行，一任道旁的草露沾湿了鞋子；回到家中，也懒得去拂拭书上的尘埃。两句写悠闲自得的情状。

〔四〕两句说，时有渔人樵夫来往，不必经常闭户了。

五月十日

片月生林白，　沿流涧亦明。〔一〕
幽人方独夜，　山寺有微行。〔二〕
野处偏宜夏，　贫家不厌晴。〔三〕
薰风吹老鬓，　腐草见飞萤。〔四〕

【说明】

此为涧泉集中佳作。纪昀评曰："风格遒上，意境不凡。结有'人不能化'之感，寓意亦深。"前四句情景幽美，后半段感慨深沉。永嘉四灵五律无此高格。

【注释】

〔一〕片月：孤月。两句写上弦月在黄昏时升起林际，沿流而上，山涧也照得通明了。

〔二〕幽人：幽居之人，隐者。独夜：独处之夜。微行：散步，缓步而行。两句写自己出寺看月，方回评曰："三、四亦幽淡。"

〔三〕野处（chǔ）：居于郊野。意说居于野外，最适宜的是夏天；而贫穷人家怕下雨屋漏，总希望天气常晴。

〔四〕薰风：和风，南风。"腐草"句，语出《礼记·月令》："季夏之月，……腐草为萤。"

风雨中诵潘邠老诗〔一〕

满城风雨近重阳，　独上吴山看大江。〔二〕
老眼昏花忘远近，　壮心轩豁任行藏。〔三〕
从来野色供吟兴，　是处秋光合断肠。〔四〕
今古骚人乃如许，　暮潮声卷入苍茫。〔五〕

【说明】

潘大临以“满城风雨近重阳”片语神妙，而脍炙千古。友人谢逸，即已用此句广为三绝；涧泉则以为首句，足成七律，格韵尤高，可与潘句并存不朽。此诗作于宋宁宗庆元四年（1198年）。方回评云：“此诗悲壮激烈。”

【注释】

〔一〕潘邠老：潘大临，字邠老。参看本书诗人小传。

〔二〕吴山：在临安（今杭州）城内。首句用邠老名句，一起有势；次句境界极大，如方回所云：“轩豁痛快，不可言喻。”

〔三〕老眼：诗人时年三十九岁，此言“老眼昏花”，似嫌太过，然于风雨迷茫之中作此语，亦未尝不可。下接“忘远近”三字，便妙。轩豁：开朗。行藏：出处，行止。《论语·述而》：“用之则行，舍之则藏。”谓出仕则行其所学之道，否则退隐藏道以待时机。

〔四〕两句说，自古以来，野外的景色都可引起诗人吟咏的兴致；可是这儿的秋光却令人痛苦哀伤。方回评云：“第六句则入神矣。”

〔五〕收二语情景交融。结句有篇终接混茫之妙。方回云：“第八句则感极而无遗矣。”

寒食

晓色犹蒙淡淡烟，　花间行过小溪边。〔一〕
人家寒食当晴日，　野老春游近午天。〔二〕
吹尽海棠无步障，　开成山柳有堆绵。〔三〕
呼儿觅友寻邻伴，　看却村农又下田。〔四〕

【说明】

涧泉诗清新明快，真如涧韵泉声，得自然之意。古人作寒食诗，不免用子推、韩翃之典，每成套语，而此诗纯写眼前小景，不求工而自工，不求深而自深，读此可悟诗法。

【注释】

〔一〕两句写寒食清晨出游，信笔写来，便有信步闲行之趣。

〔二〕两句极平淡自然，然亦如方回所云“不用工而极其工”者。纪昀亦评云：“老健深稳。”

〔三〕步障：在路旁插竹张幕为屏障，以挡尘土。堆绵：形容柳絮如绵成堆。两句写海棠落尽，柳絮成堆。

〔四〕上句写招友引伴，准备去踏青春游；下句写农事忙碌。

梅花（六首选一）

肯同桃李强搀春，　自占空山野水滨。〔一〕
老气却因高树得，　清姿不待数花新。〔二〕
本来淡薄难从俗，　纵入纷华亦绝尘。〔三〕
最爱夜深霜重处，　冷风吹起月精神。〔四〕

【说明】

古来咏梅之作，不知凡几，能流传万口者，毕竟寥寥。其实湮没在诗海中的还有不少佳作。涧泉高节独行，中年后归隐空山，此诗即作者精神世界的写照。

【注释】

〔一〕两句说，梅花不肯跟桃李一起，勉强扶持着将尽的春天，它在空山之内，野水之滨，寂寥独处。

〔二〕两句说，它那老健的气概全得自高大的树干，它本来就具有清高的姿致，亦无待几朵花儿开放才能显示新美。两句用意甚新，前人咏梅，多写其花，而涧泉却写其树，可谓“妙画骨相遗毛皮”了。方回评云：“三、四愈吟愈有味。”

〔三〕淡薄：犹言“淡泊”。黄庭坚《次韵赏梅》诗：“淡薄似能知我意，幽闲元不为人芳。”纷华：繁华盛丽，此指百花。绝尘：弃绝尘俗。两句亦花亦人，表现诗人恬淡的襟怀和高尚的品格。纪昀评曰：“五、六尤佳。”

〔四〕两句谓梅花在寒夜风霜之中，更激起如月般高洁的精神。从“月精神”三字见全篇之意。

春怀

寂寂春风送落花，　芊绵芳草遍天涯。〔一〕
数声飞鸟闲亭馆，　几个轻鸥泊浪沙。〔二〕
望断小溪流不尽，　步寻幽谷路还赊。〔三〕
一巾华发吾何赋，　肯与浮荣定等差。〔四〕

【说明】

此诗清新流美，刻画春景，颇有特色。那寂寂的落花，芊绵的芳草，以及飞鸟、轻鸥，小溪、幽谷，都烘托出春郊的美景，使诗人发出“肯与浮荣定等差”的感叹。

【注释】

〔一〕芊绵：草木茂密繁盛。两句写春日的花草，境界阔大。

〔二〕上句谓鸟声使亭馆显得更为闲雅，一“闲”字，见亭馆无人；下句写轻鸥栖泊于沙岸，亦有忘机之意。

〔三〕赊：长，遥远。两句写溪流与谷路之长，诗人漫步寻幽，得悠闲之致。

〔四〕巾：头巾，这里作动词用，谓以头巾覆戴。肯：怎肯，那肯。等差：等级次序。两句说，自己白发岸巾，徜徉于山水之间，自得其乐，怎能把这样的生活跟人世的虚荣来相比呢！

二十九日寒食

去年寒食姑苏馆，　吟到吴歌子夜声。〔一〕
犹记春城芳草渡，　一帘花雨画船行。〔二〕

【说明】

此诗风致嫣然，神韵独绝，乃宋贤绝句犹存唐音者。

【注释】

〔一〕姑苏馆：苏州的客店。吴歌子夜：古乐府《吴声歌曲》有《子夜歌》，写爱情生活中的悲欢离合，此泛指吴地的乐曲。两句写去年寒食时节在苏州的生活。

〔二〕两句写乘吴船的情景。

方　回

方回（1227—1307年），字万里，号虚谷。徽州（今安徽歙县）人。景定三年（1262年）进士。累官严州（今属浙江）知府。元兵至，迎降，授建德路总管，大节有亏。

方回尝撰《瀛奎律髓》四十九卷，评选唐宋以来律诗，大量选入江西派诗，并加以精到的评语。他提倡的“一祖三宗”之说，以杜甫为祖，以黄庭坚、陈师道、陈与义为宗，对后世影响颇大。《瀛奎律髓》卷二六“变体类”中，着重分析句法句律，尤有见地。从诗歌艺术上说，方回当为江西诗派宋末一位集大成的诗人。

方回的作品，有《虚谷集》，已佚。今存《桐江集》八卷，《桐江续集》三十六卷，中有诗歌二十八卷，收诗二千七百二十五首。

雨夜雪意

汹涌风如战，　萧骚雨欲残。〔一〕
遥峰应有雪，　半夜不胜寒。〔二〕
吾道孤灯在，　人寰几枕安。〔三〕
何当眩银海，　清晓倚楼看。〔四〕

【说明】

元好问《论诗绝句》云："心画心声总失真，文章宁复见为人。"读到方回这样的佳制，怎能想象出他的人品呢？作者本人也极赏是诗，曾在《瀛奎律髓》中全首引用，连对方回颇有不满的纪昀也不得不低首赞叹，可见文章好坏还是有公论的，不必以人废言。

【注释】

〔一〕汹涌：水波腾起之状，这里形容风势的猛烈。萧骚：象声词，形容风雨之声。一起即用对句，流走自然，点出"雨夜"。

〔二〕两句点"雪意"。应有，得"意"之意；不胜寒，是人的感受。两句是方回提倡的"变体"，"遥峰"对"半夜"，"雪"对"寒"，字面不甚工切，而语势却很自然。

〔三〕两句说，我所遵循的至道，有如眼前的孤灯那样独自发亮，照耀着我的心灵；在人世间，又有多少人能了解真理，心境泰然地安枕呢？

〔四〕何当：何时。眩：晕眩，眼花缭乱。银海：广阔的雪野。两句说，什么时候能有炫目的雪景呢——清晨就可以倚楼观赏了。

治圃杂书

芍药抽红锐，　茶蘼缒绿长。〔一〕
几家蚕落纸，　比屋燕分梁。〔二〕
谷雨深春近，　茶烟永日香。〔三〕
诗成懒磨墨，　柱杖画苔墙。〔四〕

【说明】

此诗精丽绝伦，起二句写景，雕琢而无造作意，紧接三、四两句，则转用淡笔，这正是江西派的家法。

【注释】

〔一〕两句炼“抽”“锐”“缒”“长”四字，意说，芍药抽出了红色的尖芽，荼蘼伸展着绿色的长茎。

〔二〕蚕落纸：蚕蛾出茧后，移于蚕纸上，使其下卵孵化。比屋：接邻的屋。两句写春暮园圃中的情事，见“治圃”之意。

〔三〕谷雨：节令名，春季最后的节令。永日：长日、终日。

〔四〕两句说，用手杖在长满青苔的墙上划写下诗句。

九日约冯伯田、王俊甫、刘元辉

山雨初开一望之，似无筋力可登危。〔一〕
每重九日例凄苦，垂七十年更乱离。〔二〕
今岁江南犹有酒，吾曹天下谓能诗。〔三〕
肯来吊古酣歌否，恰放黄花一两枝。〔四〕

【说明】

汪辟疆对此诗及《九日》诗作过颇高评价说：“此二诗看似寻常，然气象阔大，老骨秋筋，味之弥永，此为宋人独到之境，唐人自杜公外无人可领会矣。”(《评方回〈桐江续集〉》) 此诗老健则似后山，然比其《九日寄秦觏》诗更为朴拙，真如百炼精钢，外表浑如黑铁，掷地则铿然而鸣。

【注释】

〔一〕登危：登高。两句着力炼“似无”二字，实谓无心登临，于下文则着力发挥之，万不可滑眼看过。

〔二〕例：照例。垂：将近。两句前四字用一领三格。方回生于乱世，平生事多乖舛，言行亦每不相符，人格虽卑不足论，但本诗两句的感受还是真实的、深刻的。

〔三〕吾曹：我们。两句点题，见“约”友人饮酒赋诗之意。

〔四〕两句以问语作结，更见相邀的诚意。

岁除

亲情邻里喜归来，　依旧柴门僻处开。〔一〕
纵是桃符无可笔，　未妨菜饼亦堪杯。〔二〕
着宽毛褐观残雪，　洗古铜壶浸老梅。〔三〕
贺客明朝有诗客，　踏青同与眺春台。〔四〕

【说明】

戴表元《桐江诗集序》谓方回“平生于诗无所不学，盖于陶、谢学其纡徐，于韩、白学其条达，于黄、陈学其沉鸷”。如此诗则颇有乐天笔意，流畅可喜。方回力排晚唐，所为诗常作拗体，固可矫江湖诸人浅滑之俗，然往往艰苦难读，倒不如这些“退为平易”之作那样淡而有味。

【注释】

〔一〕两句写归乡时邻里的亲情。次句用杜甫《客至》诗“蓬门今始为君开”意。

〔二〕桃符：旧俗于农历元日，以桃木板画神荼、郁垒二神于其上，悬于门户，以驱鬼辟邪，称桃符。宋人每于桃符板上书写联语，即今之春联。两句说，虽在乡中无笔可写桃符，但也有菜饼可以佐酒。笔、杯，名词动化。

〔三〕两句写乡居的生活情趣：穿着宽大的毛衣去观赏残雪，洗净古老的铜壶来插放老梅。前四字一领三，句式特异。

〔四〕两句说，准备与诗客一起春游，登台眺望吟咏。春台，语见《老子》：“众人熙熙，如登春台。”